W0025068

MANFRED BAUMANN

Todesfontäne

MANFRED BAUMANN

Todesfontäne

Meranas sechster Fall

GMEINER SPANNUNG

Bisherige Veröffentlichungen im Gmeiner-Verlag:
Das Stille Nacht Geheimnis (2018), Blutkraut, Wermut, Teufelskralle (2017), Glühwein, Mord und Gloria (2016), Salbei, Dill und Totenkraut (2016), Mozartkugelkomplott, Meranas 5. Fall (2015), Maroni, Mord und Hallelujah (2014), Drachenjungfrau, Meranas 4. Fall (2014), Zauberflötenrache, Meranas 3. Fall (2012), Wasserspiele, Meranas 2. Fall (2011), Jedermanntod, Meranas 1. Fall (2010)

Personen und Handlung sind frei erfunden.
Ähnlichkeiten mit lebenden oder toten Personen
sind rein zufällig und nicht beabsichtigt.

Immer informiert

Spannung pur – mit unserem Newsletter informieren wir Sie regelmäßig über Wissenswertes aus unserer Bücherwelt.

Gefällt mir!

Facebook: @Gmeiner.Verlag
Instagram: @gmeinerverlag
Twitter: @GmeinerVerlag

Besuchen Sie uns im Internet:
www.gmeiner-verlag.de

Im Ehnried 5, 88605 Meßkirch
Telefon 07575/2095-0
info@gmeiner-verlag.de

1. Auflage 2018

Lektorat: Claudia Senghaas, Kirchardt
Herstellung: Mirjam Hecht
Umschlaggestaltung: U.O.R.G. Lutz Eberle, Stuttgart
unter Verwendung eines Fotos von: © Jared / Fotolia.com
Druck: GGP Media GmbH, Pößneck
Printed in Germany
ISBN 978-3-8392-2345-1

Für Barbara

(Ihr feinfühliges Gespür für Menschen setzt mich
immer wieder in Erstaunen, Merana gewiss auch …)

And now the end is near and so I face the final curtain …
(Frank Sinatra, My Way)

There's a fire starting in my heart reaching a fever pitch,
and it's bringing me out the dark
(Adele, Rolling in the deep)

PROLOG

An den steinernen Fratzen klebt der Nebel. Das Grinsen der Gnome ist eingefroren.

Stille wie im Totenreich. Feuchtigkeit krallt sich an die Balustraden, umklammert die eisernen Tore. Wie leblose Wächter stehen die schwarzen Bäume in Reih und Glied. Das geflügelte Pferd auf dem Felsen hat die Vorderhufe hochgerissen, Entsetzen blitzt im Rossgesicht, als gälte es einen Feind abzuwehren, der aus der Dunkelheit kommt. Über Schloss und Garten hängt bleiernes Schweigen. Der Nebel ist wie ein Leichentuch. Auf dem Boden scheinen Schlangen zu lauern. Hell leuchtende Blumen sind es am Tag, nun verwandelt zu düsteren Schemen. Lichterfetzen treiben von den Laternen ins Innere des Gartens, zaubern blasse Schlieren auf die riesigen Skulpturen im Großen Wasserparterre. Aus den Marmorsockeln wachsen Gestalten. Bizarre Kreaturen, in Stein verwandelt. Nachtwind kommt auf, kriecht durch die Dunkelheit, greift nach den schwarzen Blütenblättern. Ein Zittern läuft durch die Leiber der Blumenschlangen. Ein Rascheln im Herbstlaub. Eine Maus huscht über den Kies, schnuppert am Rand des Beckens. Die Pfote auf den Marmor gesetzt, hält die Maus inne. Sie spürt es, und mit ihr der ganze Garten. Der Grund vibriert. Die Maus hetzt davon. In der nächsten Sekunde entlädt sich die Wucht aus dem Innern des Bodens. Donnernd schießt der Strahl nach oben, eine Säule aus Silber. Mit mächtigem Druck fegt die Wasserfontäne aus der Mitte des Beckens hinaus in die Nacht. Der Schwall wächst nach oben, als gäbe es keine Grenzen jenseits des Nebels, als gälte es, das gesamte Weltall zu tränken mit dem schäumenden Nass aus dem Bauch des Gartens. Höher und höher. Eine gewaltige Kraft. Doch unerreichbar sind die Sterne. Die Gischt kehrt um. Das herabstürzende Wasser klatscht in das Becken, trifft auf Weiches. Auf Schultern, auf Arme, auf Hände. Über die Kanten der Marmorumrandung, die den südlichen Teil des Areals beherrscht, hängt ein schmächtiger Körper. Der Kopf der Gestalt ist ins Becken getaucht, ein blassroter Fleck in einem schwarzen See aus Wasser und Blut.

FREITAG, 23. OKTOBER

Joachim Schnelltritt ist es beschieden, die grausliche Entdeckung zu machen. Um 4.30 Uhr läutet der Wecker. Eine Viertelstunde und einen belebenden Pfefferminztee später startet der Theologiestudent zu seinem morgendlichen Lauf. Er trainiert für den Vienna City Marathon im kommenden Frühjahr. Jeden zweiten Tag um halb fünf Tagwache und dann 15 Kilometer quer durch die Stadt. Bei jedem Wetter. Auch heute, trotz des dichten Nebels. Der Himmel über dem Kapuzinerberg zeigt erste helle Streifen, als Joachim den Makartsteg überquert und nach dem Landestheater in den Mirabellgarten abbiegt. Die Tore der Gartenanlage sind in der Nacht abgesperrt. Das Verriegeln der Gitter ist eine reine Verwaltungsmaßnahme, die wenig bringt. Jeder, der will, kann mühelos die knapp kniehohe Marmorbalustrade am Ausgang zum Landestheater übersteigen. Joachim hat es sich zur Angewohnheit gemacht, auf seiner Morgenrunde den Mirabellgarten zu durchtraben. Um diese Zeit zeigt sich die Anlage noch menschenleer. In der frühen Stunde hat er den prächtigen Barockgarten für sich allein. Das aufkeimende Morgenlicht schält die Konturen des Gartens aus der Dunkelheit. Schlossfassade, Hecken, Marmortreppen, Brunnen, selbst die steinernen Statuen erwecken in Joachim den Eindruck, als erwachten sie in diesem Augenblick zum Leben. Meist läuft er vor bis zum Schlosseingang, umkurvt den Pegasusbrunnen und macht sich dann wieder auf den Rückweg. Heute kommt er nicht einmal bis in die Mitte. Am Springbrunnen im Großen Wasserparterre bremst er abrupt ab. Beim ersten Hinsehen hält er das schräg hingestreckte Bündel am steinernen Becken für einen prall gefüllten Müllsack. Doch der Ballen hat Beine. Am Brunnenrand liegt ein Mensch. Der Oberkörper der verkrümmten Gestalt ist ins Beckeninnere gekippt, der Kopf liegt halb unter Wasser. Wie eine wabernde Fahnenstange ragt die riesige Fontäne in den schwarzen Himmel, lässt ihr Nass ins Becken schwappen. Wasser trifft auf den verdrehten Körper. Zwei Jahre Freiwilligendienst beim Roten Kreuz reichen, um schon auf den ersten Blick zu erkennen, dass hier jede Hilfe zu spät kommt. Der Mann zu seinen Füßen ist tot. Der Student kramt das Handy aus seiner Gurttasche und wählt den Polizeinotruf.

Die Kirchenglocken der Umgebung schlagen 8 Uhr, als Chefinspektorin Carola Salman und Abteilungsinspektor Otmar Braunberger im Mirabellgarten eintreffen. Die Kollegen der nahe gelegenen Polizeiinspektion Rathaus haben das Areal abgesichert. Die Tatortgruppe unter der Leitung von Thomas Brunner ist schon seit zwei Stunden am Werk. Mit gewohnter Routine spulen die Ermittler ihre Arbeit ab: Spuren prüfen. Markierungstafeln postieren. Jedes Detail des Schauplatzes auf Kamerachips bannen. Beweismittel sichern. Gleich nach der Ankunft galt der erste Anruf des Tatortgruppenchefs dem diensthabenden Beamten der Gartenverwaltung. Eine Minute später versiegte der hochaufschießende Wasserstrahl. Doktor Eleonore Plankowitz beugt sich ein letztes Mal über die Leiche, klappt ihren Laptop zu. Sie brummt ein kurzes »Hallo« und greift dankbar nach dem Pappbecher, den ihr die Chefinspektorin reicht.

»Guten Morgen, Eleonore. Was kannst du uns sagen?«

Die Gerichtsmedizinerin nimmt einen Schluck, verzieht das Gesicht. Sie mag Cappuccino. Aber diese Brühe erinnert sie an verwässerten Kakao. Und außerdem ist sie lauwarm.

»Nicht viel. Hämatome am Hinterkopf und an der rechten Schläfe. Könnten von einer Art Hammer stammen. Die Wunden sind nicht sehr tief. Ob er daran gestorben ist, kann ich erst nach der Obduktion sagen.«

»Lässt du dich auf eine Vermutung über den möglichen Tathergang ein, Frau Doktor?«

Die Ärztin zuckt die Achseln, leert tapfer den Pappbecher, zerknüllt ihn, sieht sich suchend um. Carola nimmt ihr den Müll aus der Hand.

»Ausnahmsweise.« Eleonore Plankowitz postiert sich neben der Leiche. »Der Täter attackiert den Mann mit einem harten Gegenstand. Drei bis vier Schläge. Das Opfer ist benommen, taumelt, kippt über den Beckenrand. Der Angreifer drückt ihm den Kopf nach unten. Wasser kommt in die Lunge. Der Mann erstickt. So könnte es gewesen sein. Aber wie gesagt, das ist noch ein bisschen wie Kaffeesudlesen.«

Die Chefinspektorin lächelt. *Kaffeesudlesen* im Ausdrucksrepertoire der Gerichtsmedizinerin ist ihr neu. Vielleicht eine Folge des lauwarmen Cappuccinos. Der Rest der bisher ermittelten Fakten ist rasch abgeklärt. Keine Tatwaffe in unmittelbarer Nähe, die weitere Umgebung wird derzeit abgesucht. Der Tote hat keine Brieftasche bei sich, kein Handy, keine Papiere. Die Identität des Mannes konnte dennoch festgestellt werden. Einer der Beamten aus der Polizeiinspektion hat ihn erkannt. Der Kollege hatte in den vergangenen Tagen Dienst im Kongresshaus.

»Paracelsusforum?«, fragt die Chefinspektorin.

Der Tatortgruppenchef bestätigt und hält ihr sein Tablet mit der aktivierten Veranstaltungsseite entgegen. ›Internationales Paracelsusforum Salzburg‹ steht da. ›Kongress vom 20.10. bis 26.10.‹

»Ist der Tote einer der Referenten?«

Kopfschütteln. Thomas Brunner aktiviert den News-Button der geöffneten Seite, scrollt zu einem Foto. Zwei ältere Herren sind zu erkennen. Der eine lächelt souverän in die Kamera, der andere, einen Kopf kleiner, streckt ihm die Hand mit verkrampft wirkender Miene hin. Den souveränen Grinser kennt die Chefinspektorin. Der Mann gehört zur ersten Riege der Salzburger Prominenz. Sie liest die Bildunterschrift: ›Professor Karol Blandenburg, Präsident des Internationalen Paracelsusforums, begrüßt einen der Ehrengäste des diesjährigen Kongresses, den Unternehmer Hans von Billborn aus Hamburg‹.

»Ist das der Tote?«

»Ja, Hans von Billborn, so viel steht fest. Mehr haben wir noch nicht«, brummt Thomas Brunner und schließt die Website.

Das ist schon sehr viel für knapp zwei Stunden am Tatort, denkt die Chefinspektorin.

Laut sagt sie: »Danke, Thomas, gute Arbeit. Wie immer.« Sie verstärkt ihre anerkennende Bemerkung mit einem Lächeln. Dann blickt sie zu Braunberger. Der

Abteilungsinspektor hat seine Untersuchung an der Leiche beendet, gibt den Kollegen ein Zeichen. Die treten näher, stellen den Zinksarg ab. Vorsichtig heben sie den triefenden Körper aus dem Becken. Lärm brandet auf, laute Stimmen sind zu hören. Die Chefinspektorin dreht den Kopf nach hinten. An der Absperrung zum Landestheater bemühen sich drei uniformierte Kollegen, eine Gruppe von Kameraleuten aufzuhalten. Der Abteilungsinspektor ist neben sie getreten. »Wir lassen ihn über den Ausgang zum Mirabellplatz abtransportieren. Dort sind noch keine Kamerateams.«

Die Ermittlungsarbeit ist im Gang. Das Räderwerk wird bald noch mehr Schwung aufnehmen. Spuren auswerten. Nach Zeugen suchen. Das Umfeld des Toten erkunden. Leute befragen. Gesicherte Erkenntnisse gegen vage Vermutungen abwägen. Tathergang rekonstruieren. Sie blicken auf die Kollegen in den weißen Overalls, die in gewohnter Manier Spuren sichern, Parkbänke und Marmorbalustraden mit Puder und Gleitfolien behandeln, Zigarettenstummel, Haare, blutige Kieselsteine in Plastikbeutel verstauen. Sie bemerken Gebhard Breitner, der neben dem Landestheater aus dem Dienstwagen steigt. Er wird sich gleich der Medienmeute annehmen. Wie immer macht der Polizeipressesprecher den Eindruck, als käme er eben von einem Fotoshooting für ein italienisches Herrenmodemagazin. Sie sehen Eleonore Plankowitz etwas abseits neben einer der großen Skulpturen stehen. Wie gewohnt wartet die Gerichtsmedizinerin, bis der Tote abtransportiert ist. Erst dann wird sie den Tatort verlassen. Alles wirkt wie immer. Jeder ist an seinem Platz, geht seiner Aufgabe nach, erfüllt seinen Teil im großen Räderwerk. Und doch, auch wenn es keiner ausspricht, spüren alle, dass einer fehlt. Die Chefinspektorin atmet tief ein, lässt langsam die Luft ausströmen. Es klingt wie der leise Anfangston eines traurigen Liedes. Otmar Braunberger legt der Kollegin den Arm um die Schulter, fasst sie sachte. Sie drückt ihren Kopf kurz gegen seinen. Dann gehen sie zu ihrem Wagen.

Die Teambesprechung ist für 16 Uhr angesetzt. Aus den ersten Befragungen ergibt sich folgender Ablauf des gestrigen Donnerstags: Hans von Billborn nimmt ab 10 Uhr am Kongress des Paracelsusforums teil. Die Veranstaltung dauert bis 17 Uhr. Abends folgt er einer Einladung. Der Präsident des Forums, Professor Karol Blandenburg, und dessen Gattin Ruth geben ein Galadiner in ihrem Haus in Leopoldskron. Geladen sind Referenten und Ehrengäste der Tagung. Gegen ein Uhr löst sich die Gesellschaft auf. Billborn nimmt gemeinsam mit einem weiteren Gast ein Taxi. Sie sind beide im Hotel Sacher untergebracht. Wann Billborn in der Nacht nochmals das Hotel verlassen hat, ist nicht exakt festzustellen. Laut Aussage des Nachtportiers dürfte das kurz nach halb drei gewesen sein. Zu diesem Zeitpunkt war er auf der Toilette. Die Videoaufzeichnungen der hoteleigenen Anlage und der Überwachungskameras der Umgebung sind angefordert. Der Staatsanwalt ist verständigt. Zeugen, die Billborn beim Betreten des Mirabellgartens gesehen haben, gibt es bislang keine.

»Das wird auch schwierig«, bemerkt der Abteilungsinspektor. »Salzburg Ende Oktober um halb drei in der Früh in der Umgebung des Landestheaters … da ist nur tote Hose. Dazu kommt, dass in der vergangenen Nacht dichter Nebel herrschte. Man sah kaum die andere Straßenseite.«

»Was ist mit den Taxlern auf dem Makartplatz?« Der Standplatz liegt nahe am Eingang zum Mirabellgarten. Braunberger schüttelt den Kopf. Zwischen 2 und 4 Uhr seien nur drei Wagen am Standplatz gewesen. Zwei der Fahrer konnten keine Angaben machen. Einen müssten sie noch befragen, doch der sei gleich nach Schichtende weggefahren. Urlaub, für zwei Tage. Sie besprechen die weiteren Schritte, teilen die Arbeit auf. Dann ist das Meeting zu Ende.

Gegen 19 Uhr ruft Thomas Brunner an. Er bittet Carola und Otmar in sein Büro.

»Wir haben Billborns Hotelzimmer untersucht und seine persönlichen Sachen mitgenommen. Vor einer Stunde haben wir uns seinen Laptop angeschaut.«

Sie fragen nicht, wie die Truppe an das Passwort gekommen ist. Solche Hürden sind für Brunners Spezialisten meist nur kleine Hindernisse. »Ich möchte euch zeigen, was Billborn sich gestern Nacht anschaute, ehe er das Hotel verließ.« Er dreht ihnen den aufgeklappten Laptop zu. Auf dem Screen ist eine Schwarz-Weiß-Fotografie zu erkennen. Ein junger Mann stemmt übermütig eine junge Frau in die Höhe. Beide lachen. Im Hintergrund ist dieselbe Pose nochmals auszumachen, die Konturen sind leicht verschwommen. Auch dort nimmt ein Mann eine Frau auf die Schulter, hebt sie hoch. Die Chefinspektorin stößt verblüfft die Luft aus. »Haben wir das nicht heute schon gesehen?«

Der Chef der Tatortgruppe bestätigt. »Ja, die Statue im Hintergrund ist eine der vier Skulpturen, die das Becken des großen Springbrunnens säumen.«

Sie schauen verwundert auf das alte Bild. Genau an dieser Stelle des Brunnens, keine fünf Meter vom abgebildeten Monument entfernt, haben sie heute Morgen Billborns Leiche vorgefunden.

»Wissen wir, wer die beiden auf dem Foto sind?«

Thomas Brunner deutet auf den Screen. »Der junge Mann ist mit ziemlicher Sicherheit unser Toter. Wir haben das Bild mit alten Ausweisfotos verglichen. Billborn dürfte damals Mitte zwanzig gewesen sein.«

»Und die Frau?«

Thomas Brunner zögert. »Auch da haben wir ein Ergebnis.«

Braunberger, dem Brunners Zögern nicht entgangen ist, fragt: »Gab es für die Frau einen Hinweis in Billborns Laptopdateien?«

»Nein, zumindest haben wir keinen in der Kürze gefunden. Wir haben das Bild durch unser Gesichtserkennungsprogramm geschickt. Es ist erstaunlich, was die neue Software alles kann.«

»Wo seid ihr fündig geworden?«, will die Chefinspektorin wissen. »Alte Vermisstenanzeigen? Straftäterkartei?«

Wieder ein kurzes Zögern, dann ein Kopfschütteln. Statt einer Antwort schiebt Brunner den sichergestellten Laptop zur Seite und wendet sich dem großen Bildschirm zu, der die halbe Schreibtischbreite einnimmt. Er greift nach der Maus. Ein schneller Doppelklick. Die exzentrisch gestaltete Grafik des Schirmschoners verschwindet, ein Foto erscheint, der Bildkörnung nach offenbar älteren Datums. Die Chefinspektorin und ihr Kollege lesen den unter der Aufnahme platzierten Registrierungshinweis.

»Ach du gütiger Gott!«, entfährt es dem Abteilungsinspektor. Es ist still im Raum. Ihre Blicke sind auf das Gesicht der Frau gerichtet, die mit ernster Miene vom Bildschirm schaut. Dann sehen die drei einander an. Ratlosigkeit. Schließlich beugt sich die Chefinspektorin vor, stemmt die Hände auf die Knie. »Wir fahren hin.«

Braunbergers Kopfnicken ist langsam, bedächtig. »Ja, das wird das Beste sein.« Er steht auf. »Es ist wohl klüger, du fährst alleine, Carola. Ich kümmere mich weiter um die Ermittlungen.«

Sie schüttelt energisch ihre braune Mähne. »Nein, Otmar. Wir fahren beide.«

»Wann?«

»Morgen, gleich nach der Teambesprechung.«

Sie erhebt sich ebenfalls. »Danke, Thomas, gute Arbeit.« Das »Wie immer« schenkt sie sich.

SAMSTAG, 24. OKTOBER

Er wartet auf den Schrei. Ein Blick zum Himmel. Nichts. Er schaut auf die Uhr. Heute sind sie später dran. Er nicht. Er ist wie immer pünktlich. Schon seit einer halben Stunde sitzt er am See. Wie fast jeden Morgen. Gleich nach dem Frühstück aufbrechen, den Weg zwischen den Feldern einschlagen, nach einer halben Stunde das kleine Wäldchen erreichen, es bedächtig durchqueren, sich an die Stämme der Eichen lehnen, die rauen Furchen der Rinde mit den Händen betasten, das Moos riechen, schließlich heraustreten aus dem Schutz der Bäume, am Ufer entlang bis zum dichten Schilf schlendern, sich auf die kleine Holzbank niederlassen, mit den Augen über das Wasser streifen, sich an den grün schimmernden Teichrosenblättern erfreuen, das Spiegelbild der Wolken auf den glatten Wellen betrachten – all das ist ihm zur vertrauten Gewohnheit geworden.

Ein weiteres Mal späht Merana über die Schilfspitzen hinweg zum anderen Ufer. Noch immer nichts. Er wird warten. Er lehnt sich zurück. Er erlaubt sich, die Augen zu schließen. Er wird sie nicht verpassen. Er wird rechtzeitig ihren Ruf vernehmen. So wie jeden Morgen. Die Sonne kämpft seit einigen Minuten an den Rändern der Hügelkette gegen die dichten Ballen der Wolkendecke. Sie gewinnt. Erste Lichtfinger erreichen die Wellen des Sees, streichen über das Schilf, betasten Meranas Gesicht. Die Wärme tut ihm gut. Er saugt behutsam die Morgenluft in seine Lungen. Noch immer fällt ihm bisweilen das Atmen schwer. Sein Zustand hat sich verbessert, seit er hier ist. Er war bereits über dem Damm gewesen. Doch dann hatte ihn plötzlich hohes Fieber niedergestreckt. Eine unerwartete Komplikation nach der ersten Operation. Verschattung am Röntgenbild. Lungenabszess. Er musste sich erneut einem Eingriff unterziehen. Er musste wochenlang Antibiotika schlucken, war geschwächt, völlig energielos. Die Heilmittel vermochten schließlich das Fieber zu drücken. Sie unterstützen den Vernarbungsprozess in der Lunge. Was sie nicht vertreiben können, sind die Bilder, die ihn immer noch quälen, die Erinnerungen. Das Personal der Rehaklinik kümmert sich seit Wochen mit professioneller Aufmerksamkeit um ihn. Ärzte und Belegschaft unternehmen alles, um seine Genesung zu fördern. Seine Körperkräfte nehmen jeden Tag ein kleines Stück zu. Nur seine Seele bleibt verwundet. Doch wenn er hier am See sitzt, findet sein Inneres zumindest für kurze Zeit Ruhe. Hier ist er alleine, umgeben vom Schilf, vom Plätschern der Wellen, vom Rascheln, das die kleinen Tiere verursachen, die hinter ihm durchs Herbstlaub flitzen. Wenn er sich mit geschlossenen Augen in die Umgebung versenkt, dann legt sich Stille auf ihn. Wie eine sanfte Hand, die über seine Schultern streicht, über Brust und Haare, über sein Gesicht. Hier findet er Frieden.

A-rooong!

Er hört den Schrei, reißt die Augen auf. Sie kommen. Endlich. Voraus der Dunkle Prinz, dahinter die vier eleganten Begleiter, alle fünf mit gleichmäßigem Flügelschlag.

Der Wind treibt die Rufe der majestätisch übers Wasser gleitenden Vögel bis zu ihm.

Ein dunkles *A-rong … A-rong …* Dazwischen ein hellerer Ton. Der Dunkle Prinz spreizt die Flügel, streckt die Beine nach vorn und landet 20 Meter vor dem Ufer auf den Wellen. Gleich dahinter klatschen die vier anderen ins Wasser.

Ra-ruuk, Ra-ruuk-ruuk … Der Klang der aufgeweckten Schreie ändert sich. Der Dunkle Prinz schüttelt den Kopf, taucht kurz ins Wasser, lässt feine Tropfen von seinem Schnabel perlen. Die anderen folgen seinem Beispiel. *Kanadagänse*. Merana hat noch nie zuvor Vögel dieser Art gesehen. Er kennt Graugänse von einigen Seen im Salzburger Land. Aber Kanadagänse sind ihm erst hier begegnet. Er hat sich im Ort erkundigt. Vor einigen Jahren seien die Tiere zugewandert, wurde ihm berichtet, eine kleine Schar. Keiner weiß, woher sie kamen. Die fünf Gänse sind die einzigen ihrer Art im weiten Umkreis. Merana hat den größten der fünf Vögel für sich »Dunkler Prinz« genannt. Kanadagänse besitzen einen schwarzen Kopf und einen lang gezogenen schwarzen Hals, dessen Tönung sich scharf gegen die grau gefärbte Brust absetzt. Typisch für diese Tiere ist das weiße Kinnband, ein heller Fleck im ansonsten dunklen Kopfbereich. Schon von Weitem fällt der leuchtend weiße Streifen auf, wenn die Vögel im Anflug sind. Doch eine der Gänse, die sich an diesem See tummeln, ist anders. Der größte der fünf Vögel ist offenbar ein Mutant. Ihm fehlt das weiße Kinnband. Sein Kopf ist komplett in Schwarz gehüllt, das schimmernde Dunkel erstreckt sich durchgehend von der Schnabelspitze bis zum Brustansatz. Das verleiht ihm ein strenges Aussehen.

Ein wenig düster vielleicht, aber in jedem Fall herrisch, majestätisch. Immer wieder beobachtet Merana, dass sich die vier anderen nach dem Verhalten des Größten aus der Gruppe richten. Verschwindet er im Schilf, tun sie es auch. Setzt er zum Start an, folgen sie sofort seinem Beispiel. Er ist der Anführer, der Chef, der Dunkle Prinz. Auch heute gibt der große Vogel den Rhythmus vor. Weite Kreise, enge Kreise, zweimal mit den Flügeln schlagen, untertauchen. An diesem Morgen ist der Dunkle Prinz mit seinem Gefolge fast eine halbe Stunde später eingetroffen als gewohnt. Merana wartet jeden Tag auf sie. Schon bald ertappte er sich dabei, wie sein Herz schneller zu schlagen begann, wenn er die Wildgänse aus der Ferne auf sich zufliegen sah. Wie bei einem jungen Liebhaber, der auf seine Angebetete wartet. Der Anblick der majestätisch wirkenden Vögel, die in großer Ruhe über das Wasser gleiten, hat etwas Meditatives für ihn. Elegant zeichnen ihre Schwimmbewegungen Muster auf die Oberfläche des Sees. Die Schwingungen der Wellen, die von den Bewegungen der Vögel ausgehen, setzen sich in Meranas Innerem fort. Alles fließt.

Die Gänse bleiben nie lange. Fünfzehn, zwanzig Minuten, höchstens eine halbe Stunde. Auch heute ist es der Dunkle Prinz, der das Zeichen zum Aufbruch gibt.

A-rong, A-rooong … Die anderen stimmen mit ein. Schon reckt der Prinz sein schwarzes Haupt, schlägt kraftvoll mit den Flügeln, zieht die dunklen Beine aus dem Wasser, hebt ab. Die anderen folgen.

A-rong, A-rooong … Merana steht auf. Er winkt mit der Hand zum Gruß. So wie jeden Morgen. Und wie jeden Morgen freut er sich schon auf den nächsten Tag, wenn seine gefiederten Freunde wiederkommen. Die Gruppe bleibt tief über dem Wasser, streicht am Schilf entlang, nahe am Ufer, gewinnt jetzt an Höhe. Ein schnalzendes Geräusch peitscht durch die Luft, erreicht Meranas Ohr. Im nächsten Augenblick schert einer der Vögel aus, wird von einer unsichtbaren Faust getroffen, kippt aus der eingeschlagenen Bahn. Ein schrilles Kreischen fegt übers Wasser. Kein *A-rooong, A-rooong*, sondern ein grelles, hohes, verzweifeltes Klagen. Ein Todesschrei. Noch einmal flattert der getroffene Vogel mit den Flügeln, dann stürzt er nach unten.

»Nein!« Merana steht am Ufer, hört das Aufklatschen des Körpers auf dem Wasser. »Nein!« Er brüllt, steht wie gelähmt, kann nicht fassen, was sich vor seinen Augen abspielt. Da! Eine Bewegung am Waldrand. Links von ihm, keine dreißig Meter entfernt. Er löst sich aus der Erstarrung, startet los, hält auf den großen Haselstrauch zu. Die belaubten Stangen wippen. Etwas Helles ist zu sehen. Ein Stück Stoff. Merana erhöht das Tempo, erreicht die Sträucher, prescht durch das Unterholz, stolpert, rafft sich auf. Weit vor ihm, zwischen den lichten Stämmen, hetzen zwei Gestalten. Zwei Jungen. Einer hat ein metallisch blinkendes Gebilde umgehängt. Merana übersieht die Wurzel, strauchelt erneut, kracht gegen einen Fichtenstamm, schafft es gerade noch, die Arme nach vorn zu reißen, um seinen Aufprall auf dem steinigen Waldboden abzufedern. Die Handflächen schlittern über spitze Steine, das linke Knie trifft auf Hartes. Schmerz fährt ihm das Bein hoch, rast auf einer Feuerbahn bis zur Hüfte. Er bleibt liegen, keucht. Seine Lungen brennen. Er ist immer noch geschwächt, trotz wochenlanger Therapie. Er rappelt sich auf, mühsam, lehnt den Kopf gegen einen Baum. Sein Atem geht schwer. Was macht er hier? Polizist spielen? Täter verfolgen? Er will das nicht mehr. Kein Polizist mehr sein. Kein Aufspürer. Kein Verfolger. Er drischt mit den blutenden Handballen gegen die Schläfen. Aber der über Jahre eingeübte Reflex des Jägers hat ihn angetrieben, hat ihn losstürmen lassen. Er blickt nach vorn. Die beiden Jungen sind längst verschwunden, verschluckt vom Dickicht. Er greift nach dem Stamm, zieht sich langsam hoch. Er betastet das Knie, versucht es zu beugen. Vorsichtig setzt er einen Fuß vor den anderen. Das Knie brennt, aber die Schmerzen sind erträglicher als befürchtet. Nach ein paar weiteren Schritten fühlt er sich besser, sein Tritt wird sicherer. Er sollte zurück in die Einrichtung, sollte die diensthabende Ärztin aufsuchen, um das Knie kontrollieren zu lassen. Hinlegen sollte er sich auch, denn er fühlt sich schwindlig, vom Sturz benommen. Er blickt durch die Bäume auf den Weg, der zur Klinik führt. Doch seine Füße schlagen eine andere Richtung ein, bringen ihn zurück zum See. Es ist Ende Oktober, das Wasser eiskalt. Er wird sich eine Verkühlung holen. Seine Organe sind ohnehin angeschlagen. Was er jetzt nicht brauchen kann, ist eine Lungenentzündung. Egal. Er muss ihn finden. Er steigt ins Wasser, watet durch das Schilf. Der See reicht ihm bis zu den Knien, bald darauf bis zur Hüfte. Er versinkt mit den Schuhen im schlammigen Boden. Die Kälte frisst sich an seinen Beinen hoch. Jeder Schritt ist eine Überwindung. Doch er kämpft sich weiter durch das dichte Schilf. Er hat sich die Stelle gemerkt, wo der verletzte Vogel ins Wasser stürzte. Nach zehn Minuten hat er ihn gefunden. Es ist nicht der Dunkle Prinz, das sieht er auf den ersten Blick. Es ist einer der Begleiter. Unterhalb des linken Flügels steckt ein gefiederter Pfeilschaft. Das Geschoss ist dem Tier in den Leib gedrungen. Blut sickert aus der Wunde, vermischt sich mit dem Seewasser. Kein Herzschlag. Der Vogel ist tot. Er hebt das leblose Tier aus dem Wasser, trägt es ans Ufer, bettet die Gans auf die Bank. Er nimmt das Handy aus der Tasche, macht ein Foto. Er wird die Strecke zurück im Laufschritt absolvieren müssen. Es gilt, sich in Bewegung zu halten, damit ihn die eisige Kälte nicht niederstreckt. Er trabt los. Die steif gefrorenen Muskeln und Sehnen gehorchen nur schwer. Jeder Schritt ist eine Qual. Jedes Mal, wenn der linke Fuß den kiesigen Weg trifft, spürt er den Schmerz im Knie. Aber er gibt nicht nach. Weiter. Schneller. Nach zehn Minuten erreicht er den Ortsrand. Er stützt sich gegen die Mauer des Amtsgebäudes, keucht, atmet tief durch. Dann betritt er in mühsam gefasster aufrechter Haltung das Innere der Polizeiinspektion. Er lässt den Beamten wenig Zeit, sich über seine triefnasse, verschlammte, blutende Erscheinung zu wundern. Er zeigt ihnen das Handyfoto, schildert den Vorfall, beschreibt den Weg zur Bank, wo er den toten Vogel abgelegt hat. Mehr will er dazu nicht sagen. Einer der Beamten bietet ihm eine Decke an. Die lehnt er dankend ab. Aber er nimmt das Angebot an, sich mit dem Auto zur Klinik bringen zu lassen. Eine Viertelstunde später steht er unter der Dusche, lässt heißes Wasser minutenlang auf seine durchfrorene Haut prasseln.

Das Mittagessen verschläft er. Nach der ausgiebigen Dusche hat er sich ins Bett gelegt, mit einem dicken Pullover über dem Trainingsanzug und einer zusätzlichen Decke. Vom Kräutertee, den ihm die Praktikantin vom Tagesservice brachte, hat er die Hälfte getrunken, ehe er erschöpft in einen traumlosen Schlaf versank. Gegen 15 Uhr wird er munter. Ihm ist heiß. Er betastet die Stirn. Kein Fieber. Aber er schwitzt. Er schiebt die doppelte Bettdecke zurück, schlüpft aus dem Pullover. Wieder stellt er sich unter die Dusche, lässt Wasser auf seine Haut rinnen. Zuerst heiß, dann kalt. Er zieht sich an, fühlt sich ein wenig besser. Die Schrammen an den Händen pochen. Das Ziehen im linken Bein vom Knie bis zur Hüfte ist halbwegs erträglich. Er geht nach unten, trinkt einen Espresso im Buffet, dreht eine Runde durch das weitläufige Gelände der Klinik. Er verweilt fast eine halbe Stunde im Zengarten, dann kehrt er zurück ins Zimmer. Er stellt sich auf den Balkon, blickt hinüber zum Wald, hinter dem der kleine See liegt. Traurigkeit steigt in ihm hoch. Er sieht das Bild des toten Vogels vor sich. Das Gefieder blutig, den Hals verdreht, den schwarzen Schnabel weit aufgerissen. Einer seiner gefiederten Freunde wurde brutal hingemeuchelt. Welch sinnlose Tat. Derjenige, der den Pfeil abschoss, vernichtete nicht nur das Leben des Tieres. Das Geschoss traf auch Meranas mühsam aufgebautes Gerüst an fragiler Harmonie. Blut besudelt seine Freude, die er beim Anblick der Vögel hatte, wenn sie mit schwingenden Flügeln über den Himmel zogen. Die Wildgänse würden nicht mehr zum See kommen. Er würde sich nie mehr auf die Bank setzen, um ihrem Treiben zuzuschauen. ›Meine Ruh ist hin, mein Herz ist schwer.‹ Gretchens Satz aus Goethes Faustdrama fällt ihm ein. »Ich finde sie nimmer und nimmermehr.« Zorn steigt in ihm auf. Er presst die

Hände gegen das kalte Eisen des Balkongeländers. Wut hat ihn auch bei den Ereignissen geleitet, die ihn selbst vor Wochen aus der Bahn warfen, so wie heute der getroffene Vogel vom Himmel kippte. Er stößt sich vom Geländer ab, kehrt ins Zimmer zurück, legt sich aufs Bett. *Meine Ruh ist hin.* Er zwingt sich, die Wut hinunterzuschlucken und gleichzeitig die Mauer zu stützen, die er sich in den letzten Wochen aufgebaut hat, damit ihn die Flut der Bilder nicht überschwemmt.

Um 17 Uhr läutet das Zimmertelefon.

»Herr Merana, Sie haben Besuch.« Besuch? Er hat doch alle um Verständnis gebeten, dass er während der letzten Tage seines Aufenthaltes allein sein will. »Danke, ich komme.«

Sein Zimmer liegt im zweiten Stock. Obwohl sein Bein immer noch schmerzt, nimmt er nicht den Lift. Er steigt über die Treppe nach unten, erreicht den Empfangsbereich im Foyer.

»Hallo, Martin.«

Er bleibt stehen. Kurz schwappt Ärger in ihm hoch, dass man seine Bitte ignoriert. Doch der schwache Groll weicht schnell einem warmen Gefühl beim Anblick seiner beiden vertrautesten Mitarbeiter. Er umarmt seine Stellvertreterin, dann reicht er Otmar Braunberger die Hand.

»Entschuldige unser Auftauchen, Martin.« Carola Salmans Stimme klingt rau. »Wir wollen uns nicht über deinen Wunsch hinwegsetzen. Aber wir müssen mit dir reden.« Er hebt abwehrend die Hände. »Nein, Martin, es hat nichts mit deinem Entschluss zu tun, den Dienst zu quittieren.«

Er schaut die beiden fragend an.

Braunberger deutet mit dem Kopf ins Innere der Halle. »Wie schmeckt das Bier in eurem Buffet?«

»Ich weiß es nicht. Seit ich hier bin, trinke ich nur Wasser und Kräutertee, gelegentlich einen Espresso.«

»Na, dann lass uns vielleicht besser in dein Zimmer gehen.«

Sie steigen die Treppe nach oben. Er bietet ihnen die Besucherstühle an, setzt sich aufs Bett. Carola fasst seine Hand. »Wie geht es dir?«

Er weiß nicht, was er sagen soll. Irgendwo in seinem Inneren taumelt ein tödlich getroffener Vogel zu Boden, klatscht in den See, trifft auf Wasser, das sich blutrot färbt.

»Es geht mir ... ganz gut. In einer Woche werde ich offiziell entlassen. Aber die Klinikleitung meint, ich sollte vielleicht um ein bis zwei Wochen verlängern.«

Die Chefinspektorin und Braunberger wechseln einen raschen Blick.

»Hast du heute die Nachrichten verfolgt, Martin?«

»Nein.« Ihn interessiert schon seit Wochen keine Zeitung, kein Fernsehprogramm, kein Internet. Alles, was er mag, ist, sich jeden Morgen auf die Bank am See zu setzen und auf die Ankunft der Wildgänse zu warten.

»Es gab vorgestern Nacht einen Mord. Die Leiche wurde gestern früh im Mirabellgarten gefunden. Hans von Billborn, 70 Jahre alt. Ein deutscher Unternehmer. Er war wegen des Paracelsus-Kongresses nach Salzburg gekommen.«

Er mustert seine beiden Mitarbeiter. Was soll das? Das interessiert ihn alles nicht.

Leichen. Mirabellgarten. Er wird den Dienst quittieren. Der Polizeipräsident hat längst sein Entlassungsgesuch auf dem Schreibtisch. Er will kein Polizist mehr sein. Er kann nicht, nach all dem, was geschehen ist. Er versucht es mit einem Lächeln. »Dazu braucht ihr mich nicht. Das schaffen die beiden besten Ermittler der Salzburger Kripo auch ohne Hilfe des ehemaligen Chefs.«

Auch der Abteilungsinspektor lächelt. »Ja, damit kommen wir schon klar. Wir hatten ja einen guten Lehrmeister.« Er öffnet eine Aktenmappe. »Hans von Billborn wurde vermutlich gegen 3 Uhr morgens ermordet. Kurz davor war er noch in seinem Zimmer. Warum er das Hotel verließ, wissen wir nicht. Aber wir wissen, was er vor dem Weggehen tat. Er schaute sich ein Bild auf seinem Laptop an. Ein Foto, das vor rund vierzig Jahren aufgenommen wurde.« Er nimmt einen Umschlag aus dem Koffer, zieht daraus ein Blatt hervor. »Thomas Brunners Leute haben die beiden Personen identifiziert, die auf diesem Bild zu sehen sind. Wir möchten gerne, dass auch du es dir ansiehst.« Er hält ihm das Blatt mit dem ausgedruckten Schwarz-Weiß-Foto hin. »Der Mann auf dem Bild ist Hans von Billborn.«

Meranas Augen richten sich auf die Fotografie. Er sieht einen lachenden jungen Mann, eine fröhliche junge Frau. Er zuckt zusammen. Ihm wird plötzlich heiß. Siedend heiß.

»Auf die Identität der Frau sind wir durch ein spezielles Erkennungsprogramm gekommen, es hat uns zu einem Eintrag in einer Personalakte geführt. Zu einem Vermerk in *deiner* Akte, Martin.«

Er schluckt. Seine Hand, die den Ausdruck hält, zittert. Er braucht keine Gesichtserkennungssoftware. Er weiß auch so, wer die Frau ist, die ihn auf diesem Bild anschaut. Seine Mutter. Verwirrt starrt er seine beiden Kollegen an. »Ich habe diese Fotografie noch nie gesehen. Ich kenne auch diesen Mann nicht. Was soll das?«

Carola beugt sich vor. Ihre Miene ist ernst. »Wir wissen es auch nicht, Martin. Wir haben keine Ahnung, warum Hans von Billborn sich vorgestern Nacht diese alte Aufnahme anschaute, die ihn zusammen mit deiner Mutter zeigt. Wir wissen nur eines: Kurz danach hat er das Hotel verlassen. Er ist irgendwann in derselben Nacht im Mirabellgarten aufgetaucht. Und dort wurde er umgebracht.«

Merana blickt wieder auf das Bild. Erst jetzt fällt ihm die leicht verschwommene Figurengruppe im Hintergrund auf.

»Ist das eine Statue aus dem Mirabellgarten?«

»Ja«, bestätigt Otmar Braunberger. »Das ist eine der vier Skulpturen, die um den Springbrunnen im Großen Wasserparterre platziert sind. Genau an dieser Stelle wurde Billborn getötet.«

Merana fühlt sich plötzlich müde. Ein unsichtbarer Umhang drückt auf seine Schultern. Was passiert hier? Was hatte seine Mutter mit diesem Mann zu schaffen? Die Kniescheibe schmerzt. Er kann keinen klaren Gedanken mehr fassen. Er ist seit Wochen auf Reha. Er versucht, Kraft zu tanken. Er hat sich von allem zurückgezogen, hat die Einsamkeit gesucht, um seinen Entschluss zu festigen, aus dem Polizeidienst zu scheiden. Er wird die Konsequenz seines Handelns tragen. Und nun tauchen Carola und Otmar auf und halten ihm ein Bild vor die Augen, das zwei Menschen zeigt, die inzwischen tot sind. Der eine kam vorgestern Nacht ums Leben, die andere Person starb vor über vierzig Jahren, verunglückt bei einer Bergwanderung. Wieder schaut er auf das Foto. Neue Eindrücke schieben sich über das Bild. Ein heller Sarg, der in einem schwarzen Loch verschwindet. Alpenveilchen. Die verweinten Augen der Großmutter. Er will das nicht mehr sehen. Er streckt die Hand aus, hält der Chefinspektorin die Fotografie hin.

Die wehrt ab. »Wir lassen dir das Bild hier, Martin. Wir haben gehofft, du könntest uns etwas dazu sagen.«

Nein, kann er nicht. Er wollte, er könnte. Er weiß nur eines: Er hat als Kind seine Mutter selten lachen gesehen. Wenn er zurückdenkt, fallen ihm nur wenige Momente ein. So fröhlich wie auf diesem Bild hatte er sie überhaupt nie erlebt. Wer ist dieser Mann? Und was machte er mit seiner Mutter vor so langer Zeit im Mirabellgarten? Warum stemmte er sie hoch, in derselben Pose wie der verschwommene steinerne Mann im Hintergrund die steinerne Frau?

Er verabschiedete die beiden, bedankte sich für den Besuch. Die Höflichkeit hätte es verlangt, ihnen etwas anzubieten. Einen Kaffee, ein Stück Torte aus dem Buffet. Aber er mochte nicht, er musste alleine sein. Seit drei Stunden liegt er wach auf dem Bett. Immer wieder hat er einen Blick auf das Bild geworfen, hat gleichzeitig versucht, sich gegen die Erinnerungen zu wehren, die auf ihn einprasseln. Der Sonntag, an dem die Mutter nicht mehr heimkam. Der Streit, den sie am Abend zuvor hatten.

Er steht auf, öffnet die Balkontür, tritt hinaus. Im Japanischen Garten brennt Licht. Das schwache Plätschern des Wassers ist zu hören. Scheinwerfer tauchen die Außenanlage der Rehaklinik in milchig mildes Licht. Außerhalb der

Begrenzung herrscht Dunkelheit. Das Wäldchen mit dem kleinen See ist in der Finsternis nicht auszumachen. Mit einem Ruck stößt er sich vom Geländer ab, tritt ins Zimmer, schließt die Balkontür. Er zieht Koffer und Sporttasche aus dem Schrank. Eine Viertelstunde später hat er gepackt, zieht das Gepäck zum Lift, fährt nach unten. Die Nachtschwester in der Empfangsloge ist über sein Auftauchen erstaunt.

»Aber Herr Merana, Sie sind doch noch gar nicht entlassen. Wir haben heute früh noch Ihren Therapieplan für die nächste Woche ausgearbeitet.«

Er geht nicht auf ihren Einwand ein, bittet sie, seine besten Grüße ans Betreuungspersonal und die Klinikleitung auszurichten. Er legt 200 Euro auf den Tresen. Für die Gemeinschaftskasse.

»Danke, Herr Merana, sehr großzügig.« Sie nimmt das Geld, reicht ihm die Hand. »Ich soll Ihnen einen schönen Gruß ausrichten von unserem Postenkommandanten. Er hat vorhin angerufen. Sie haben die beiden Jungen erwischt. Der Vater der Buben ist der Vorsitzende des örtlichen Armbrustvereins.«

Merana bedankt sich. Wenigstens diese beiden Täter sind gefasst. Das ist er seinen gefiederten Freunden mit dem eleganten Flügelschlag schuldig. Er wendet sich dem Ausgang zu. Wenn er sich ranhält, ist er in knapp vier Stunden in Salzburg. Er erreicht den Parkplatz, wuchtet Koffer und Tasche ins Auto und fährt los.

Die Bänke sind leer. Weiße Ballen hängen an den efeuüberzogenen Mauern, tauchen Blattwerk und nahe Balustraden in glitzerndes Licht. Hinter der beleuchteten Orangerie stechen zwei bleiche Säulen in den Nachthimmel wie riesige Knochen mit dunklen Einkerbungen. Es sind die beiden Türme der Andräkirche.

Merana war noch nie nachts im Mirabellgarten. Er dreht sich langsam im Kreis, ist verblüfft über die Stille. Am Tag herrscht hier ein Geschnatter von Hunderten Touristen, dröhnt der Verkehrslärm von den angrenzenden Stadtstraßen ins Innere. Jetzt ist es anders. Ein nahezu andächtiges Schweigen hüllt ihn ein. Die lang gezogene Fassade des Schlosses spannt sich wie eine schimmernde Theaterfassade über das Nordende des Gartens. Jeden Augenblick erwartet man, dass sich die großen Fenster öffnen und Diener mit Fackeln auf die Balkone treten.

Die dunklen Blumenrabatten mit ihren geschwungenen Bögen ziehen sich schlangengleich über den Rasen. Laternenlichtfetzen und Dunkelheit wechseln einander ab.

Er hat die Rückreise problemlos geschafft. Anfangs kam er nur langsam voran. Die schmalen Straßen des Hügellandes erlauben kein schnelles Fahren. Doch auf der Autobahn drückte er aufs Gas. Es war wenig Verkehr. Gegen halb drei, nach nicht einmal vier Stunden Fahrzeit, erreichte er das Haus in Aigen, dessen oberes Stockwerk er bewohnt. Er hätte sich lieber zu Fuß auf den Weg in die Stadt gemacht. Der gut halbstündige Spaziergang wäre eine willkommene Abwechslung nach der langen Fahrt gewesen. Doch der Schmerz im linken Bein ließ das nicht zu. Er holte das Fahrrad aus dem Schuppen, sorgte mit der Pumpe für den nötigen Reifendruck, schwang sich in den Sattel. Eine knappe Viertelstunde später erreichte er den Makartplatz, verstaute das Rad im Ständer neben dem Landestheater und überstieg die niedrige Balustrade.

Diesen Weg hat wohl auch Hans von Billborn genommen, um spät in der Nacht in den Mirabellgarten zu gelangen. Merana reibt die Handflächen gegeneinander. Die Luft ist klar, aber kalt. Wie eine dunkle Scheibe liegt das Wasser im Becken des großen Springbrunnens. Hell erleuchtete Gebäudeteile aus dem Umfeld spiegeln sich darin. Die bleichen Turmspitzen der Andräkirche sind auszumachen, ein Teil der Schlossfassade, die Seitenflanke des Landestheaters. Sogar die bestrahlten Mauern der weit entfernten Festung hoch über der Stadt werden als bläuliches Schimmern auf dem glatten Wasser reflektiert. Die Umgebung erscheint ihm unwirklich, magisch, märchenhaft. Noch nie ist er spät nachts über die Begrenzung gestiegen, um sich Schritt für Schritt in die Zauberwelt des Mirabellgartens vorzutasten. Er ist fasziniert, kann dennoch nur schwer die Eindrücke auf sich wirken lassen. Unruhe nagt in ihm. Zu viel ist in den letzten Stunden geschehen. Er betrachtet den dunklen Spiegel des Wassers. Keine Fontäne schießt jetzt in den Nachthimmel. Der Zeituhrmechanismus wird den Strahl des Springbrunnens erst in den frühen Morgenstunden starten. Die Lichtstreifen der Laternen aus der Umgebung reichen kaum bis zur Brunnenanlage. Die vier riesigen Monumente rings um das Becken beeindrucken allein schon durch die schwarze Wucht ihrer Konturen, auch wenn Details ihrer Darstellung in der Dunkelheit nur schwer auszumachen sind. Er sitzt am Brunnenrand, konzentriert sich auf eine der Marmorfiguren. Er kann weder das Gesicht des Mannes noch das der hochgehobenen Frau im Finstern sehen. Hier, an diesem Platz, schenkte seine Mutter dem Fotografen ein fröhliches Lachen, ließ sich von einem Mann in den Himmel heben, von dessen Existenz ihm, dem damals Neunjährigen, nichts bekannt war. Und dieser Mann war vor wenigen Stunden am selben Platz ums Leben gekommen. Seit er Polizist ist, hat er sich angewöhnt, nächtens die Plätze aufzusuchen, an denen die Ermordeten lagen, um deren grausamen Tod er sich als Ermittler zu kümmern hatte. Begonnen hat dieses Ritual bei seinem ersten Fall, der Ermordung eines zehnjährigen Mädchens, dessen Leiche sie in einem Hinterhof fanden, abgelegt wie ein Stück Abfall, in einer Rollsplitttonne. Er hat sich über all die Jahre nie gefragt, warum er die Plätze aufsuchte. Er tat es einfach. »Totenwache« nennen einige Kollegen sein Verhalten. Es ist ihm egal. Hier, in diesem Garten, ist es anders. Er hat Hans von Billborns Leiche nicht gesehen. Sein Tod hinterlässt keinen tiefbleibenden Eindruck in ihm. Er hat kein Verlangen nach Totenwache. Er weiß nicht genau, was ihn angetrieben hat, so schnell wie möglich in den Mirabellgarten zu gelangen. Er will auch nicht nach möglichen Beweggründen forschen. Er ist hier. Allein das zählt. Die Großmutter kann an manchen Plätzen die Präsenz der Toten spüren. Es ist unerheblich, wie lange der Zeitpunkt des Todes zurückliegt. Für die Großmutter ist immer Gegenwart, was sie wahrnimmt. Darüber spricht sie nicht gerne. Aber es ist so. Er kann das nicht. Ihm tauchen keine Bilder auf wie der Großmutter. Für ihn sind die Toten tot. Das ist ihm auch lieber so. Er lässt sich auf einer der Bänke nieder, streckt die Beine weit von sich, legt den Kopf in den Nacken.

Auch heute Morgen saß er auf einer Bank. Langsam steigen die Bilder in ihm auf. Er versucht, sich dagegen zu wehren. Sie verschwimmen in seinem Kopf. Der Pfeilschaft, der aus dem blutenden Vogel ragt. Der helle Sarg, der sich mit der toten Mutter in die schwarze Grube senkt. Die wächserne Gestalt von Franziska, gezeichnet vom Lymphdrüsenkrebs. Der Blutsee, der sich aus dem klaffenden Hals von Roberta ergießt. Die Mauer in seinem Inneren droht zu bröckeln. Die Rückschau entfacht ein Schwelen, nagendes Feuer frisst an ihm. Bevor die Erinnerung sich zum Brand ausbreitet, steht er auf und verlässt den Garten.

SONNTAG, 25. OKTOBER

Wenn der Polizeichef am Sonntagmorgen im Büro sitzt, dann muss der aktuelle Fall von hoher Brisanz sein. Hofrat Günther Kerner, Polizeipräsident im Rang eines Brigadiers, streckt Merana die Hand hin. »Guten Morgen, Martin. Es freut mich, dass du wieder zurück bist.«

Merana ergreift die dargebotene Rechte. Am Beginn ihres Kennenlernens war es Merana immer so vorgekommen, als ergreife er nicht die Hand seines Vorgesetzten, sondern eine feuchte Schlange. Diese Anmutung hatte sich bald gelegt. Deshalb überrascht es ihn, dass sich seiner nach so langer Zeit jetzt wieder das Gefühl bemächtigt, eine glatte Natter verlasse das schützende Nest der präsidentiellen Dienstuniform und schnappe in seine Richtung.

»Danke, Günther. Der Eindruck täuscht. Ich bin nicht zurück, wie du es meinst.«

Hofrat Kerner deutet auf den Stuhl. Merana setzt sich. Der Polizeichef öffnet die Schublade, legt ein gelbes Kuvert auf den Tisch. »Ich habe dein Entlassungsgesuch noch nicht ans Ministerium weitergeleitet. Du weißt, wie ich über den Fall denke, Martin.«

Merana beugt sich vor, achtet darauf, nicht den kleinen schwarzen Sensenmann auf dem Schreibtisch umzustoßen. Hofrat Kerner liebt makabre Dekorationsstücke.

»Mein Entschluss steht fest, Günther. Und ich bin auch nicht hier, um mit dir darüber zu diskutieren.« Er legt die Hand auf den Umschlag. »Das hat allenfalls aufschiebende Wirkung. Ich bin zurückgekommen, weil ich Antworten auf Fragen suche, die mich persönlich betreffen.«

Kerners Geste deutet Verständnis an. »Ich habe meinem Kripochef noch nie dreingeredet, das weißt du.«

Aus Meranas Kehle kommt ein kurzes, trockenes Lachen.

Soll er dem Chef aufzählen, wie oft er sich in den letzten Jahren in seine Arbeit einzumischen versuchte? Er unterlässt es. »Carola soll den Fall weiterhin leiten. Ich habe nicht vor, mich einzubringen. Sobald ich die Antworten habe, die mich interessieren, verschwinde ich.« Er drückt sich vom Stuhl hoch, nimmt den Umschlag. Er klemmt ihn an die ausgestreckte Sense des schwarzen Gerippes, tippt mit dem Finger auf das Papier. »Und dann wird dieses Schreiben abgeschickt!«

Merana eilt den Gang entlang, betritt das Besprechungszimmer. Einige der Kollegen drehen ihm verwundert die Gesichter zu. Er setzt sich rasch ans obere Ende des langen Tisches. »Guten Morgen. Macht bitte weiter. Hände schütteln können wir später.«

Die Chefinspektorin steht an der Ermittlungstafel. An der Kunststoffplatte hängen Fotos, Bilder vom Tatort und ein vergrößertes Passfoto des Toten. Die Schwarz-Weiß-Aufnahme von Billborn mit Meranas Mutter ist nicht darunter.

»Ich fasse nochmals zusammen, was wir bisher haben. Viel ist es nicht.« Carola Salman klingt ruhig, konzentriert.

»Wir haben inzwischen die von der Staatsanwaltschaft angeforderten Videoaufzeichnungen ausgewertet. Leider hat die Kamera im Eingangsbereich des ›Sacher‹ ausgerechnet in dieser Nacht gestreikt. Wir können uns also nur auf die Vermutung des Portiers verlassen, dass Hans von Billborn das Hotel gegen halb drei verlassen hat. Davor und danach war der Portier an seinem Platz. Die öffentliche Kamera, die von der gegenüberliegenden Straßenseite das Landestheater erfasst, war zwar intakt, zeigt aber bedauerlicherweise keine brauchbaren Bilder. Es herrschte im fraglichen Zeitraum extrem dichter Nebel. Leider befinden sich im direkten Eingangsbereich zum Mirabellgarten keine Überwachungskameras. Zeugen, die um diese Zeit im Bereich Schwarzstraße, Makartplatz, Mirabellplatz unterwegs waren, haben wir noch keine gefunden. Laut digitaler Aufzeichnung der Funktaxizentrale wartete von 2.30 Uhr bis 2.56 Uhr ein einziger Wagen am Standplatz auf dem Makartplatz. Diesen Fahrer konnten wir noch nicht erreichen.«

Sie gibt dem Chef der Tatortgruppe ein Zeichen. Der Raum wird verdunkelt. Thomas Brunner betätigt die Beamerfunktion am Laptop. Auf der Leinwand neben der Ermittlungstafel erscheint in Großaufnahme ein Ausschnitt vom Kopf des Toten. Dunkle Flecken an der Schläfe und zwischen den Haaren sind deutlich zu erkennen.

»Wir haben noch keine Tatwaffe gefunden. Laut Frau Doktor Plankowitz könnten die Wunden von einem kleinen Hammer stammen oder einem Gegenstand in ähnlicher Form. Die Verletzungen sind nicht sehr tief, auf keinen Fall sind sie die Todesursache. Aber die Schläge waren immerhin stark genug, dass Billborn ins Taumeln kam.

Was unsere Gerichtsmedizinerin schon am Tatort vermutete, hat sich durch die weitere Untersuchung bestätigt. Hans von Billborns Kopf wurde unter Wasser gedrückt. Dabei ist er ertrunken.«

Das Licht im Raum flammt wieder auf. Das Bild mit den Kopfwunden erlischt.

»Ich habe eine Idee zur möglichen Tatwaffe.« Eine junge Frau von Anfang dreißig erhebt sich, Tamara Kelinic, eine Streifenbeamtin, die eben die Ausbildung zur Kriminalpolizistin macht und dem Team seit drei Wochen als Praktikantin zugeteilt ist.

»Ich habe gestern den ganzen Tag recherchiert. Wie ich herausfand, hatte Hans von Billborn vor vier Jahren einen Schlaganfall, lag zwei Monate in der Klinik. Er hatte sich halbwegs gut erholt, war aber körperlich beeinträchtigt, benützte beim Gehen einen Krückstock. Einige der Tagungsteilnehmer und das Hotelpersonal haben übereinstimmend Billborns Gehhilfe beschrieben. Es dürfte ein Modell dieser Art sein.«

Sie hebt ein Farbbild hoch, einen Computerausdruck. Darauf ist ein schwarzer Gehstock zu erkennen, mit einem großen, elegant geschwungenen silbernen Griff.

Die Chefinspektorin blickt fragend zu Thomas Brunner. »Wir haben keinen Gehstock am Tatort oder in der näheren Umgebung gefunden. Auch unter den persönlichen Gegenständen aus dem Hotelzimmer befand sich keiner. Wenn Kollegin Kelinic recht hat, und davon können wir ausgehen, dann war das spätere Opfer in der Nacht mit dem Gehstock unterwegs und könnte genau mit diesem niedergeschlagen worden sein. Der geschwungene Griff ähnelt einem Hammerkopf.«

»Was bedeutet, dass der Mörder eventuell nicht von vorneherein vorhatte, Billborn zu töten«, ergänzt Otmar Braunberger, »und vielleicht gar keine Waffe mit sich führte, sondern die Gunst des Augenblicks, also den vorhandenen Stock, nutzte.«

»Was ferner bedeutet, dass die Täter-Opfer-Begegnung rein zufällig passiert sein konnte«, fährt die junge Kollegin fort. In ihrer Stimme klingt Eifer. »Vielleicht war es doch ein Raubüberfall. Immerhin fehlen Brieftasche, Handy und Ausweis. Diese sind bis jetzt nicht aufgetaucht. Und ein körperlich beeinträchtigter Mann von ohnehin kleiner Statur, der noch dazu an den Folgen eines Schlaganfalles litt, leistet wohl nicht viel Gegenwehr.«

In Meranas Herz kämpfen Stolz und Trauer. Die Gedanken fließen lassen, bei Ermittlungen immer nach allen Richtungen offen sein, keine Hemmung zeigen, jede auch noch so absurd klingende Idee aussprechen, das hat er seinen Mitarbeitern von Anfang an nahegelegt. Und wie oft hatte gerade einer der scheinbar abwegigsten Gedanken ihren Ermittlungen eine Wende gegeben, sie den entscheidenden kleinen Schritt weitergebracht, der am Ende zur Lösung führte.

Die junge Kollegin, die mit leicht geröteten Wangen wieder Platz nimmt, hat eben genau nach diesem Prinzip gehandelt. Sie wird einmal eine gute Kriminalermittlerin. Merana spürt es. Eine gute Polizistin ist sie jetzt schon, so wie alle hier im Raum gute Polizisten sind. Bis auf ihn. Er war es einmal, vor langer Zeit. Bis zu jenem Augenblick, als er, von Hass und Trauer überwältigt, nach einer schweren Bronzefigur griff, um damit zuzuschlagen. Er drückt sich vom Stuhl hoch. Carola schenkt ihm einen aufmunternden Blick. Er spürt die Zuneigung vieler Jahre in ihren Augen. Er hebt zaghaft die Hand, deutet einen Gruß an. Dann macht er kehrt und verlässt den Raum.

In seinem Büro lässt er sich in den breiten Sessel hinter dem Schreibtisch fallen. Auf der Platte liegt Staub. Hat keiner die Putzfrau während seiner Abwesenheit in sein Büro gelassen? Er will sich nicht in die laufende Mordermittlung einbringen. Alles, was ihn interessiert, ist die Szene auf dem alten Schwarz-Weiß-Foto. Hans von Billborn war nicht sehr groß, wie Kollegin Kelinic vorhin anmerkte. Das hat er schon beim Anblick der alten Aufnahme festgestellt. Billborn wirkt auf dem Bild nur unmerklich größer als Meranas Mutter. Die war von kleiner Statur, in seiner Erinnerung kaum größer als die Großmutter. Lebte seine Mutter noch, würde sie ihm heute kaum bis an die Schulter reichen. Er hat seine hochaufgeschossene Gestalt wohl von seinem Vater geerbt. Merana hat nur wenige Erinnerungen an seinen Vater. Ein paar schemenhafte Eindrücke von gemeinsamen Ausflügen sind ihm geblieben. Die tiefste Spur in Meranas Erinnerung hat die Fahrt mit dem Motorrad hinterlassen. Er durfte vor dem Vater auf dem Tank der Maschine sitzen. Sie drehten eine kurze Runde, bis zum Nachbarhof und wieder zurück. Manchmal wacht er nachts auf und glaubt, sich an den Benzingeruch des Motorrads zu erinnern. Und an die dunklen Augen im Gesicht des Mannes, der ihn lachend auf die Maschine setzte. Eines Tages war er weg. Die Mutter saß mit versteinertem Gesicht am Küchentisch, erklärte dem Fünfjährigen, der Vater würde nicht wiederkommen. Er kann sich nicht an andere Männer im Leben seiner Mutter erinnern. Er zieht die Schwarz-Weiß-Abbildung aus der Tasche. Wie lernte sie den Mann auf dem Foto kennen? Es klopft an der Tür, Carola kommt herein, stellt ihm eine dampfende Tasse auf den Tisch. Er liest die Schrift am Aufgussbeutel. *Kräutertee*. Er bedankt sich.

»Es ist gut, dass du gekommen bist, Martin.« Sie legt ihre Hand auf seine. Die Berührung fühlt sich warm an. Er weiß nicht, was er erwidern soll. Bevor er eine Erklärung zu seinem unerwarteten Auftauchen gefunden hat, erläutert sie die aktuellen Vorgänge. Sie würden wie immer nach allen Richtungen ermitteln. Sie hätten noch längst kein komplettes Bild von Billborns Aktivitäten seit seiner Ankunft in Salzburg. Da klaffen noch Lücken. Sie haben auch noch nicht alle Tagungsteilnehmer erreicht, die mit Billborn während der vergangenen Tage in Kontakt waren. Drei Kollegen befassen sich mit der Möglichkeit eines Raubüberfalles. Es hat in letzter Zeit einige Übergriffe in der Stadt gegeben, nicht nur im Bahnhofsgelände, auch im erweiterten Bereich rund um den Mirabellplatz.

»Das Fatale ist, dass es in dieser Nacht so stark neblig war, dass sich kaum jemand nach Mitternacht auf den Straßen zeigte. Aber wir sind dran.« Er hört ihr zu, aber nur halbherzig. Er will sie aus kollegialer Höflichkeit nicht unterbrechen. Was sie berichtet, interessiert ihn wenig. Er weiß, dass jeder von der Landestheaterseite her problemlos in den Mirabellgarten eindringen kann. Er hat es vergangene Nacht selbst bewiesen. Seines Wissens beauftragt die Stadtverwaltung einen privaten Wachdienst, der bei seinen Touren in unregelmäßigen Abständen auch die Anlage rund um das Schloss kontrolliert. Nicht nur der Barockgarten wird überprüft, auch der Bereich zur

Schwarzstraße hin, der Spielplatz und der Kurgarten fallen darunter. Wenn einer von den Obdachlosen oder den Drogensüchtigen, die dort immer wieder anzutreffen sind, den Raubüberfall begangen hat, dann werden die ermittelnden Kollegen das bald herausgefunden haben.

»Was machte Hans von Billborn in Salzburg?« Er nutzt eine Pause in ihren Ausführungen, um seine Fragen zu stellen. Er will alles über diesen Mann wissen. »Warum interessierte ihn der Paracelsus-Kongress? War er Historiker?«

»Nein, soviel wir bis jetzt herausgefunden haben, war er Unternehmer. Seine Firma sitzt in Hamburg. Sie wickelt sehr erfolgreich Geschäfte im Investmentbereich ab.«

Die Antwort hat er nicht erwartet. »Was treibt ein millionenschwerer Investor auf einem Kongress, in dessen Mittelpunkt ein Alchemist aus dem 16. Jahrhundert steht?«

»Soviel ich verstanden habe, geht es bei dieser Tagung nicht nur um neueste Erkenntnisse der kulturhistorischen Forschungsarbeit. Die Veranstalter wollen auch eine Plattform bieten, um zukunftsträchtige Innovationen im weiten Feld der Medizin zu präsentieren. Das hat offenbar Billborns Aufmerksamkeit geweckt. Genauso wie einige andere Investoren kam er nach Salzburg, weil ihn eine neue Software interessierte, die ›Paracelsus-App‹.«

»Paracelsus-App? Was kann die?«

Ein Lächeln huscht über das Gesicht der Chefinspektorin. »Da bin ich überfragt, so weit sind wir in unseren Ermittlungen noch nicht.«

Paracelsus-App? Wurde er deshalb ermordet? Wollte ihn einer der Konkurrenten rechtzeitig aus dem Weg räumen? Er bremst sich selbst in seinen Überlegungen. Er ist kein Mordermittler mehr. Ihn hat anderes zu interessieren.

»Habt ihr inzwischen etwas über das alte Foto herausgefunden? Einen Hinweis, warum Hans von Billborn damals in Salzburg war?«

Sie verneint, wirkt mit einem Mal müde, fährt sich mit der Hand durchs Haar, versucht, den Körper zu straffen.

»Vielleicht kann uns die Tochter mehr dazu sagen.«

»Tochter?«

»Jennifer von Billborn, neununddreißig Jahre alt. Wir haben sie über den Tod ihres Vaters verständigt. Sie ist auf Geschäftsreise in Korea, kommt heute Abend in Salzburg an. Ich hole sie vom Flughafen ab. Willst du dabei sein?«

»Ja.« Seine Antwort kommt, ohne dass er zögert. Er will die Tochter des Mannes kennenlernen, der vor einer halben Ewigkeit in das Leben von Meranas Mutter trat. Und Rosalinde Merana war offenbar von Hans von Billborn so angetan, dass sie sich nicht nur in verliebter Pose hochheben ließ, sondern dabei auch noch in eine Kamera lächelte.

»Die Maschine kommt um 20.30 Uhr an.« Sie steht auf. »Was machst du jetzt? Kommst du mit hinüber zum Team?«

Er schüttelt den Kopf. Er hat ein anderes Ziel.

»Ich lasse dir jedenfalls eine Kopie der bisherigen Ermittlungsakte hier, falls du doch reinschauen willst.« Sie legt einen grünen Ordner auf den Schreibtisch, dann geht sie hinaus.

Er weiß nicht, wann er das letzte Mal mit dem Obus gefahren ist. Es muss sehr lange her sein. Er fragt zweimal nach, als ihm der Fahrer den Preis für einen Einzelfahrschein nennt. Er will nur von der Polizeidirektion bis ins Innere der Stadt gelangen und nicht den halben Bus kaufen. Er zahlt mit einem Zehn-Euro-Schein, nimmt das Wechselgeld entgegen. Es ist Sonntag, der Bus ist nur schwach besetzt. Er setzt sich in den hinteren Teil des Fahrzeugs ans Fenster. Herrnau. Josefiau. Faistauergasse. Akademiestraße. Zu jedem Streckenabschnitt fallen Merana Details aus seinem langen Polizistenleben ein. Zeugenbefragungen, Observierung von Wohnungen, nächtliche Einsätze, weil verzweifelte Frauen sich von brutalen Männern bedroht fühlten, Untersuchungen von Mordopfern, Verhaftungen. Er drängt die Erinnerungen zurück, versucht, sich auf das einzulassen, was ihm guttut. Die Schönheit der Stadt genießen. Doch von Salzburgs attraktivem Flair ist in der Alpenstraße wenig zu sehen. Einkaufshäuser, Banken, Tankstellen. Mehr oder weniger gelungene Zweckbauten engen das Sichtfeld ein. Erst als der Obus beim Justizgebäude nach rechts abbiegt und über die Karolinenbrücke fährt, weitet sich der Blick. Als würde man ein dreidimensionales Modell aufklappen, entfaltet sich das Panorama. Die beiden Hälften der Stadt am Salzachufer werden sichtbar, mit den Türmen und Kuppeln der Kirchen, den stattlichen Bürgerhäusern, den Stadtbergen, dem Kapuzinerkloster auf der rechten und der mächtigen Festung auf der linken Seite. Als der Bus nach der engen Imbergstraße, die sich dicht am Kapuzinerberg entlangschlängelt, am Giselakai erneut den Blick auf die malerische Altstadt freigibt, schiebt sich ein dichter Wolkenballen vor die Sonne. Als hätte man einer Spielzeugstadt die Lampen abgedreht, wirkt das Panorama mit einem Schlag schal. Schatten kleben an der breiten Front der farblosen Fassaden. Davor schlängelt sich das graue Band der Salzach. Flach. Düster.

Der Anblick passt zu Meranas Gemüt. Er steigt in der Theatergasse aus, überquert den Makartplatz. Trotz des kühlen Wetters sind die weißen Stühle des Gastgartens an der Rückseite des Landestheaters vor dem Eingang zum Mirabellgarten gut besetzt. Zwischen den Bäumen prangt eine kleine Verkaufsdiele. ›It's never to cold for ICE CREAM‹. Die Kreideschrift auf der dunklen Tafel ist leicht verwischt, aber gut lesbar. Drei Kugeln werden zum Preis von 4 Euro 50 angeboten. Das Geschäft geht offenbar gut. Die Kundenschlange vor der Diele ist lang. Salzburg hat immer Saison. Altstadt, Kultur, Prachtpanorama, Festspiele, Souvenirs, Mozartkugeln, Hellbrunn, Festungsberg, Trachtenmode, das Angebot ist groß. Und bekommen die Touristen Ende Oktober bei frostigen Temperaturen Zitroneneis angeboten, dann nehmen sie auch das. Gleich neben dem Eisstand wirbt ein Plakatständer ›Heute! Today!‹ für einen Streichquartettabend im Schloss. ›Concerts in the Marble Hall of Mirabell Palace‹. Davor würde sich noch ein Sightseeing-Trip ausgehen, ›bei dem man immer in der ersten Reihe sitzt‹, wie ein weiterer Plakatständer anpreist. ›Rikscha-Tours Salzburg‹. Die Veranstalter versprechen eine ›Tour mit Spaßgarantie!‹. Die würde vielleicht auch den grimmig blickenden Herren guttun, die auf hohen Sockeln in zwei Gruppen den Eingang zum Garten flankieren. Ruß hat sich über die Jahrhunderte an den muskulösen Körpern der halbnackten Männer festgesetzt. Die Gruppe der Japaner kann sich gar nicht sattsehen an den Heroen. Immer wieder werden neue Positionen gesucht, um die durchtrainierten Steinmänner im Bild festzuhalten. Merana schiebt sich an den fotografierenden Asiaten vorbei. Der Eingangsbereich wird gesäumt von Bäumen. In der Ferne ist schon die Schlossfassade zu erkennen. Nach wenigen Schritten erreicht er das Große Wasserparterre.

Sein Inneres gleicht seit Wochen einem schwarzen Moor. Gestaltlose Traurigkeit durchspült ihn. Dennoch lässt er sich für einen Moment vom prächtigen Anblick überwältigen. Er hat dieses Gartenensemble sicher schon hunderte Male gesehen, aber jedes Mal bereitet ihm diese Ansicht erneut Freude, als blickte man auf ein Gemälde von purer Harmonie. Und im Zentrum des vorderen Gartenbereiches prangt das weitgeschwungene Wasserbecken aus Marmor. Im Gegensatz zur vergangenen Nacht schießt jetzt aus den dunklen Gesteinsbrocken im Beckenzentrum ein breiter weißer Strahl in die Höhe. Das Wasser der großen Fontäne tanzt in der klaren Herbstluft. Und als wäre es dem Himmel ein Anliegen, Meranas Inneres noch mehr zu erhellen, klafft in diesem Moment die Wolkendecke auseinander. Ein schmaler Sonnenstreifen berührt die steinerne Brunnenumrandung, streicht über die Blumenrabatte rechts vom Weg, tastet sich weiter bis zur Orangerie und lässt sogar noch einen Teil des Rosengartens glänzen. Wie ein Kind, das sich freut, wenn seine bunten Glasmurmeln über die Wiese kollern, blickt Merana dem wandernden Sonnenstrahl hinterher. Die Anlage ist gut besucht. Nicht nur Touristengruppen mit schirmbewehrten Fremdenführern tummeln sich im weitläufigen Gelände. Neben ausländischen Wortbrocken dringen auch immer wieder einheimische Sätze an Meranas Ohr. Eine leichte Brise treibt die helle Gischt der großen Fontäne über den Beckenrand. Merana streckt die Hand aus, genießt das Prickeln der Tropfen auf seiner Haut. Dann nimmt er die Figurengruppe ins Visier. Bei seinen bisherigen Besuchen im Mirabellgarten hatte er den Skulpturen am großen Bassin nie besonders viel Aufmerksamkeit geschenkt. Die Figuren kommen ihm bei Tageslicht nicht so bizarr und wuchtig vor wie vergangene Nacht. Er ist sich sicher, vor der richtigen Skulptur zu stehen. Dennoch holt er den Fotoausdruck hervor und vergleicht die Szene auf dem Bild mit der Wirklichkeit. Der junge Mann hat die muskulösen Beine stramm auf den Boden des Sockels gestemmt. Seine nackten Füße stecken in Sandalen. Gekleidet ist er in ein reich verziertes, knielanges Gewand, das Merana an die Ausstattung von Kämpfern aus Römerfilmen erinnert. Den Kopf ziert ein Helm mit Federbusch. Die Arme hat er fest um das Gesäß der Frau geschlungen. Er presst sie an sich, hält sie hoch. Ihre nackten Beine baumeln graziös neben seinem linken Oberschenkel. Die Frau lehnt sich über die rechte Schulter des Mannes, zeigt dem Betrachter Oberkörper und Kopf. Ein rätselhaft süßes Lächeln liegt in ihren Zügen. Bis auf ein Tuch, dessen Falten man am Bauchansatz und an den Hüften erkennt, ist die weibliche Figur unbekleidet. Ihre wohlgeformten Brüste sind nackt. So weit hat sich Meranas Mutter in ihrer Nachahmung der Pose nicht gewagt. Ihr Busen war verhüllt. Sie trägt auf dem Foto ein Dirndlkleid mit hochgeschlossener Bluse. Aber Strümpfe und Schuhe hat sie offenbar abgelegt.

»Na, Herr Kommissar. Wer erweckt mehr Ihre Neugierde an diesem Bild? Die schöne Helena oder der stramme Paris?«

Merana steckt das Blatt mit dem Foto ein, dreht sich um. Er glaubt, die Stimme erkannt zu haben. Tatsächlich. Vor ihm steht Professor Ulrich Peterfels in Begleitung eines Mannes, den er ebenfalls kennt, Franz Anton Perseuser, der Stadtgartendirektor des Magistrats. Er reicht den Männern die Hand.

»Im Grunde interessieren mich beide Figuren. Aber dank Ihres Hinweises weiß ich nun wenigstens, wen sie darstellen. Was führt Sie in den Mirabellgarten, Herr Professor? Ich kann mir nicht vorstellen, dass es für Sie hier etwas zu entdecken gibt, was Sie noch nicht kennen.«

»Doch, doch, mein lieber Herr Kommissar. Genügend. Ich bereite mich gerade auf eine Führung vor, die ich Mitte November in Salzburg zu halten habe. Kollegen aus einigen europäischen Universitäten besuchen mich. Da gilt es, sattelfest zu sein. Schloss und Garten von Mirabell sind ein wesentlicher Teil unseres Rundganges. Der Herr Stadtgartendirektor ist so freundlich, auf seine wohlverdiente Sonntagsruhe zu verzichten und mit mir heute durch die Anlage zu streifen. Denn in meinem Vortrag sollen neben den kulturgeschichtlichen Besonderheiten auch die infrastrukturellen Fakten aufgezeigt werden, die nötig sind, um diese Pracht für die Besucher zu erhalten. Wie viele Blumen, sagten Sie, sind es Jahr für Jahr?«

»Rund 80.000, Eisblumen, Tagetes, Salvien, Löwenmaul, Dahlien, Stiefmütterchen, Tulpen, Narzissen …«

»Ich werde sie mir nicht alle merken können!«, unterbricht Peterfels den Direktor. »Dazu die vielen anderen Zahlen: 28.000 Liter Wasser zum Gießen, 3,5 Kilometer Buchshecke zu schneiden, pro Woche 15 Kubikmeter Müll entsorgen, 6 Wochen lang Lindenbäume stutzen!«

Der Gelehrte spricht mit Begeisterung, so wie Merana ihn kennt. Er erinnert sich gerne an die Begegnungen mit dem Dozenten für Kunstgeschichte und Semiotik bei einigen seiner Fälle.*

»Verzeihen Sie meine Neugierde, Herr Kommissar. Aber ich habe Sie vorhin zufällig aus der Ferne beobachtet. Sie standen minutenlang ganz in Gedanken versunken vor dieser Statue. Was interessiert den Leiter der Mordkommission der Salzburger Kriminalpolizei an diesen beiden Figuren, von denen er, wie Sie selbst einräumten, nicht einmal wusste, dass sie die griechische Helena und den Trojanerprinzen Paris darstellen?«

Ehemaliger Leiter der Mordkommission wäre seinem Empfinden nach die aktuell korrekte Bezeichnung. Auch wenn der Umschlag mit seinem Schreiben noch in Kerners Schreibtischschublade liegt. Aber das möchte er Ulrich Peterfels jetzt nicht erläutern. Er will lieber die Gelegenheit nützen, die sich ihm durch das unerwartete Auftauchen des Gelehrten bietet. Es ist sicher von Vorteil, mehr über diesen Ort und die Skulpturen zu erfahren, die das große Wasserbecken umringen. Vielleicht versteht er dann eher, warum sich seine Mutter just an dieser Stelle zusammen mit Hans von Billborn fotografieren ließ. Ist es Zufall, dass die beiden ausgerechnet das Paar Helena und Paris nachahmten, oder steckt mehr dahinter?

»Ich nehme an, Sie haben von dem Mord gehört, Herr Professor?«

Der Angesprochene hebt mit einer Geste des Bedauerns die Hände. »Ehrlich gesagt, nur so ganz nebenbei, verehrter Herr Kommissar. Ich bin derzeit völlig mit meinen Vorbereitungen beschäftigt.«

---

* siehe *Zauberflötenrache*, *Drachenjungfrau*

»Seien Sie froh, Herr Professor«, mischt sich der Stadtgartendirektor ein. »Wir von der Gartenverwaltung haben unsererseits mehr als genug davon mitbekommen. Den halben Freitag und den ganzen Samstag waren wir damit beschäftigt, die Ströme der Neugierigen zu kanalisieren. Jeder wollte an den Platz, wo der Mord passierte. Wir mussten höllisch aufpassen, dass sie uns nicht mit Stemmeisen Erinnerungsstücke aus der Umrandung brachen. Einige versuchten es sogar mit Nagelfeilen.«

»Ach, hier ist das passiert?« Peterfels zeigt sich überrascht, schaut auf den Brunnen, dann auf die Skulpturen. »Kein schlechter Platz für einen Mord. Die Umgebung ist ja geradezu prädestiniert für einen Akt der Gewalt.«

»Wie meinen Sie das?« Die Bemerkung des Dozenten weckt Meranas Neugierde.

Peterfels dreht sich langsam im Kreis, deutet auf jede einzelne der Figurengruppen.

»Schauen Sie sich diese Skulpturen einmal im Detail an, Herr Kommissar. Sie sind über 300 Jahre alt, geschaffen vom italienischen Stuckateur und Bildhauer Ottavio Mosto. Er stammte aus Padua, war übrigens mit einer Salzburgerin verheiratet, hatte mit ihr drei Kinder.«

Merana versucht, gelassen zu bleiben. Schnell auf den Punkt zu kommen, gehört nicht zu den ausgeprägtesten Charaktereigenschaften des in vielen Bereichen bewanderten Wissenschaftlers. Jennifer von Billborns Ankunft am Flughafen wird für halb neun erwartet, wie Carola ihm mitteilte. Bis dahin würde der Herr Professor seine Ausführungen hoffentlich beendet haben. Merana hat nicht vor, den Gelehrten bei seinem ausufernden Vortrag zu unterbrechen. Er will ihn reden lassen. Wer weiß, vielleicht ist es wieder einmal ein unbedeutsames Detail, das ihn einen Schritt weiter bringt.

»Im Jahre 1690 erhielt Ottavio Mosto den Auftrag seitens des Fürsterzbischofs Johann Ernst von Thun, für den Mirabellgarten Skulpturen anzufertigen, die das Wesen der vier klassischen Elemente als Ausgangspunkt hatten. Also Feuer, Wasser, Luft und Erde. Dem guten Herrn Mosto bot sich hier in dieser prächtigen Anlage ein wahrhaft prominenter Platz, um seine Kunst in aller Raffinesse zu zeigen. Selbstverständlich war der Garten damals noch nicht für die Öffentlichkeit zugänglich. Diese Erlaubnis wurde erst rund 170 Jahre später erteilt, Mitte des 19. Jahrhunderts.«

»1854, wenn ich das genaue Jahr einwerfen darf.« Der Gartenamtsdirektor hat ein Schmunzeln auf den Lippen. »Ein bedeutsames Datum. Denn es ist zugleich die Geburtsstunde des Stadtgartenamtes.«

»Vielen Dank für die Präzisierung, werter Freund.« Peterfels deutet ein respektvolles Kopfnicken an. »Es ist angebracht, bei einem Blick in die Vergangenheit stets unterschiedliche Perspektiven einzunehmen. Nur so lassen sich mögliche Zusammenhänge erkennen, die auf den ersten Blick vielleicht gar nicht auszumachen sind.

Warum hat der gute Ottavio Mosto aus dem schlichten Auftrag, die vier Elemente darzustellen, eine derart aufwendige, detailverliebte, anspielungsreiche Arbeit abgeliefert? Die Antwort auf diese Frage liegt vielleicht nicht gleich auf der Hand.« Einige der Besucher bleiben stehen, schauen mit Verwunderung auf den Mann, der theatralisch gestikulierend am Beckenrand steht. Ist die Frage an sie gerichtet? Peterfels hebt die Stimme. Es schadet nichts, wenn auch einige Besucher dieses Sonntagnachmittags ihren Horizont in kulturgeschichtlicher Bildung erweitern.

»Na, weil er protzen wollte!« Peterfels klatscht in die Hände, unterstreicht jeden Satz mit einem weiteren Schlag. »Hier tummelte sich die High Society! Hier traf der Fürsterzbischof die erlauchteste Gesellschaft! Seitenblicke-Prominenz, wenn Sie so wollen, wenn auch noch ohne Fernsehen! Fürsten, Herzöge, geistliche Würdenträger, potente Kaufleute. Allesamt einflussreich und mit mächtig viel Kohle im Hintergrund! Da konnte er vielleicht neue Aufträge ergattern. Da war es nicht damit getan, irgendein symbolhaftes Gebilde von Feuer, Wasser, Luft und Erde in die Landschaft zu stellen. Da brauchte es weitaus mehr. Jede Szene ein Spektakel. Für jede Figurengruppe ein toller Plot. Gewalt und Intrige. Game of Thrones. House of Cards. Reich und schön.« Die Gruppe der Umstehenden wächst an. Peterfels genießt die Aufmerksamkeit. Seine Stimme wird lauter. Erneut umfasst seine weit ausholende Geste das Gesamtensemble der Skulpturen.

»Ottavio Mostos genialer Einfall war es, alle vier Gruppen, so unterschiedlich auch ihre geschichtliche Herkunft ist, unter eine zentrale dramaturgische Idee zu spannen.

Und diese Idee lautet: das Hochheben eines Menschen durch einen zweiten.«

Die Blicke der Umstehenden richten sich von der Gestalt des Gelehrten auf die verschiedenen Statuen.

»Beginnen wir mit dem Feuer.« Das ist die einzige unter den vier Darstellungen, auf der drei Personen abgebildet sind, fällt Merana auf. Ein junger, kräftiger Mann, der eine ähnlich geharnischte Kleidung wie Paris trägt, schleppt auf den Schultern einen weitaus älteren. An der Seite der beiden ist ein Knabe zu erkennen, der einen puppenähnlichen verstümmelten Torso in Händen hält.

»Hier sehen wir eine Szene aus der griechisch-römischen Mythologie.« Peterfels wartet, lässt die Eröffnung auf sein Publikum wirken. »Wer von Ihnen kennt die Geschichte von Aeneas? Who knows the story of Aeneas? Qui sait l'histoire d'Énée?«

Einige Arme wandern zögernd in die Höhe. Es sind nicht viele, aber Peterfels ist zufrieden. Der Hang zur klassischen Bildung scheint noch nicht völlig ausgestorben zu sein.

»Wir sehen hier einen dramatisch bedeutsamen Moment der antiken Legende, überliefert von Homer und dem römischen Dichter Vergil. Aeneas hat seinen Vater Anchises, einen Greis, auf die Schultern gehoben und rettet ihn zusammen mit seinem Sohn Askanios aus der brennenden Stadt Troja. Wir kennen alle die Geschichte des Trojanischen Krieges. Aber nun entsteht ein neuer Plot, quasi Staffel zwei der Serie. Die Rettung gelingt. Aeneas begibt sich auf lange Irrfahrten und wird später Alba Longa gründen, aus der schließlich die Stadt Rom hervorgeht.« Er wiederholt das Gesagte in Englisch, dann nochmals auf Französisch.

»Die Stadt Troja ist völlig zerstört. Diese drei Menschen sind auf der Flucht. Sie dürfen sich gerne statt Troja Aleppo vorstellen, Palmyra, Ramadi, Kabul oder eine der vielen anderen verwüsteten Städte unserer Zeit. Und die drei fliehenden Menschen in dieser Darstellung stehen symbolisch auch für die unfassbare Zahl von 65 Millionen Menschen, die derzeit weltweit auf der Flucht sind. Und wir sind aufgefordert, nicht den Blick abzuwenden.«

Unruhe ist zu spüren. Einige schütteln den Kopf, verlassen hastig die Gruppe der Umstehenden. »Jetzt hat man nicht einmal mehr hier seine Ruhe. Andauernd diese Flüchtlinge.« Die erzürnte Frau hat ihre Bemerkung nur gezischt, aber sie war deutlich zu vernehmen. Ein Herr in Trachtenjoppe ereifert sich im Abgehen. »Lassen Sie gefälligst die klassischen Sagen des Altertums in Ruhe! Die taugen nicht für Ihre Gutmenschenpropaganda! Sauerei!« Einige der Umstehenden widersprechen lautstark. Drei Japaner blicken irritiert. Sie verstehen nicht, was hier vor sich geht. Merana ist fasziniert. Wieder einmal versteht es Ulrich Peterfels, aus einem scheinbar weit zurückliegenden Vorfall der antiken Mythologie einen brisanten Bogen in die Gegenwart zu spannen. Sie stehen im Mirabellgarten, einem Juwel der Touristenstadt Salzburg, schauen auf eine Statue des 17. Jahrhunderts. Die äußere Form der Darstellung mag klassizistisch wirken, übertrieben pittoresk für heutigen Geschmack. Aber dann kommt Ulrich Peterfels, verbindet das Damals mit dem Heute. Und allen steigen dieselben Bilder auf. Zerbombte Städte. Verzweifelte Gesichter an Grenzzäunen. Elend in Auffanglagern. Leichen, die im Meer treiben. Menschen auf der Flucht. Feuer. Am Sockel, auf dem die Figuren ruhen, setzt sich die Dramatik der Szene fort. Züngelnde Flammen, berstende Mauerteile, zerstörte Säulen. Das Element wütet.

Auch bei den anderen Skulpturen animiert der Gelehrte sein Publikum, sich zunächst einmal auf den eigenen Blick zu verlassen. »Vergessen Sie den möglichen kulturgeschichtlichen Zusammenhang. Quälen Sie sich nicht mit der Frage, aus welcher antiken Sage diese Episode stammen könnte. Trauen Sie einfach Ihren eigenen Augen! Was sehen Sie?«

Die Zuhörer blicken auf die Darstellung. Ein alter Mann mit düsterem Blick greift gewaltsam nach einer jungen Frau, hebt sie hoch, reißt sie mit sich fort. Tiefe Angst steht in den Augen der Frau, ihr Mund ist weit aufgerissen. Die hilflos ausgestreckten Arme unterstreichen ihre Verzweiflung.

»Ein Mann vergreift sich brutal an einer Frau. Wenn wir jetzt noch den mythologischen Hintergrund dazu öffnen, dann bekommt diese Szene der Gewalt eine zusätzliche Dimension. Das ist Hades, der Gott der Unterwelt, der Persephone, die Tochter der Fruchtbarkeitsgöttin Demeter, in sein Reich zerrt. Sie dürfen das als brutale Vergewaltigung verstehen. Die Fruchtbarkeitsgöttin ist über den Verlust und die Schändung der Tochter verzweifelt. Sie leidet. Die Erde verdorrt, die Pflanzen sterben ab. Die Menschheit droht zu verhungern. Die antike Mythologie kennt keine Pariser Klimakonferenz, um den drohenden Kollaps des Planeten möglicherweise aufzuhalten. Hier ist es Zeus, der oberste Generaldirektor aller Götter, der eingreift. Hades muss Persephone wenigstens für die Hälfte des Jahres aus seiner Gewalt entlassen. Andernfalls würde die Natur für immer absterben.«

Beim Element Luft reißt ein Mann einen zweiten in die Höhe. Der antike Riese Antaios war ein Sohn von Gaia, erklärt Peterfels, ein übler Bursche, der alle Vorüberkommenden tötete. Er schöpfte seine Kraft durch die Berührung mit dem Boden, durch den Kontakt zu seiner Mutter, der Erdgöttin. Um dem Killer endlich den Garaus zu machen, stemmt Herakles ihn in die Luft, nimmt ihm den Bodenkontakt, presst ihm so den Atem aus dem Leib.

Und dann kommen sie endlich zu der Darstellung, die

Merana am meisten interessiert. Er kennt die Geschichte von Helena und Paris aus der griechischen Mythologie.

»Am Sockel sehen wir Muscheln, einen Anker, Andeutungen eines Schiffes«, erläutert Ulrich Peterfels. »Paris raubt Helena und bringt sie über das Wasser, über das Meer nach Troja. Wenn man der entzückenden Helena ins Gesicht blickt, kann man nachvollziehen, dass sie sich gerne entführen lässt. Der schmucke Trojanerprinz ist garantiert ein besserer Liebhaber als der griesgrämige Menelaos. Aber wir wissen alle, was diese Tollheit von Paris und Helena auslöste. Den Trojanischen Krieg. Einen großen Weltenbrand. Sinnbild für alle Kriege, für das sinnlose Schlachten, für Versklavung, Ausbeutung, Zerstörung von der Antike bis in unsere Tage.«

Merana spürt ein Vibrieren, sein Handy schlägt an. Peterfels ist mit dem Rundgang am Ende, quittiert mit einem Nicken den Applaus der Zuhörer. Merana wirft einen Blick auf das Display. Der Anruf kommt von Carola. Er nimmt ihn an.

»Hallo, Martin, wo bist du?«

Er zögert, antwortet dann doch. »Im Mirabellgarten.«

»Dann lag ich richtig mit meiner Vermutung. Der Taxifahrer ist aus dem Urlaub zurückgekehrt, beginnt eben jetzt seinen Dienst. Er wartet auf dem Stellplatz am Makartplatz. Kannst du ihn befragen?«

Merana zögert. Er will sich nicht zu stark in die Mordermittlung hineinziehen lassen. Er will bei den Fragen bleiben, die ihn im Zusammenhang mit dem alten Foto interessieren.

»Es sind nur ein paar Schritte, Martin. Du bist in einer halben Minute am Makartplatz.«

»Welche Taxinummer?«

»2139. Der Mann heißt Simba Debesa.«

Afrikaner, vermutet Merana. Er verabschiedet sich von Peterfels und dem Stadtgartendirektor. Auf dem Taxistand befinden sich vier Wagen. 2139 ist der äußerste auf der linken Seite. Der Fahrer steigt aus, als er Merana auf sich zukommen sieht.

»Polizei?«

Merana bejaht, reicht ihm die Hand. »Kommissar Merana.« Der Mann ist auffallend groß, überragt ihn um einen halben Kopf. Unter der Baseballkappe lugt dichtes gelocktes Haar hervor. Die Tönung der Haut erinnert Merana an Bronze. Ein Reiter auf einem fliehenden Pferd fällt ihm ein. Er weiß nicht mehr, in welchem Museum er diese Skulptur gesehen hat. An der Wange hat der Mann zwei tiefe Narben.

»Wie uns Ihre Zentrale mitteilte, waren Sie in der Nacht von Donnerstag auf Freitag zwischen 2.30 Uhr und 3 Uhr auf diesem Standplatz.«

Der Taxifahrer nickt.

»Sie wissen, dass in dieser Nacht im Mirabellgarten ein Gewaltverbrechen geschah?« Er weist mit der Hand in die Richtung.

»Ja, man hat mitgeteilt.« Sein Deutsch ist gut.

»Haben Sie von Ihrem Platz aus in der betreffenden Zeit etwas beobachtet?«

Wieder deutet seine Kopfbewegung Zustimmung an. »Habe gesehen Person. Langsam über Straße gegangen. War schlecht Sicht, viel … wie man sagt?«

»Nebel …«

»Ja, Nebel. Sehr dick.«

»Wo genau haben Sie die Person gesehen?«

»Dort.« Er deutet zum Landestheater.

»In welche Richtung bewegte sie sich?«

»Weg dorthin gemacht.« Seine Hand weist in Richtung Mirabellgarten.

»Wann war das genau?«

»Weiß nicht. Vielleicht 2.45 Uhr.«

»Mann oder Frau?«

Er zuckt mit den Achseln. »Nicht kann sagen genau. Ich denke Mann. Und vielleicht alt. Hat gestützt auf Stock.«

Hans von Billborn. Der Hinweis auf den Stock legt es nahe.

»Haben Sie sonst noch etwas beobachtet, Herr Debesa?«

Der Taxilenker zögert mit der Antwort. »Weiß nicht. Anruf von Zentrale bald drei Uhr. Auftrag für Tanzdisco bei Flughafen. Ich mussen schnell weg …« Er hält inne. Seine Verunsicherung ist spürbar.

»Und dabei ist Ihnen etwas aufgefallen …?«

Der Kopf mit der Baseballkappe pendelt. »Weiß nicht. Vielleicht falsch.«

»Sagen Sie es einfach.«

»Schnell gestartet. Keine andere Auto auf Straße. Schnell vorbei bei Landestheater.«

Er deutet zum Gebäude.

»Aber dort, wo ist … wie man sagt? Pfeil?«

»Pfeiler … Säule …«

»Richtig. Wo ist Säule, war Bewegung. Wie Schatten bei Nebel.«

»Ein Mensch?«

»Ja, glauben ich.«

»Mann, Frau, wie groß? Welche Gestalt? Kleidung?«

Er runzelt die Stirn, nimmt die Kappe ab, fährt sich durch das dichte, gekräuselte Haar.

»Sie kennen Batman?«

Batman? Die Comicfigur? Merana bejaht.

»Schatten war wie Batman. Nur gesehen ganz kurz. Dann hinter Säule.«

Merana überlegt. Es ist noch einige Tage hin bis Halloween. Aber selbst dann kann er sich schwer vorstellen, dass jemand nachts um drei im Batmankostüm ums Landestheater schleicht.

»Warum Batman? Wegen der Form der Kleidung?« Er deutet einen langen Umhang an.

Der Taxichauffeur nickt. »Ja, und wegen Kopf.«

Vielleicht hatte die Person eine Haube auf. Es war kalt, neblig.

»Aber vielleicht auch Irrtum, weil gefahren schnell.« Wie zur Entschuldigung hebt der Mann die Hände in die Höhe.

»Sie sprechen sehr gut Deutsch, Herr Debesa. Woher kommen Sie?«

»Eritrea.«

»Krieg?«

Er zögert, dann nickt er. »Ja. Viel Krieg. Bruder tot, Mama tot. Mein Frau Behati und ich fliehen.« Er lehnt sich an die Motorhaube, legt die Hände aufs Blech. »Hier gut. Viel Glück. Kann fahren Taxi.«

Merana reicht ihm die Hand, verabschiedet sich. Aeneas mit dem alten Vater auf der Schulter, Simba Debesa mit seiner Frau Behati. Es hört nie auf. Wenigstens der sympathische Taxifahrer mit der Baseballkappe hat es geschafft. Für den Moment.

Die meisten haben keine Chance, zu überleben. Ertrunken, vergewaltigt, geköpft, von Granaten zerfetzt. Nein, es wird nie aufhören.

Delay.

Die Maschine aus Frankfurt hat Verspätung. ›20 Minuten‹ sind angezeigt. Merana trinkt Kräutertee. Die Chefinspektorin hat sich von der Bedienung einen Espresso reichen lassen, dazu ein großes Glas Mineralwasser. Merana hat nach dem Treffen mit Simba Debesa erneut den Obus genommen, der ihn zurück in die Polizeidirektion brachte. Er informierte Carola und Otmar über die Aussage des Taxilenkers. Dann fuhr er heim, legte sich für drei Stunden aufs Bett. Kurz war er abgetaucht, in unruhigen, traumlosen Schlaf. Das Klingeln des Handys riss ihn aus dem tiefen Schlummer. Die ärztliche Leiterin der Rehaklinik war in der Leitung. Sie klang besorgt, fragte, ob es einen besonderen Grund für seine plötzliche Abreise spät am Abend gegeben hatte. Er verneinte, erkundigte sich nach den Formalitäten der Bezahlung für den abgebrochenen Aufenthalt. Dann beendete er das Gespräch.

›Landed‹. Die blinkende Anzeigetafel bestätigt: Flug Nummer OS 268 aus Frankfurt ist angekommen. Er schaut auf die Uhr. Es sind nur 17 Minuten Verspätung. Sie trinken aus, bezahlen, begeben sich zur Absperrung im Ankunftsbereich. Die Chefinspektorin hatte mit Billborns Tochter telefoniert, sich auch Bilder von ihr im Internet angeschaut.

»Da ist sie.« Carola hebt die Hand, winkt. Die Frau winkt zurück, kommt auf sie zu, mit der rechten Hand zieht sie einen silbernen Trolley. Sie trägt schwarze Jeans und eine helle Lederjacke. Das dichte dunkelbraune Haar hängt über die Schultern. Carola begrüßt die Ankommende, stellt den Kommissar vor. Das markante Kinn und die weit auseinanderstehenden dunklen Augen hat sie von ihrem Vater, stellt Merana fest, während er ihr die Hand reicht. Dieses Gesicht ist sicher hübsch, wenn es lächelt. Aber jetzt hat sich graue Erschöpfung in ihre Züge gegraben. Schlaflosigkeit und Kummer haben Spuren hinterlassen.

»Sollen wir Sie gleich ins Hotel bringen?«

Sie schüttelt den Kopf. »Ich würde gerne vorher meinen Vater sehen, wenn das keine Umstände macht.« Die geröteten Augen füllen sich mit Wasser. Sie presst die Zähne auf die Unterlippe.

»Darf ich?« Merana nimmt ihr den Koffer aus der Hand.

»Selbstverständlich, Frau von Billborn«, erklärt die Polizistin, »die Gerichtsmedizin liegt auf dem Weg.«

»Danke. Sagen Sie Jennifer zu mir.«

»Gerne. Ich heiße Carola.« Die Angekommene blickt von der Seite her auf Merana. Doch der schweigt. Er verstaut den Trolley im Kofferraum, hält ihr die Wagentür auf. Für einen Sonntagabend mitten in der Festspielzeit ist wenig Verkehr auf der Straße, die vom Flughafen stadteinwärts führt. Sie parken das Auto vor dem Gebäude in der Maxglaner Hauptstraße. Carola hat Doktor Plankowitz gleich nach der Abfahrt ihr Kommen telefonisch angekündigt. Die beiden Frauen steigen aus. Merana kommt nicht mit hinein. Er wartet auf dem Parkplatz. Es dauert fast eine halbe Stunde, bis Carola mit Billborns Tochter zurückkommt und sie wieder einsteigen. Den Rest der Fahrt verbringen sie schweigend. Nur ab und zu ist Jennifers leises Schluchzen zu vernehmen.

Sie halten vor dem ›Sacher‹. Der livrierte Page eilt herbei, öffnet beide Türen auf der Beifahrerseite. Merana und Carola begleiten die junge Frau ins Foyer. Sie bedankt sich, gibt beiden die Hand. Meranas Rechte hält sie etwas länger. »Sie haben die ganze Zeit über kein einziges Wort gesprochen, mich immer nur angeschaut. Gibt es einen Grund dafür?«

»Ich war nur neugierig, wie viel Ähnlichkeit Sie mit Ihrem Vater haben.«

»Kannten Sie meinen Vater?«

»Nein. Aber ich würde gerne mehr über ihn wissen.«

»Um den zu finden, der ihm das angetan hat?«

»Das vielleicht auch.«

Sie kämpft mit den Tränen, bemerkt erst jetzt, dass sie immer noch die Hand ihres Gegenübers hält. Sie lässt sie aus.

»Ich möchte mich gerne mit Ihnen unterhalten.«

Sie schaut ihn fragend an. »Wann?«

»Wenn Sie nicht zu erschöpft sind vom langen Flug, dann kann es auch gleich sein.«

Sie blickt zur Chefinspektorin. »Sind Sie mit dabei?«

»Nein, ich muss zurück in die Dienststelle.« Sie verabschiedet sich. »Ich sehe Sie dann morgen.«

Jennifer von Billborn sieht ihr nach, dreht sich wieder zu Merana. »Verstehen Sie etwas von Rotwein?«

»Ein wenig.«

»Dann bestellen Sie mir einen guten. Ich komme in einer Viertelstunde in die Bar.

Ich bin zwar zum Umfallen erschöpft, aber ich kann sowieso kein Auge zutun.«

Sie schenkt ihm ein scheues Lächeln. Gleichzeitig tropft es über ihre Wangen.

Ja, dieses Gesicht ist reizvoll, stellt Merana fest. Selbst mit Tränen.

Er wählt einen Merlot aus dem Burgenland, nicht allzu stark im Alkoholgehalt, aber kräftig im Geschmack. Er selber bestellt sich ein Tonic. Sie hat sich umgezogen, trägt eine dunkelblaue Bluse zu einer weiten grauen Hose. Sie kostet vom Wein, schafft erneut ein schmales Lächeln.

»Gute Wahl«, sagt sie. »Sie trinken keinen Wein?«

»Derzeit nicht«, erwidert er. In ihrem Blick liegt leichte Verwunderung, aber sie fragt nicht nach.

»Erzählen Sie mir von Ihrem Vater, Jennifer. Was hat ihn bewogen, nach Salzburg zu kommen?«

»Das, was ihn sein ganzes Leben angetrieben hat, die Neugierde. Er hat von einem Freund aus der IT-Branche den Tipp bekommen, dass bei einem Kongress in Salzburg eine neue Software präsentiert wird, die Erstaunliches zu leisten vermag.«

»Also kam er vorwiegend her, um Geschäfte zu machen, möglicherweise viel Geld zu verdienen.«

»Das Geldverdienen interessierte ihn nur mehr am Rande. Das Unternehmen hat in den letzten fünfzehn Jahren genug Gewinne erzielt. Was ihn lockte, war die Aussicht, etwas Spannendes zu entdecken. Wie ein Kind, das ständig Ausschau nach Neuem hält. So war er immer schon. Und sein Hang zur Begeisterung war ansteckend.«

Ein warmes Lächeln liegt auf ihrem Gesicht. Erneut rinnen ihr die Tränen über die Wangen. Sie schaut sich suchend um. »Ich habe meine Handtasche im Zimmer vergessen.« Merana greift ins Sakko, zieht eine Packung Papiertaschentücher hervor.

»Danke.«

»Hat er Ihnen von dieser Paracelsus-App erzählt?«

»Ja, wir haben telefoniert. Er war begeistert. Er hat mich gefragt, ob ich einverstanden bin, dass er alle anderen Mitbewerber überbietet, egal was es kostet.

Ich bin an der Firma beteiligt. Wenn diese dringende Sache mit dem Patent für neuartige Wasserturbinen in Seoul nicht gewesen wäre, hätte ich ihn nach Salzburg begleitet, und dann wäre er vielleicht nicht … ich meine, dann würde er jetzt noch …« Ihr Kopf sinkt langsam nach vorn, sie taucht das Gesicht in die schützenden Hände. Die Schultern beginnen zu beben. Dann ist nur mehr leises Schluchzen zu hören, wie das Gurgeln einer versteckten Quelle. Der Barkeeper hebt das Kinn, blickt fragend zu Merana. Der schüttelt den Kopf. Unwillkürlich streckt er den Arm aus, um ihr mit den Fingern beruhigend über die Schulter zu streichen. Irritiert hält er inne, zieht die Hand zurück. »Möchten Sie lieber nach oben gehen, sich hinlegen? Wir setzen das Gespräch ein anderes Mal fort.«

Sie lüftet das Gesicht aus den Handflächen. »Nein, es geht schon.« Sie richtet sich auf, greift nach den Taschentüchern, wischt sich über die Augen. »Ich bin froh, nicht alleine zu sein. Es kam nur alles so …« Sie sucht nach dem richtigen Ausdruck. »Unerwartet.«

Eine Zeile von Franz Werfel fällt ihm ein. ›Alles Warten ist Warten auf den Tod.‹

»Seit wann sind Sie an der Firma beteiligt?«

»Seit zehn Jahren. Ich habe einen Master in Biologie und Umwelttechnik. War eine Zeit lang im Ausland. Das Unternehmen bestand schon einige Jahre, als ich einstieg. ›Atreju Investments‹.«

»Atreju?«

»Klingelt da etwas bei Ihnen?« Ein Schimmern steigt in ihre geröteten Augen. »Kommt Ihnen der Name bekannt vor?«

»Ja, irgendwie schon ...«

»Kennen Sie die ›Unendliche Geschichte‹ von Michael Ende?«

»Ach ja, Atreju ... Das ist doch der grünhäutige Jäger, der auf dem Glücksdrachen reitet und den Auftrag hat, die Kindliche Kaiserin zu retten.«

»Er war mein absoluter Lieblingsheld, seit ich lesen konnte.«

»Hat Ihr Vater Ihnen zuliebe ›Atreju‹ als Firmennamen gewählt?«

»Ja, und zugleich gibt es eine klangliche Verbindung zum Vornamen meines Urgroßvaters. Der hieß *Andreju* und war Kaufmann in Lemberg, noch zu Zeiten der Habsburg-Monarchie.«

»Das Kaufmännische wurde Ihrem Vater also schon in die Wiege gelegt?«

»Ein wenig schon, obwohl er als Journalist begonnen hat. Ich gebe Ihnen eine Kurzfassung: Angefangen hat er bei den ›Cuxhavener Nachrichten‹, schaffte aber bald schon den Sprung zu einem renommierten Blatt, zur Hamburger ›Welt‹. Er war unter anderem Korrespondent in England. In London lernte er meine Mutter kennen. Bald darauf wurde ich geboren. 1983 schickte man ihn in die USA. Das war die Zeit nach dem NATO-Doppelbeschluss, als man in Deutschland gegen die Stationierung neuer Atomraketen demonstrierte. Wir übersiedelten nach Washington. Mein Vater sollte darüber berichten, wie sich die Proteste aus Europa auf die Diskussion in den Vereinigten Staaten auswirkten. Wie ich schon sagte, die Hauptantriebsfeder im Leben meines Vaters war die Neugierde. Zu Beginn der 1980er-Jahre gab es in den Staaten schon die ersten Windfarmen. Das hat ihn interessiert, er begann, darüber zu berichten. Über die Versuchsanlagen in Wyoming, über die ›San Gorgonio Pass Wind Farm‹ in Kalifornien und ähnliche Initiativen. Er hat damals schon erkannt: Das ist die Energieversorgung der Zukunft. Er fing an, Aktien von Firmen zu kaufen, die in erneuerbare Energien investierten: Solar, Wind, Bioenergie, Geoenergie. 1989 verließen wir die USA, mein Vater kehrte mit mir und meiner Mutter nach Europa zurück. Denn jetzt hatte sich der Focus des weltpolitischen Interesses wieder hierher verlagert. Die Berliner Mauer war gefallen. Die kommunistischen Ostblockstaaten zerbröckelten.«

Sie greift nach dem Glas, nimmt einen langen Schluck. »Mein Vater hatte immer ein feines Näschen, ein Sensorium für gute Geschichten. Wenn er Witterung aufnahm, dann verbiss er sich förmlich in seine Recherchen. Dieser Drang hat ihm auch als Unternehmer geholfen. Ungeklärtes, nur Angedeutetes, nicht völlig ins Licht Gerücktes waren ihm ein Gräuel. Er brauchte immer absolute Klarheit, und das möglichst rasch. Erst dann fällte er seine Entscheidungen. Damit hatte er Erfolg!«

»Wie lange war Ihr Vater als Journalist tätig?«

»Bis Mitte der 1990er-Jahre. Dann verlegte er seine Tätigkeit ganz auf das Investieren in zukunftsbedeutsame Branchen.«

Sie gibt dem Kellner ein Zeichen. Der bringt die Flasche, schenkt nach. Einige Minuten lang ist es still am Tisch. Nur die Klänge von Saxofonmusik aus den Lautsprechern schweben leise durch den Raum. Sie hat die Finger um das Glas gelegt, dreht es langsam. Das reflektierte Licht wirft ein schwaches Funkeln auf ihre Wangen. Dann hebt sie den Kopf, schaut Merana an.

»Soviel ich von Carola mitbekommen habe, sind Sie der Leiter der Kriminalpolizei in Salzburg, aber die Ermittlungen im Fall meines Vaters leitet die Chefinspektorin.«

Er nickt. »Warum haben nicht Sie die Hauptverantwortung in dieser Angelegenheit? Ist der Fall nicht wichtig genug?«

Er räuspert sich. »Doch, der Tod Ihres Vaters ist allen wichtig.« Er hört seiner eigenen Stimme zu. Sie klingt belegt. Wie die eines ihm Unbekannten. Er greift in die Tasche, zieht das Blatt mit der Schwarz-Weiß-Abbildung hervor, streicht es glatt, legt es ihr hin.

»Kennen Sie dieses Foto?«

Sie schaut ihn irritiert an, dann blickt sie auf die Darstellung. »Nein. Woher stammt das?«

»Aus den Dateien Ihres Vaters. Wir haben es in seinem Laptop gefunden.«

Ihr Interesse ist geweckt. Sie hebt das Bild hoch. »Tatsächlich. Das ist Daddy! Mein Gott, da war er noch jung. Ich kann mich nicht erinnern, dieses Bild jemals gesehen zu haben. Wer ist die Frau?«

Er zögert mit der Antwort. Dann spricht er es aus. »Meine Mutter.«

»Was?« Sie schaut ihn verblüfft an. »Mein Daddy kannte Ihre Mutter? Wann war das?«

»Ich weiß es nicht. Genauso wie Ihnen war mir das Foto bisher unbekannt.«

Sie blickt wieder auf das Bild, schüttelt verwundert den Kopf. »Und Ihre Mutter …?«

»Sie kann dazu nichts mehr sagen. Sie starb, als ich neun war.«

Das sanfte Lächeln in ihrem Gesicht erlischt. »Das tut mir leid.«

Sie legt das Foto auf den Tisch. Als müsste sie es nochmals glätten, streichen ihre Finger über das Blatt. »Was hat Sie veranlasst, das alte Foto aus den Bilddateien meines Vaters zu kramen? Hat diese Abbildung etwas mit dem schrecklichen Vorfall zu tun?«

»Das weiß ich nicht. Aber die Kriminaltechnik hat festgestellt, dass sich Ihr Vater in der Nacht von Donnerstag auf Freitag dieses Bild anschaute. Kurz darauf verließ er das Hotel. Wenig später wurde er getötet.«

Ihre Augen werden groß. Sie starrt ihn an, ungläubig.

»Das kann doch nur ein schrecklicher Zufall sein, oder?«

»Gegenfrage. Ein Mann kommt nach einer Einladung zu einem Galadiner zurück ins Hotelzimmer. Es ist zwei Uhr nachts. Anstatt sich ins Bett zu legen, aktiviert er seinen Laptop. Er öffnet die Fotodateien und sucht ausgerechnet dieses Bild hervor. Warum?«

»Ich weiß es nicht.«

Sie schaut wieder auf das Bild. Ihre Fingerkuppen streichen zärtlich über das Gesicht des jungen Mannes, der lachend eine junge Frau hochhebt.

»Ich hatte gehofft, Sie wüssten mehr über dieses Bild.«

Sie blickt auf. »Ich kann mich nicht erinnern, dass Daddy je erwähnte, in Salzburg gewesen zu sein. Aber ich kann versuchen, mehr darüber herauszufinden.« Sie sieht auf die Uhr. »Jetzt ist es schon zu spät. Aber ich probiere gleich morgen früh, Onkel Piet zu erreichen. Er ist ein Journalistenkollege. Piet und Daddy kannten einander seit seinem Einstieg bei der ›Welt‹. Falls er nicht gerade fern jedes Handynetzes mit seinem Segelboot durch die Weltmeere pflügt, erfahre ich sicher von ihm mehr.«

Eifer klingt in ihrer Stimme, ihre Wangen leuchten. Sie hat offenbar nicht nur das markante Kinn und die weit auseinanderliegenden Augen von ihrem Vater geerbt, sondern auch den Willen, Ungeklärtes ins rechte Licht zu rücken. *Und das möglichst rasch.* Sie nimmt wieder das Bild in die Hand.

»Ihre Mutter war eine schöne Frau. Und sie wirkt so glücklich.«

In Meranas Herz erwacht ein Brennen. Ein Kloß formt sich in seinem Hals.

Sie lacht, dreht ihm das Bild zu. »Die beiden hätten ein hübsches Paar abgegeben.« Sie schaut ihm direkt ins Gesicht, ihre Augen funkeln belustigt. »Aber dann wäre ich vielleicht nie auf die Welt gekommen und wir beide würden nicht in dieser Hotelbar sitzen.«

Das Leuchten in ihren Augen verschwindet, macht wieder der Trauer Platz. Unausgesprochen bleibt, was beide denken. Wenn alles anders gekommen wäre und die beiden auf dem Foto zueinander gefunden hätten, dann würde Hans von Billborn vielleicht noch leben.

»Wo wurde dieses Foto aufgenommen?«

»Im Salzburger Mirabellgarten.«

Staunen erwacht in ihren Augen. »Hat nicht die Chefinspektorin gesagt, dass mein Vater im Mirabellgarten …«

»Ja, er wurde genau an dieser Stelle getötet.« Das Staunen in ihrem Blick weicht einem Eindruck der Leere, als fixiere sie etwas weit außerhalb des Raums. Dann strafft sich ihr Oberkörper.

»Ich möchte den Ort sehen.« Ihre Hand schiebt entschlossen das halbvolle Glas weg. »Begleiten Sie mich?«

Fünf Minuten später sind sie im Mirabellgarten. Jennifer hat die Tasche aus dem Zimmer geholt und einen Mantel angezogen. Es ist noch einiges los in der Stadt. Verkehrslärm vom nahen Makartplatz und der Schwarzstraße ist zu hören.

Merana führt Jennifer zum Brunnen, zeigt ihr die Stelle, an der man ihren Vater fand. Sie lässt sich langsam in die Hocke nieder, legt behutsam die Hand auf den Brunnenrand. Eine Weile spricht keiner ein Wort. Dann hört Merana ein Flüstern. Betet sie? Redet sie mit dem toten Vater? Er entfernt sich, um die intime Szene nicht zu stören. Er wartet, bis sie sich wieder aufrichtet. Sie greift in ihre Tasche, lenkt den Strahl ihres Handys auf die Statue.

»Wer sind die beiden auf dem Sockel?«

»Paris und Helena.«

»Wow, ganz große Kiste. Berühmtes Liebespaar der griechischen Sagenwelt.« Sie lässt den Strahl über die Skulptur wandern. »Leider hatte die Affäre schlimme Folgen, wie man weiß. Zehn Jahre Trojanischer Krieg. Und alles nur, weil die beiden …«

Sie spricht den Satz nicht zu Ende, löscht das Licht am Handy. »Lassen Sie uns noch ein wenig hierbleiben.«

Sie setzt sich auf eine der Bänke. Er nimmt neben ihr Platz. Die Wolkendecke am Himmel zeigt Löcher. Vereinzelt funkeln Sterne über ihren Köpfen. Hinter ihnen erstreckt sich der nördliche Teil des Gartens mit der Schlossfassade. Vor ihnen liegt die nächtliche Altstadt. Die im exakten Schnitt gestutzten Baumreihen am Ausgang zum Makartplatz bilden einen breiten Spalt, gewähren den Häusern der Stadt, sich mit ihren Lichtern durch die Schneise bis ins Innere des Gartens vorzutasten. Die Flanke des Landestheaters gleißt in mildem Rosa. Schräg dahinter, in voller Bestrahlung durch die Straßenlaternen, prangt ein Teil der Schwarzstraße mit dem ›Café Bazar‹. In der Ferne sind die Türme des Doms auszumachen. Und über allem schimmert das blaue Band der Festungsmauern.

»Was für ein beeindruckender Anblick. Sie leben in einer wunderbaren Stadt, Herr Kommissar.«

Er erwidert nichts, hört ihren ruhigen Atem neben sich. Wieder schweigen sie.

Dann klingt ihre Stimme in der Dunkelheit. »Wie ist Ihre Mutter gestorben?«

Die Frage kommt für ihn unvermutet, überrascht ihn. »Bergunfall. Abgestürzt bei einer Wanderung.«

»Wie furchtbar …« Sie richtet sich auf. Er sieht ihr Gesicht im Halbschatten. »Das muss Sie als Kind sehr getroffen haben. Wie schrecklich, von einer Sekunde auf die andere die Mutter zu verlieren.« Er spürt mehr ihr

Kopfschütteln, als dass er es in der Dunkelheit ausmachen kann. Sie lehnt sich wieder zurück. »Ich war zwanzig, als meine Mutter starb. Mein Vater und ich konnten uns zumindest darauf vorbereiten. Sie hatte Krebs. Ich war erwachsen, kein Kind mehr so wie Sie. Aber es war dennoch schwer, damit zurechtzukommen.« Sie spricht leise, behutsam. Der Klang ihrer Stimme wärmt ihn. »Was war die Ursache für das Unglück?«

»Ich.«

»Wie bitte?« Wieder richtet sie sich auf. »Waren Sie dabei?«

Er ist über seine eigene Aussage erschrocken. Für einen Moment hatte er sich nicht unter Kontrolle.

»Nein, ich war nicht dabei. Ich war zu Hause bei meiner Großmutter.«

»Wie meinen Sie das, *Sie* wären die Ursache für den Absturz?«

Er stemmt die Hände auf die Knie, beugt den Oberkörper nach vorn. »Ist nicht so wichtig.«

Er kann ihren Blick nicht erkennen. Ihr Gesicht ist wieder völlig in Schatten getaucht. Langsam lässt sie sich zurücksinken, lehnt den Rücken an den Querbalken der Bank. Eine Zeit lang herrscht erneutes Schweigen. Dann sagt sie leise: »Wollen Sie es mir nicht doch erzählen? Vertrauen gegen Vertrauen?«

»Vielleicht ein andermal.« Er steht auf, reibt sich die Hände. »Es ist kühl geworden. Sie sind sicher sehr erschöpft, Frau von Billborn. Es war ein langer, anstrengender Tag für Sie.«

Sie hebt den Kopf. Dann streckt sie ihm die Hand hin. Er nimmt sie, zieht sie hoch. Ihre Finger sind eiskalt. Langsam gehen sie in Richtung Ausgang, treten aus der Dunkelheit ins Helle.

Würde Merana nicht seinen Gedanken nachhängen, hätte er vielleicht den Schatten im Laubengang bemerkt. Die Gestalt im Lodenmantel zwischen den Bäumen zuckt zusammen, erschrickt, als sie die beiden Personen entdeckt, die aus dem Dunkel ins Licht der Laternen treten. Der Mann am Ausgang ist der Gestalt bekannt. Das ist Kommissar Merana. Dessen Anblick führt zu leichter Verwirrung. Hat es nicht geheißen, der Kripochef sei verletzt, wäre gar nicht in Salzburg? Gab es da nicht einen undurchsichtigen Vorfall im Rahmen einer Ermittlung? Und wer ist die Frau an seiner Seite? Auch wenn deren Gesicht im Schein der Laterne nur kurz auszumachen war, ist sich die nächtliche Erscheinung im Lodenmantel gewiss, die Person noch nie gesehen zu haben. Die Augen huschen wachsam von links nach rechts. Lautes Rufen schallt vom Makartplatz herüber, gleich darauf nähern sich zwei Jugendliche grölend dem Eingang zum Garten, lachen über die steinernen Männer in ihren seltsamen Posen auf den Sockeln. Die Gestalt unter den Bäumen zieht sich tiefer in den Schutz der Dunkelheit zurück, wartet. Die Unruhe wächst. Warum sucht der Kommissar spätnachts diesen Platz auf? Hofft er, hier noch Spuren zu finden? Der Tatort ist doch gründlich untersucht, wurde längst freigegeben. Was will er hier? Und dann noch der Anruf von heute Mittag. Die Schlinge zieht sich zu, wird enger. Es gilt, zu handeln, das Richtige zu tun, jeden Fehler zu vermeiden. Die Figur unter den Bäumen wartet, bis die Betrunkenen am Eingang sich verzogen haben. Dann späht sie vorsichtig um die Ecke. Die Luft ist rein. Die Gestalt setzt sich in Bewegung. Sie nimmt nicht den Ausgang am Landestheater. Sie kennt einen einfachen Pfad, der aus dem abgesperrten Garten zur Schwarzstraße führt. Als sie mit raschem Schritt an einer der Laternen vorbeihastet, wirft das Licht den Schatten der Gestalt auf die Schlossmauer. Der Lodenmantel bläht sich auf wie ein schwarzes Segel. Dann taucht die Gestalt wieder in den Schutz der Finsternis. Steinernes Grinsen begleitet ihren Weg. Gesichter mit unheimlichen Fratzen beobachten sie. Schiefe Mäuler, abstoßende Zähne, verbeulte Köpfe auf verkrümmten Leibern sind auszumachen. Vor den steinernen Augen der Zwerge auf der Anhöhe des Bastionsgartens huscht die Gestalt im Mantel vorüber. Dann hat die Dunkelheit sie verschluckt.

MONTAG, 26. OKTOBER

Er hat von Jennifer von Billborn nicht erfahren, was er erhoffte. Insgeheim hat er damit gerechnet, dass ihr das Foto bekannt ist. Und sie kann auch keine Auskunft darüber geben, was ihr Vater vor über vierzig Jahren in Salzburg machte. Er hat noch immer keine Erklärung dafür, wann und bei welcher Gelegenheit seine Mutter diesen Mann kennenlernte. Also bleibt ihm vielleicht nur eine Person, an die er sich wenden kann. Es wäre nicht das erste Mal, dass ausgerechnet die Großmutter ihm weiterhilft. Gleich nach dem Aufstehen überlegt er, ob er telefonieren soll. Er lässt es bleiben. Er würde sie auch ohne Vorankündigung zu Hause antreffen. Er wird am frühen Nachmittag fahren. Um 10 Uhr ist der feierliche Festakt des Internationalen Paracelsusforums zum Abschluss der diesjährigen Tagung angesetzt. Er wird hingehen. Er verspricht sich nicht allzu viel davon, aber er will jede sich ihm bietende Gelegenheit nutzen. Hans von Billborn war Teil dieser Tagung. Hans von Billborn war vor über vierzig Jahren mit Meranas Mutter im Mirabellgarten. Und Hans von Billborn liegt jetzt im Leichenschauhaus. Er erkennt keinen Zusammenhang zwischen diesen Tatsachen. Vielleicht gibt es auch keinen. Aber er wird weiterforschen. Er weiß immer noch viel zu wenig über diesen Mann. Die Tochter hat einiges über ihren Vater erzählt.

Doch das reicht nicht. Er muss zum Festakt. Irgendwo findet sich immer eine Spur. Warum nicht dort. Seine Unruhe ist groß, sie beherrscht ihn. Sie hält dadurch zumindest die Schatten in seinem Innern in Schranken.

Der Saal des Kongresshauses ist gut gefüllt. Nur in den hinteren Reihen sind noch Plätze frei. Der Innenraum mit den schräg gestellten Steilwänden und den Metallmündungen der Belüftungsrohre erinnert ihn immer an den Versammlungssaal einer futuristischen Raumbasis. Der Festakt beginnt mit einer Trauerminute. Karol Blandenburg begrüßt vom Podium aus als Erste Jennifer von Billborn. Sie sitzt in der vordersten Reihe neben einer großgewachsenen, hageren Frau. In der Stimme des Vorsitzenden ist ein leichtes Tremolo zu hören, das den Klang seiner wohlgesetzten Worte begleitet. Auch legt er bisweilen die Hand auf die Brust, um den gewünschten Eindruck von Betroffenheit besser hervorzuheben. Er schildert in knappen Worten die Karriere des erfolgreichen Unternehmers. Merana hört genau zu. Salzburg vor über vierzig Jahren kommt im Streifzug des Vorsitzenden nicht vor. Am Schluss der kurzen Rede ersucht der Präsident die Anwesenden, sich zum Zeichen der Anteilnahme von den Sitzen zu erheben. Merana steht bereits. Er hat sich mit Carola auf der Galerie oberhalb des Saales postiert. Der Festakt dauert eine gute Stunde. Der Landeshauptmann betont in seiner Rede die besondere Stellung des Paracelsusforums. Durch dessen Arbeit würde Salzburg nicht nur in seinem Ruf als Kultur- und Festspielstadt bestärkt, sondern auch als Ort herausragender Forschung, verbunden mit großem internationalem Renommee. Die diesjährige inhaltliche Ausrichtung des Kongresses unterstreiche zudem Salzburgs wachsendes Image als Innovationszentrum von europäischem Format. ›Gewäsch‹, denkt Merana. Kultur- und Festspielstadt, ja. Aber alles andere ist weit hergeholt. Da greift einer aber mächtig zum großen Pinsel mit der Glitzerfarbe. Am Schluss bedankt sich das Landesoberhaupt beim gesamten Vorstand und hebt noch das unermüdliche Wirken des Vorsitzenden hervor, »meines hochgeschätzten langjährigen Freundes, Professor Karol Blandenburg«. Applaus brandet auf. Als der Landeshauptmann den Präsidenten auf die Bühne bittet, um ihn mit dem »Großen Ehrenzeichen des Landes Salzburg« zu würdigen, erhebt sich das Publikum im Saal.

Danach fassen einige der insgesamt zwölf Referenten die wichtigsten Ergebnisse der Tagung zusammen. Das Schlusswort gehört wieder dem Präsidenten. Er lädt die Besucher zum Buffet ein und entschuldigt den Landeshauptmann, der bereits wieder weg ist. »Aber wir fassen es als Zeichen allerhöchster Wertschätzung auf, dass er bei den vielen Verpflichtungen am heutigen Nationalfeiertag sich die Zeit nahm, unseren Festakt mit seiner Anwesenheit zu beehren.«

Merana ist seit seinem Aufenthalt in der Klinik jedes Zeitgefühl abhandengekommen. Erst die Bemerkung des Vorsitzenden macht ihm bewusst, dass heute der 26. Oktober ist, österreichischer Nationalfeiertag. Er folgt Carola Salman, die sich im Foyer durch die dichte Menschentraube drängt. Eine Hand legt sich auf seine Schulter. Er dreht sich um.

»Merana, ich freue mich, dich wieder unter den Lebenden zu sehen.« Er blickt in das Gesicht von Jutta Ploch.

Die Kulturjournalistin umarmt ihn. Sie arbeitet für eine große Salzburger Tageszeitung. Aus der Begegnung bei gemeinsamen Ermittlungen ist in den letzten Jahren eine vorsichtig zurückhaltende Freundschaft entstanden. »Ich würde ja gerne die Spottdrossel hervorkehren und dich damit aufziehen, dass du plötzlich von der Bildfläche verschwunden bist, ohne dich gebührend von mir zu verabschieden. Aber ich weiß leider, was du alles durchgemacht hast. Jedenfalls freut es mich, dass das Gerücht offenbar nicht stimmt, das in Salzburg die Runde macht. Kommissar Martin Merana würde alles hinschmeißen und den Dienst quittieren.«

Er atmet tief, setzt zu einer Erwiderung an, schweigt dann doch.

Ihr Gesicht, dem man die Freude über das Wiedersehen ansieht, verdunkelt sich. »Stimmt es doch?«

Statt einer Antwort fasst er sie am Arm, hakt sich unter, drängt sie durch die Menge bis zu einem freien Platz an der Glasfront. Er holt das Schwarz-Weiß-Foto hervor, zeigt es ihr.

»Das wurde vor vielen Jahren im Großen Wasserparterre des Mirabellgartens aufgenommen, vor der Statue von Paris und Helena.«

»Das ist doch die Stelle, wo man den Ermordeten fand.« Sie blickt auf. »Du ermittelst also doch?«

Er schüttelt unwirsch den Kopf. »Das Ermittlungsteam wird von Carola geleitet. Mich interessiert dabei eine ganz andere Frage.« Er erläutert die Zusammenhänge, erklärt, wer die beiden Personen auf dem Bild sind. Er berichtet von seinem Gespräch mit Jennifer und dass er mehr über Billborn herausfinden will.

»Und wenn ich schon dich hier treffe, dann will ich die Gunst des Augenblicks nutzen. Es gibt keinen Promi in Salzburg, den Jutta Ploch nicht kennt. Und sicher weißt du auch eine Menge über die Teilnehmer an diesem Kongress. Gib mir eine Kurzzusammenfassung deines Wissens über jene Leute, mit denen Hans von Billborn bei dieser Tagung verkehrte.«

Sie verschränkt die Arme, schaut ihn herausfordernd an. »Das wird dich ein weiteres teures Abendessen kosten, Merana. Wie immer suche *ich* das Restaurant aus.« Sie hebt demonstrativ die Hand. Das ist immer ihr gemeinsamer Deal, seit Anfang an. Sie versorgt ihn mit Insiderwissen. Er führt sie zum Essen aus. Die Lokale verfügen jeweils über eine Auszeichnung von mindestens zwei Hauben. Meist sind es drei oder vier. Er bläst die Luft aus seinen Nasenflügeln, schlägt ein. Sie lacht, boxt ihn gegen den Oberarm. Ihre spontane Heiterkeit tut ihm immer gut. Dennoch fällt es ihm schwer, sich ein Lächeln abzuringen. Er will das Netz an schwarzer Traurigkeit, das ihn ständig einschnürt, nicht auch über andere hängen. Er drückt die Mundwinkel nach außen, schiebt die Wangen nach hinten, hofft, dass er wenigstens die Andeutung eines Lächelns schafft.

»Ach, Merana.« Sie schaut ihm ins Gesicht. Für einen Moment wird ihr Blick traurig. Dann boxt sie ihm erneut gegen den Oberarm. »Vorwärts, Commissario! Satteln wir die Pferde. Aber bevor ich mit dir durch die tiefen Ebenen der Paracelsustagungswelt reite, holen wir uns vom Buffet zwei gut gefüllte Gläser Cabernet Sauvignon.« Sie nimmt ihn am Arm, stöckelt über den gefliesten Boden.

»Ich trinke zurzeit allenfalls Kräutertee, keinen Alkohol.«

Abrupt bleibt sie stehen, schaut ihn von der Seite an. Kopfschütteln. Dann schiebt sie ihn weiter. Das Gedränge am Buffet ist groß. Die Journalistin hält eine der Servicedamen auf, nimmt ein Glas Rotwein vom dargebotenen Tablett. »Haben Sie auch Kräutertee?«

Die Frau schüttelt den Kopf. »Leider nein.«

»Siehst du, Merana, du wirst verdorren.« Er muss über ihre Bemerkung schmunzeln. Das schafft er ohne Anstrengung. »Dann starten wir zu unserem Rundgang.«

Sie hakt sich bei ihm mit dem freien Arm unter, lässt den Blick über die Menge streifen. »Kennst du das Grabmal von Paracelsus auf dem Sebastiansfriedhof?«

Er besinnt sich, es gesehen zu haben. Dennoch sind ihm keine Details in Erinnerung. Sie deutet auf einen Mann im blauen Blazer, der sich angeregt mit einem zweiten unterhält. »Das ist Professor Heribert Gundelstift, Kunsthistoriker der Universität Zürich. Er hat ein neues Gutachten vorgestellt, das sich mit dem Relief auf dem Grabmal von Paracelsus beschäftigt. Zur Urheberschaft gibt es angeblich eine neue umstrittene Theorie. Der andere Mann ist Oswald Tarutschner, Botaniker und Kräuterexperte aus Südtirol. Er hat bei der Tagung verblüffende Beispiele zur Signaturenlehre vorgestellt. Diese Methode kannte man schon im Mittelalter, aber erstmals schriftlich festgehalten wurde die Lehre von Paracelsus und einem Alchemisten aus Neapel, dessen Name mir jetzt nicht geläufig ist.«

»Wer ist die großgewachsene, hagere Frau, die da hinten in der Ecke steht?«

»Das ist die ›Stille Ruth‹.«

»Stille Ruth? Kenne ich nicht.«

Sie lächelt. »Die kennen die wenigsten, obwohl sie bei vielen gesellschaftlichen Ereignissen anwesend ist. Aber sie hält sich gerne im Hintergrund, überlässt das Spielfeld lieber ihrem Mann.«

»Wer ist ihr Mann?«

Sie blickt sich suchend um. »Voilà, da kommt er schon. Der frischgekürte Träger des Großen Ehrenzeichens des Landes Salzburg, Mittelpunkt jeder Gesellschaft, Professor Karol Blandenburg.«

»Die Dame in der Ecke ist Blandenburgs Frau?«

»Ja, Ruth Blandenburg, geborene Zündel, stammt aus einer alteingesessenen Salzburger Familie. Der Großvater war Abgeordneter in Wien, der Vater Landesjägermeister. Sie selbst war Verwaltungsjuristin im Landesdienst, ist seit kurzem in Pension. Die beiden sind seit einer gefühlten Ewigkeit miteinander verheiratet. Es gibt zwei erwachsene Kinder, die, soviel ich weiß, im Ausland leben.«

»Blandenburg kenne ich von einigen offiziellen Anlässen, aber sicher nicht so gut wie du.«

»All seine Leistungen aufzuzählen, würde den Rahmen sprengen. Ich beschränke mich auf das Wesentliche. Mitglied des Paracelsusforums seit gut dreißig Jahren. Seit einem Jahrzehnt dessen Präsident. Emeritierter Professor, viele Jahre lang Vizerektor an der Musikuniversität Mozarteum. Eine Zeit lang auch gefragter Pianist. Aber dann blieb die Künstlerkarriere aufgrund der vielen öffentlichen Funktionen auf der Strecke. Er gehört dem Expertenrat des Landeshauptmannes für Kulturfragen an. Eine Legislaturperiode lang war er auch Nationalrat für die Konservative Partei. Zudem sitzt er in einigen Aufsichtsräten in Kulturbetrieben, die, soviel ich weiß, nicht schlecht dotiert sind.«

Merana beobachtet die hagere Frau. Sie geht langsam auf ihren Mann zu, flüstert ihm etwas ins Ohr. Der nickt. Dann küsst er seine Gemahlin auf die Wange und eilt auf zwei Personen zu, die am oberen Ende des Buffets stehen. Merana erkennt Jennifer, die sich mit einem schnauzbärtigen Mann unterhält. Ihre Kopfbewegungen drücken Ärger aus. »Jutta, am Ende des Buffets steht Billborns Tochter Jennifer mit einem Mann. Blandenburg nähert sich gerade den beiden. Kennst du den Schnauzbärtigen?«

»Leider nein, Herr Kommissar. Da muss ich passen.« Ein dumpfes Surren ist zu vernehmen. Die Journalistin kramt ihr Handy aus der Tasche, liest die eingegangene Nachricht. »Shit.« Sie steckt das Smartphone weg. »Tut mir leid, mein Lieber. Wir müssen unsere Paracelsusexperten-Sightseeing-Tour ein andermal fortsetzen. Ein Kollege ist krank. Die tapfere Jutta muss einspringen. Zurück zur Galeere.« Sie drückt ihm einen Kussfinger auf die Wange, stellt ihr leeres Glas ab, verschwindet in der Menge.

Merana steuert auf Jennifers Stehtisch zu.

»Herr Kommissar, welche Ehre!« Karol Blandenburg breitet die Arme aus. »Frau von Billborn, Herr Kreuzbirn, darf ich Sie mit Salzburgs berühmtestem Polizisten bekanntmachen? Was sage ich? Mit Österreichs führendem Kriminalermittler!« Der Auftritt ist Merana peinlich. Österrei*chs führender Kriminalermittler.* Er versucht abzuwiegeln. Doch der Präsident lässt sich schwer einbremsen. »Nur keine falsche Bescheidenheit! Ich bin sehr erfreut, Sie zu sehen. Irgendwer sagte mir kürzlich, Sie wären gar nicht im Dienst, sondern seit einiger Zeit unpässlich.« Meranas Unbehagen wächst. Die schmierige Herzlichkeit ist noch schwerer zu ertragen als das Rasierwasser des Mannes. *Unpässlich*, das klingt wie aus einem Konversationsroman des 19. Jahrhunderts. »Herr Kommissar, wenn ich Ihnen die Herrschaften vorstellen darf …«

Merana hebt die Hand. »Danke, Frau von Billborn kenne ich schon.«

»Natürlich. Sie sind ja sicher in die Ermittlungen zum tragischen Ereignis eingebunden.« Sein Tonfall changiert umgehend von Überschwang zu Betroffenheit. »Dann bleibt mir wenigstens die Freude, Sie mit Herrn Egon Kreuzbirn bekannt zu machen, Inhaber und CEO von ›Sunwolf Investments‹, der seinen Firmensitz vor einem halben Jahr von Stuttgart nach Salzburg verlegt hat.«

Der Schnauzbärtige steckt in einem dunklen Anzug. Das Jackett ist ihm eine Nummer zu groß. Vielleicht hat er in letzter Zeit auch abgenommen. Seine Gesichtsfarbe wirkt schal. Merana schätzt den Mann auf Mitte fünfzig. Er erweckt keinen gesunden Eindruck.

»Herr Kreuzbirn ist sehr an unserer Paracelsus-App interessiert. Sie verzeihen, wenn ich die Herrschaften jetzt alleine lasse. Wie ich sehe, schickt sich der Intendant des Landestheaters an zu gehen. Ich habe mit ihm noch Wichtiges zu bereden.« Er eilt davon.

»Dann darf ich mich auch verabschieden. Die Geschäfte rufen.« Kreuzbirns Stimme klingt dunkel. Er hebt linkisch die Hand. Es hat den Eindruck, als wolle er sie Jennifer von Billborn reichen. Dann lässt er die Hand nach unten kippen wie einen gebrochenen Flügel. Mit den Fingern streift er über die Hose. Schließlich deutet er ein

Nicken an und geht davon. Merana schaut dem Mann nach. »Kennen Sie ihn?«

»Ja.« Auch sie blickt ihm hinterher. »Ich habe keine guten Erinnerungen an ihn. Er ist uns zweimal bei Verhandlungen in die Quere gekommen. Mein Vater konnte ihn nicht ausstehen. Die Art und Weise, wie Herr Kreuzbirn seine Geschäfte zu führen pflegt, ist nicht die sauberste.«

Die beiden Männer sind verschwunden. Er richtet seine Aufmerksamkeit auf sie. Sie macht heute einen frischeren Eindruck als gestern. Die Augen sind nicht mehr so gerötet. Das schwache Rouge auf den Wangen überdeckt die Blässe ihrer Haut.

»Konnten Sie ein wenig schlafen?«

»Ja, ein paar Stunden.« Sie nippt an ihrem Weinglas. »Ich habe Onkel Piet noch nicht erreicht. Ich habe ihm eine Nachricht am Handy hinterlassen.«

»Wie lange bleiben Sie in Salzburg?«

»Ich weiß es noch nicht. Wie man mir sagte, hat die Staatsanwaltschaft noch keine Erlaubnis erteilt, die Leiche meines Vaters freizugeben.« Sie blickt ihn an. »Ist das üblich?«

»Ja, die Staatsanwaltschaft kann noch ein paar zusätzliche Untersuchungen anordnen, um jeden möglichen Zweifel über die Todesursache auszuschließen. Aber ich denke, das wird bald erledigt sein. Dann können Sie Ihren Vater nach Hamburg überführen.«

»Vielleicht warte ich auch damit, bleibe noch ein oder zwei Tage länger.«

Er schaut sie fragend an.

»Ich möchte mich mit den Leuten treffen, die die Paracelsus-App präsentiert haben. Wenn die Software sich als vielversprechend erweist, will ich das Geschäft auf keinen Fall Egon Kreuzbirn überlassen. Das bin ich meinem Vater schuldig.«

»Sind noch andere Bewerber an der App interessiert?«

»Ja, eine Frau Trötzler aus Lugano, die für ein Firmen-Konsortium tätig ist. Und Carsten Klangberg aus Dortmund, Geschäftsführer von ›Brassavola Investments‹. Ich kenne ihn nicht persönlich, aber ich weiß, dass er auch Orchideen züchtet.«

Trötzler? Der Name war ihm kürzlich untergekommen. Er versucht sich zu erinnern.

Es fällt ihm nicht ein. Egal.

»Und was machen Sie?«

»Ich besuche meine Großmutter.«

Von der Stadt Salzburg in den Oberpinzgau braucht man, je nach Verkehrslage, eineinhalb bis zwei Stunden. An diesem Feiertagsnachmittag ist viel Verkehr. Schon am Vormittag ist die Sonne herausgekommen. Ausflügler nützen das warme Herbstwetter für einen kurzen Abstecher in die Seitentäler. Einige Almen haben noch geöffnet. Auf der Autobahn hatte er kein Problem, voranzukommen. Aber ab St. Johann im Pongau wird der Verkehr zäher. An den Kreisverkehren bei Zell am See steckt er vollends im Stau. In den höheren Lagen hat es in der vergangenen Nacht offenbar geschneit. Die flache Kuppe der Schmittenhöhe, die sich hinter dem Ort in die Höhe schiebt, ist angezuckert. Mit der Lage am See und den verschneiten Berggipfeln ringsum bietet Zell ein harmonisch heimeliges Bild. Er versteht die vielen arabischen Gäste, die von weit her kommen, um sich an dieser Idylle zu laben. Der Anblick entspricht der Beschreibung paradiesischer Gefilde im Koran. Vor der Einfahrt zum Schmittentunnel hält er sich links, nimmt die B 168 Richtung Krimml.

An der Ortseinfahrt Mittersill fragt er sich zum hundertsten Mal, ob ihm die beiden riesigen Figuren gefallen oder nicht. Wie überdimensionale Roboter aus einem Science-Fiction-Film beherrschen sie den Kreisverkehr. Beide haben den metallenen Kopf geneigt, eine der beiden besonders tief. Er kennt die Reaktionen der Bewohner, weiß Bescheid über die Diskussion der Experten. Ihm ist es egal, ob der Künstler ein Plagiat beging, weil die Figuren frappant einem Werk des katalanischen Malers Salvador Dalí gleichen. Der hatte sich von einem Bild eines französischen Kollegen inspirieren lassen, das zwei Bauersleute auf einem Feld zeigt. Der Mann und die Frau unterbrechen die Arbeit, stehen regungslos auf dem Feld. Sie halten die Köpfe tief gesenkt, die Hände sind zum Angelusgebet gefaltet. Das alles kennt er. Aber wie sagte gestern Ulrich Peterfels? *Vergessen Sie den möglichen kulturgeschichtlichen Zusammenhang. Trauen Sie einfach Ihren eigenen Augen! Was sehen Sie?* Nun, er sieht zwei turmhohe armlose Blechkolosse mit gesenkten Köpfen, deren Eisenhaut in der Herbstsonne schimmert. Und sie gefallen ihm nicht! Oder doch? Während er nachsinniert, fällt ihm ein, woher er den Namen *Trötzler* kennt. Er hat noch in der Ermittlungsakte geblättert, die ihm Carola auf den Tisch legte, bevor er mit dem Obus in die Stadt aufbrach. *Melina Trötzler.* Das ist die Dame aus der Schweiz, mit der Billborn in der Nacht das Taxi nahm. Diese Frau ist also ebenfalls an der rätselhaften App interessiert. Genauso wie der orchideenzüchtende Investor aus Dortmund und der zwielichtige Kreuzbirn. Hans von Billborn hat das Hotel verlassen, ohne gesehen zu werden. Der Nachtportier war zu dieser Zeit auf der Toilette. Ein paar Minuten nur, wie er zu Protokoll gab. Aber immerhin lange genug, dass eventuell auch die Dame aus der Schweiz ungesehen hinauskonnte.

Die Großmutter steht vor dem Haus. Er hat es nicht anders erwartet. Sie weiß immer, wann er kommt. Er stellt den Wagen ab. Das kleine Gartentor quietscht. Die Metallangeln brauchen dringend Öl. Sie hat eine Schürze umgebunden, kam wohl gerade aus der Küche. Wieder wird ihm bewusst, wie sehr er die kleine Frau mit den silberweißen Haaren liebt. Er nimmt sie in die Arme, drückt sie an sich. Sie reicht ihm kaum bis zu den Schultern. Sie halten einander. Das tut gut. Die Zeit bleibt stehen. Ihr Atem geht ruhig. Er hat die Augen geschlossen, spürt die Kraft, die von ihrem Herzen ausgeht. Er hat das Gefühl, violettes Licht hülle ihn ein. Minutenlang verharren sie in der Umarmung. Dann drückt er ihr einen Kuss auf das weiße Haar. Sie gehen hinein. Sie stellt ihm ein Stück Mohntorte hin, frisch gemacht. Die Portion auf ihrem Teller ist kleiner.

»Du hast wieder einmal gewusst, dass ich komme.«

»Ja.« Sie holt die Kaffeekanne aus der Küche, gießt ein. »Aber ich weiß nicht genau, warum.«

Er kostet von der Torte, spürt die Zuckerglasur und den flaumig-süßen Geschmack des feinen Gebäcks. Als würde er auf ein Stück Zauberkuchen beißen, setzen schlagartig die Bilder seiner Kindheit ein. Er sitzt am Küchentisch, hat das halbe Stück Torte verschlungen, angelt sich mit der Gabel den nächsten Bissen. *Woher kommt der Mohn,*

Oma? Von der Nachbarin? Nein, aus dem Waldviertel. Die haben den besten Graumohn, den ich kenne. Die Ribisel kommen aus dem Garten, das weiß er. Die hat er selbst gepflückt.

»Vielleicht bin ich gekommen, weil ich große Sehnsucht nach deiner Mohntorte hatte.«

Sie schaut ihn an. Ihr Blick ist voll Liebe. Nur auf dem Grund ihrer hellen Augen glaubt er eine Spur von Sorge auszumachen.

»Ja, vielleicht auch deswegen.«

Er lässt sich den nächsten Bissen Torte auf der Zunge zergehen. Der Geschmack der Ribiselmarmelade erscheint ihm um einen Hauch säuerlicher als gewohnt. Aber vielleicht hat sie auch eine Spur mehr Zitrone genommen als sonst. Sie legt ihre Hand auf seine. »Ich freue mich jedenfalls, dass du da bist.«

Sie fragt ihn nicht, wie es ihm geht. Sie weiß es auch so. Er hat die kleine, weißhaarige Frau lange nicht mehr gesehen. Sie hat ihn im Krankenhaus besucht, gleich nachdem er mit der Schussverletzung eingeliefert wurde. Sie saß lange an seinem Bett, wie man ihm berichtete. Er hat es nicht mitbekommen, war frisch operiert, zweimal getroffen, am Oberschenkel und in der Lunge. Die Ärzte sagten, er würde sich schnell erholen. Er hatte Glück gehabt, glatter Lungendurchschuss. Wäre die Kugel an einer anderen Stelle eingedrungen, nur wenige Zentimeter entfernt, dann würde er jetzt nicht mehr hier sitzen und Torte essen. Sie hatten ihm eine Bülau-Drainage verpasst. Die Ausdehnung des verletzten Lungenflügels verlief zufriedenstellend. Nachdem er das Krankenhaus verlassen hatte, wollte er die Großmutter besuchen. Doch dann kam der Rückfall, nach nur wenigen Tagen. Hohes Fieber. Schwächeanfall. Aufgabe der Bülau-Drainage ist es, Wundsekrete und Luft aus der Pleurahöhle abzusaugen. Es besteht dabei allerdings die Gefahr, dass über die Öffnung des ableitenden Schlauches Bakterien ins Innere des Brustraumes gelangen. Das war bei ihm passiert. Die Bakterien führten zu einer Eiterung. Auf seinem Brustfell bildete sich ein großes Abszess. Ein neuerlicher Eingriff war nötig. Das Eitergeschwür konnte entfernt werden. Doch es hatten sich starke Verwachsungen am Brustfell gebildet, die zu Problemen führten. Das Atmen fiel ihm schwer. Er konnte sich anfangs nur mit Mühe aus dem Bett quälen. Man riet ihm dringend zu einer ausgiebigen Erholung, um langsam wieder Kraft zu schöpfen. Er entschied sich für eine Reha-Klinik in der südlichen Steiermark. Weit weg von Salzburg und seinen zermarternden Erinnerungen. Dort wollte er keine Besuche.

Mit der Großmutter hat er telefoniert. Zweimal in der ersten Woche. Dann nicht mehr.

»Magst du noch ein zweites Stück, Martin?«

Er schiebt ihr den leeren Teller zu. »Sehr gern, Oma. Aber ein kleines.«

Er hätte *ein ganz kleines* sagen sollen. Manchmal vergisst er, dass er hier im Oberpinzgau ist. Da herrscht ein anderes Verständnis von Größenverhältnissen, was die Portionen beim Essen anbelangt. Er lässt sich Zeit, trinkt noch eine zweite Tasse Kaffee und schafft schließlich das *kleine* Stück.

»Erzählst du mir, warum du gekommen bist? Oder magst du vorher noch ein Bummerl?« Sie zieht die Lade auf, legt die Spielkarten auf den Tisch. Kartenspielen macht ihr großes Vergnügen. Da verwandelt sich die alte weißhaarige Frau in einen feixenden Gnom. Ihre Augen blitzen, wenn sie die Karten hebt und mit schelmischem Grinsen überlegt, mit welch gefinkeltem Spielzug sie ihr Gegenüber austricksen kann. Das *Bummerl*, einen auf dem Spielplan festgehaltenen dicken Schlechtpunkt, bekommt der Verlierer. Sie geht gar nicht davon aus, dass er gewinnen könnte. Was ihm auch nur in Ausnahmefällen gelingt. Ein wenig hängt sein schwaches Abschneiden auch damit zusammen, dass sie ab und zu schwindelt. Das einzige »Vergehen«, das er an seiner Großmutter kennt. Eine lässliche Sünde, die er ihr meist durchgehen lässt. Aber auch ohne ihre Tricksereien hat er selten eine Chance gegen sie. »Vielleicht später, Oma. Oder beim nächsten Mal.«

Sie nimmt die Karten, legt sie zurück in die Schublade. Er zieht die Fotografie aus der Tasche und legt sie auf den Tisch. Falls sie überrascht ist, zeigt sie es nicht.

Sie nimmt das Bild in die Hand, hebt es hoch, schaut es an. Ihr Antlitz wird mit einem Mal ganz jung. Ein mildes Leuchten legt sich auf ihr Gesicht. In ihren Augen steht Freude, ein wärmender Glanz. Ihre Gesichtszüge gleichen unversehens jenen ihrer Tochter auf dem Schwarz-Weiß-Bild. »Es ist wunderschön, wie die Mama lacht.«

Sie strahlt ihn an.

Er weiß nicht, wem er in diesem Augenblick danken soll. Er glaubt an keinen Gott. Und hätte er je an einen geglaubt, dann hätte er ihm spätestens in den letzten Monaten abgeschworen, bei all dem, was er ihm angetan hat. Vielleicht sollte er sich einfach beim Leben bedanken, dass es ihm vergönnt wurde, die Güte kennenzulernen. Sie sitzt ihm gegenüber, mit tiefer Liebe in den Augen. Er steht auf, geht um den Tisch herum, legt der alten Frau die Arme auf die schmalen Schultern, drückt seine Stirn gegen ihre. Er merkt gar nicht, dass ihm die Tränen übers Gesicht rinnen. Dann küsst er sie auf die Wangen, setzt sich wieder hin. Ein wenig fühlt er sich beschämt. Ihm war beim Anblick des alten Fotos zuallererst eine Unmenge an pochenden Fragen aufgestiegen. Aber sie sieht beim ersten Hinschauen nur eines, das herzberührende Lachen ihrer Tochter. Auch in ihren Augen schimmert es.

»Kennst du den Mann, Oma?«

Sie nickt. »Ich habe den Namen vergessen. Aber er war zweimal hier.«

Ihre Antwort überrascht ihn. »Hier, bei uns? Wann?«

»Am Tag, als die Mama starb. Und dann noch einmal ein Jahr später.«

Seine Fassungslosigkeit wächst. Hans von Billborn war hier in diesem Haus? An jenem sonnenhellen, leuchtenden Herbsttag, an dem seine Mutter von der Bergtour nicht mehr zurückkam? Sie war abgestürzt, getroffen von einem Steinschlag.

»Ich war selbst ganz überrascht. Er stand vor der Tür, mit einem großen Strauß Rosen. Aber die Mama war schon zwei Stunden vorher aufgebrochen. Er sagte, er müsste noch am selben Tag nach London. Er wüsste nicht, für wie lange. Er wollte die Mama etwas fragen, etwas, was man nicht am Telefon besprechen könnte. Deshalb sei er aus Salzburg hereingefahren. Ich habe ihm den Weg beschrieben, den die Mama vermutlich genommen hatte. Ein Stück der Straße kann man ja mit dem Auto fahren. Er werde es versuchen, sagte er. Und wenn er sie nicht antreffe, dann soll ich schöne Grüße ausrichten. Er werde bald von London aus anrufen. Dann drückte er mir die Rosen in die Hand und fuhr davon.«

»Warum hast du mir davon nie etwas erzählt, Oma?«

»Aber das habe ich doch, Martin. Du hast fast bis Mittag geschlafen und mich nach dem Aufstehen gefragt, von wem die Rosen sind. Ich habe dir gesagt, von einem Bekannten der Mama, der sie besuchen wollte. Weißt du das nicht mehr?«

Nein. Er hat die halbe Nacht geheult. Erst gegen Morgen zu war er eingeschlafen. Er hat auch nicht mitbekommen, wann seine Mutter aufstand. Er entsinnt sich der Unruhe der Großmutter an dem Tag, weil die Mama nicht heimkam. An die Rosen hat er keine Erinnerung. Und dann kam der Anruf, am frühen Abend. Man habe die Mama gefunden. Da brach für ihn die Welt zusammen. Mit einem Schlag. Wie eine Lawine überrollten ihn der Schmerz und das Gefühl von Schuld.

»Hans hieß er, jetzt fällt es mir wieder ein. Hans von … irgendwas.«

Sie schaut wieder auf das Bild. Plötzlich verändert sich ihr Gesichtsausdruck. Bestürzung steht in ihren Augen. »Hans von Billborn … so hieß er. Den Namen habe ich in den Nachrichten gehört. Da war doch dieser schreckliche Mord im Mirabellgarten.« Sie dreht ihm das Foto zu. »Ist er es?«

Er bejaht. Er schildert ihr die wichtigsten Fakten, erklärt den Zusammenhang. Sie hört ihm zu. Die Erschütterung über das Gehörte ist ihr anzusehen. Sie schaut wieder lange auf das Bild.

»Er hat drei Tage später angerufen. Ich musste ihm sagen, dass die Mama tot sei, verunglückt am selben Tag, als er sie besuchen wollte. Es hat ihn tief getroffen.

Er war am Sonntag noch ein Stück des Weges gefahren, den ich ihm beschrieben hatte. Er war bis zur Abzweigung gekommen, die hinauf zur Quendel Alm führt. Er sagte mir, er hätte selbst fast einen Unfall gehabt. Ein Wagen wäre ihm entgegengekommen. Er musste schließlich umkehren, um das Flugzeug nicht zu verpassen. Ein knappes Jahr später war er nochmals hier, hat das Grab besucht. Du warst damals nicht da. Ich glaube, du warst auf Ferienlager an der Adria. Ich weiß nicht mehr, ob ich dir von seinem Besuch erzählt habe. Das ist alles schon sehr lange her. Du hast damals alles von dir weggeschoben, was mit dem Unfall der Mama zu tun hatte. Du hast ungern darüber geredet.«

Und das ist bis heute so, denkt er.

»Hat er dir erzählt, wie sich die beiden kennenlernten?«

»Ja. Die Mama war damals während des Sommers fünf Wochen in der Stadt. Nur am Wochenende kam sie heim, und das auch nicht immer. Sie unterrichtete Schüler, die ihre Ferien bei Sommerkursen in Salzburg verbrachten. Sie haben sich im Mirabellgarten kennengelernt. Ganz zufällig, wie er mir erzählte. Sie saß auf einer Bank am Großen Springbrunnen. Er hat sich dazu gesetzt und sie angesprochen. Sie war anfangs verschlossen, zurückhaltend, wie er berichtete. Aber seine offene, charmante Art muss sie wohl umgestimmt haben.«

Sie schaut wieder auf das Bild. Erneut legt sich warmer Glanz auf ihr Gesicht. »Ich habe sie selten so fröhlich erlebt wie auf diesem Foto.«

Die beiden hätten ein hübsches Paar abgegeben. Jennifers Bemerkung fällt ihm ein.

Er räuspert sich, versucht, den Klumpen in seinem Hals loszuwerden. Er schenkt sich Kaffee nach. Der ist lauwarm.

»Was wollte er von der Mama?«

»Er war fasziniert von ihr. Hatte sich Hals über Kopf in sie verliebt, wie er mir anvertraute. Er hatte am Vortag erfahren, dass er auf der Stelle nach London abberufen wird. Er wusste nicht, wie lange er weg wäre. Deshalb ist er am Sonntag in aller Früh zu uns in den Oberpinzgau gefahren, um die Mama noch zu sehen.

Er wollte ihr sagen, dass er bald zurückkommt, sie unbedingt wiedersehen will. ›Wissen Sie, Frau Merana‹, hat er mir damals gesagt, ›schon bei unserer ersten Begegnung war mir klar, dass ich diese wunderbare Frau heiraten will.‹«

Wunderbare Frau? Meinte er damals tatsächlich Rosalinde Merana? Seine Mutter?

»Wusste er von mir?«

»Natürlich, Martin. Die Mama hat ihm schon bei der ersten Begegnung von ihrem Sohn erzählt.« Wie er wohl darauf reagiert hat?

»Wollte sie ihn auch heiraten?«

Die Großmutter zuckt mit den Achseln. »Ich glaube nicht, dass die Mama sich diese Frage stellte. Aber wenn ich das Foto betrachte, dann spüre ich, dass die Begegnung mit Hans sie glücklich machte. Mehr vielleicht, als sie es sich selber eingestehen wollte. Die Mama war immer sehr verschlossen, schon als kleines Mädchen. Sie hat auch mir keine Silbe von dem jungen Mann erzählt, den sie im Mirabellgarten getroffen hat. Ich glaube, sie ist deshalb am Sonntag in aller Früh auf den Berg gegangen, weil sie alleine sein wollte. Sie hatte wohl viel nachzudenken, wollte sich Klarheit verschaffen. Sie war am Freitag spät abends aus Salzburg heimgekommen. Dass sie etwas sehr beschäftigt, habe ich gespürt. Sie war mit ihren Gedanken die meiste Zeit ganz woanders. Deshalb bin ich auch überzeugt davon, dass sie es war, die das Gatter offen ließ.«

Diese Bemerkung der Großmutter trifft ihn unvermittelt. *Das offene Gatter!* Der Marder wütete unter den Hühnern wie eine blutgierige Bestie. Er hat seiner Mutter hundertmal versichert, die Tür am Hühnerstall verriegelt zu haben. Die Ohrfeige schmerzte. Und dass sie drohte, ihm den Verlust der Hühner vom Taschengeld abzuziehen, tat weh. Aber am härtesten traf ihn, dass sie ihm nicht glaubte. Er hat sein verheultes Gesicht stundenlang in das Kopfkissen gepresst und sich gewünscht, sie würde dafür bestraft werden, dass sie ihm zutiefst Unrecht tat.

Und wenige Stunden später war sie tot.

Ihm ist heiß. Er sollte aufstehen, kaltes Wasser über sein Gesicht laufen lassen. Oder hinausstürmen in die beginnende Dämmerung, den Kopf in die frische Herbstluft stecken. Er bleibt sitzen. Die Beine sind schwer wie nasse Zementsäcke. Die Großmutter schaut ihn an. Sorge liegt in ihrem Blick. Aber sie spricht nicht aus, was sie sonst anführt, wenn er mit ihr, ohnehin ganz selten, über dieses Ereignis redet. *Du kannst nichts dafür, Martin,* sagt sie meistens. *Kinder, die tief verletzt sind, weil man ihnen Unrecht getan hat, dürfen sich wünschen, der andere möge für sein Fehlverhalten büßen. Das ist ganz normal. Aber das hat mit dem Unfall der Mama nichts zu tun.* Er widerspricht ihr auch nie. Sein Kopf versteht das. Sein Verstand stimmt ihren Argumenten zu. Aber sein Herz glaubt es nicht. Doch das alles hört er jetzt nicht von ihr. Sie blickt ihn nur an. Sein Blick fällt auf das Bild. *Vergessen Sie den Zusammenhang. Was sehen Sie?* Ein junges Gesicht blickt ihn an. Die Verliebtheit leuchtet aus den Augen. Der schlanke Körper wird gehalten von starken Armen. Man spürt förmlich das Pochen der Herzen. Zum ersten Mal sieht er nicht seine Mutter auf dem Bild, sondern eine fröhliche junge Frau, emporgewirbelt gegen den wolkenlosen Himmel. In einem Moment purer Lebensfreude. Eine Frau, die glücklich ist. Die sich an den Schultern des Mannes festhält, der sie in diesem Augenblick zum Jauchzen bringt. Eine Klammer in seinem Herzen zerbirst, der Kloß in seinem Hals löst sich auf. Das Weinen kommt tief aus seinem Innern. Er fühlt es nach oben gleiten wie die heiße Gischt eines Geysirs. Wie eine Fontäne knallt das Schluchzen aus seinem Mund. Wie schwarzer Schleim, der den Untergrund verlässt. Aus seinen Augen tropfen Tränen. Er lässt es gewähren. Er legt seine Hand auf das Bild. Er empfindet tiefes Mitgefühl mit der Frau. Für ein paar Wochen war das Leben gut zu ihr. Sie lernt einen jungen Mann kennen. Sie verbringen wunderbare Stunden miteinander. Und dann reißt ein Steinschlag sie mitten aus dem Dasein. Wogen tiefen Mitleids rollen aus seinem Körper. Und das tut ihm gut.

Zwei Stunden später pflügen die Scheinwerfer seines Autos durch die Dunkelheit. Er ist auf dem Rückweg. Sie sind nicht mehr dazu gekommen, herauszufinden, wem dieses Mal das schwarze *Bummerl* auf den Spielblock zu malen wäre. Die Großmutter hat ihm angeboten, in seinem alten Zimmer zu übernachten, das sie schon vor vielen Jahren als Gästezimmer eingerichtet hat. Er zog es vor, zurückzufahren. Er erzählte ihr von seiner Begegnung mit Jennifer und was die Tochter ihm über ihren Vater berichtete.

»Was wirst du tun, Martin?«, hat ihn die alte Frau gefragt, mehrmals. Er weiß es nicht. Er fühlt sich müde, ausgelaugt. Er spürt wieder ein Brennen beim Atmen. Seine Lungen funktionieren immer noch nicht so, wie sie sollten. Durch die Schilderung der Großmutter bekam er ein schwach schimmerndes Bild davon, wie seine Mutter Hans von Billborn in Salzburg kennenlernte. Er stellt sich vor, wie der junge Mann, den er vom Foto kennt, mit pochendem Herzen vor der Tür steht. Voller Erwartung, seine angebetete Rosalinde zu treffen. Er kann den Schmerz nachvollziehen, mit dem derselbe Mann drei Tage später am Telefon die bittere Nachricht erfährt. Die Frau, mit der er sich eine gemeinsame Zukunft erträumte, gibt es nicht mehr. Zu Tode gestürzt zur selben Zeit, da er zurück nach Salzburg raste, um seinen Flug nicht zu versäumen.

»Was hast du mit den Rosen gemacht?«, hat er die Großmutter gefragt.

»Ich habe sie bei der Beerdigung ans Grab gelegt.« Er hat nur das Bild der Alpenveilchen vor sich, die Lieblingsblumen seiner Mutter. Sie steckten am hellen Sarg, der langsam in der schwarzen Grube verschwand. An Billborns Rosen kann er sich nicht erinnern. Dessen Besuch hatte er versäumt. Und vierzig Jahre später taucht derselbe Mann plötzlich in Meranas Leben auf. Wieder ist er ihm nicht direkt begegnet. Er ist nach Salzburg gekommen, weil er neugierig war auf die Zauberkünste einer neuen Software. Während Merana zur selben Zeit in der Südsteiermark seine Wunden leckte und jeden Tag herzklopfend auf die

Ankunft seiner schwarzhalsigen Freunde wartete, damit das graziöse Spiel ihres Flügelschlags den Kummer aus seiner Seele spült. Und als Merana von Billborns Existenz erfährt, da ist es zu spät. Da gibt es ihn nur mehr als tote Hülle in einem Zinksarg. Und als Abbild auf einem alten Schwarz-Weiß-Foto. Der Scheinwerferkegel erfasst eine Gestalt. Sein Fuß knallt mit voller Wucht auf die Bremse. Der Wagen gerät ins Schlingern, die Räder blockieren. Auf der Straße steht ein Reh. Es wendet den Kopf, hetzt davon. Er schlittert mit dem Auto auf die andere Fahrbahnseite. Kein Gegenverkehr. Er atmet tief durch. Glück gehabt. Er dreht den Kopf zur Seite. Das Reh ist verschwunden. Der schützende Wald hat es verschluckt. Er fährt weiter. Sein Herzschlag dröhnt bis in die Ohren. Er versucht, seine Gedanken in andere Bahnen zu lenken, sich auf die Straße zu konzentrieren. Als er in Zell am See auf die B 311 wechselt, die ihn durch das Salzachtal zurück in die Stadt bringt, zeigt das Display der Freisprechanlage einen Anruf an. Es ist Carola.

»Guten Abend, Martin. Ich hatte eben eine interessante Begegnung mit jener Dame, mit der Hans von Billborn nach dem Essen bei den Blandenburgs zurück ins Hotel fuhr.«

Der Schreck über den gerade noch verhinderten Zusammenstoß mit dem Reh steckt ihm immer noch in den Gliedern. Er braucht ein paar Sekunden, bis er erfasst, was sie ihm mitteilt.

»Du meinst Melina Trötzler?«

»Ja, hast du die Aussagen der Ermittlungsakte gelesen?«

»Flüchtig.«

Sie zögert. »Bist du im Auto unterwegs?«

»Ja, ich war bei der Großmutter, bin auf dem Weg nach Hause.«

Wieder ein kurzes Zögern. »Ist alles in Ordnung mit dir?«

»Ja. Ich bin nur ein wenig angespannt, muss mich auf den Verkehr konzentrieren. Was ist mit Melina Trötzler?«

»Sie wollte ihrer Aussage etwas hinzufügen. Sie meinte, sie wäre bei der Ersteinvernahme durch die Kollegen vom Mord an Billborn so erschüttert gewesen, dass sie zuerst gar nicht daran dachte. Aber jetzt sei ihr das Seltsame an der Situation wieder eingefallen. Sie hatte Billborn bei der Tagung und vor allem auch beim Empfang im Haus der Blandenburgs als charmanten, espritvollen Menschen erlebt. Er zeigte sich ihrer Wahrnehmung nach jedem gegenüber freundlich, schien sich bestens zu unterhalten. Als sie dann später beide im Auto saßen, wollte sie ihn auf die Paracelsus-App ansprechen. Aber er reagierte nicht auf ihre Fragen. Er wirkte wie versteinert, schien geistig völlig abwesend. Erst gegen Ende der Fahrt registrierte er, dass jemand mit ihm sprach. Sie hatte noch überlegt, ob sie ihn auf sein sonderbares Verhalten anreden sollte, unterließ es aber dann. Kurz darauf waren sie auch schon am Hotel angelangt.«

Er konzentriert sich auf den Straßenverlauf. Gleichzeitig versucht er, sich das eben Gehörte vorzustellen. Hat die Frau bei ihrer ersten Aussage tatsächlich vergessen, auf Billborns sonderbares Verhalten hinzuweisen? Oder wollte sie erst später damit herausrücken? Welchen Vorteil hätte sie durch die Verzögerung?

»Glaubst du ihr?«

»Mir hat mal jemand beigebracht, *Glauben* sei ein Phänomen, mit der sich Theologieprofessoren und Abgesandte des Heiligen Stuhls beschäftigen. Für die Polizei zählen nur Tatsachen.«

Er muss schmunzeln. Ja, bisweilen gibt er solche geschwollenen Phrasen von sich. Er kann sich nicht erinnern, diesen Spruch je in Carolas Gegenwart geäußert zu haben.

»Was planst du?«

»Faktencheck. Wir nehmen uns die ganze Gesellschaft nochmals vor, die Blandenburgs und jeden einzelnen ihrer Gäste. Vielleicht gibt es noch einen Zeugen, der Melina Trötzlers Aussage zu Billborns plötzlichem Stimmungsumschwung bestätigt. Wenn wir alle durchhaben, sehen wir weiter.«

»Danke für die Information, Carola. Bis bald.«

»Was machst du morgen?«

»Nachdenken.«

Sie schweigt. Die Sekunden verstreichen. Ist sie noch dran? Noch ein paar Sekunden vergehen, dann hört er sie sagen: »Hat dein Nachdenken mit dem alten Foto zu tun? Bist du weitergekommen mit deinen Recherchen?«

»Ein wenig.«

Wieder eine Pause.

»Komm gut nach Hause, Martin.«

»Danke, Carola. Gute Nacht.«

Ein entferntes Kläffen begleitet ihn, als er zu Hause aus dem Wagen steigt. Die Nachbarn haben einen neuen Hund. Der alte hat selten gebellt, in der Nacht schon gar nicht. Das Haus liegt gut 400 Meter entfernt. Aber der sanfte Nachtwind treibt das Bellen dennoch bis zu ihm.

DIENSTAG, 27. OKTOBER

Der Jugendstilvilla in der Nähe des Götschenweges sieht man ihr Alter von fast 130 Jahren nicht an. Sie wurde im Vorjahr mit großem Aufwand renoviert. 1889 ließ August Blandenburg, der mit Beteiligungen an englischen und deutschen Stahlwerken ein beträchtliches Vermögen erwirtschaftete, den prächtigen Bau mit Blick auf den Leopoldskroner Weiher errichten. Es war dasselbe Jahr, in dem eine staunende Besucherschar anlässlich der Pariser Weltausstellung erstmals den Eiffelturm bewunderte. Der Kilimandscharo, der höchste Berg Afrikas, wurde bestiegen. Und die 1. Symphonie von Gustav Mahler erblickte das Licht der Musikwelt, uraufgeführt in Budapest unter der Leitung des Komponisten. Der stolze Gastgeber vergisst nie, in blumigen Worten auf alle drei Ereignisse hinzuweisen, wenn er Besucher durch sein Haus führt. Dazu zeigt er mit graziöser Geste auf die Jugendstilvitrine am Eingang zum Salon. Auf blauem Samtbezug prangt ein stark vergilbtes Programmblatt. ›Gustav Mahler. Pesti Vigadó, Budapest. 20. November 1889‹. Daneben liegt, erhellt von einer weiteren Lampe, eine farbige Postkarte. Auf ihr ist eine Zeichnung des Eiffelturms samt pompösem Schriftzug zu erkennen. ›Exposition Universelle de Paris 1889‹. »Diese Exponate bezeugen, dass mein Urgroßvater bei beiden Ereignissen zugegen war. In Budapest durfte er

Gustav Mahler sogar persönlich die Hand schütteln. In Paris saß er bei einem Empfang mit Gustave Eiffel am selben Tisch, an der Seite des Malers Georges Seurat. Sie kennen sicher dessen berühmtes Gemälde »La Tour Eiffel«, von dem wir leider nicht das Original besitzen. Das hängt im Fine Arts Museum von San Francisco. Aber wir können zumindest eine Lithografie des Werkes vorweisen, immerhin eine signierte Erstausgabe. Allein bei der Erstbesteigung des Kilimandscharo überließ mein Urgroßvater bereitwillig den Herren Meyer, Purtscheller und Lauwo den Vortritt.« Die letzte Bemerkung begleitet er meist mit einem schallenden Lachen.

»Der Herr Professor residiert nicht schlecht«, stellt der Abteilungsinspektor fest, als sie sich der Villa nähern. »Das ist alles andere als sozialer Wohnbau.« Ein dreistöckiger Kubus, flankiert von zwei Erkern in Turmform, thront in der Mitte des Parks. Auf Höhe des Eingangsportals geben die spärlich belaubten Bäume den Blick auf den Weiher frei. Auf der glatten Fläche spiegelt sich die Fassade von Schloss Leopoldskron. Das Schloss selbst, umgeben von Bäumen, ist am Nordufer des Weihers zu erkennen. Und dahinter, über den Wipfeln der Bäume, unter den hellen Wolkenbänken des Vormittagshimmels, prangt die Festung Hohensalzburg. Eine kleine, pummelige Frau in Kochschürze öffnet ihnen die Tür. »Guten Morgen. Herr Professor gleich hat Zeit für Sie.« Dem Akzent nach stammt die Dame mit den wachen Augen und der auffälligen Knollennase aus einem osteuropäischen Land.

Sie warten im Foyer, bewundern die Aquarelle an den Wänden. Keine zwei Minuten später erscheint eine großgewachsene, grauhaarige Frau. »Entschuldigen Sie, dass mein Mann Sie warten lässt. Er führt eben ein Telefonat mit dem Bürgermeister. Und Sie kennen ja unseren Stadtchef. Wenn der einmal zu reden beginnt …« Sie versucht, die Anspielung mit einem schiefen Lächeln zu unterstreichen. »Dürfen wir Ihnen inzwischen eine Tasse Kaffee anbieten oder einen Tee?« Carola Salman wählt einen Cappuccino. Braunberger entscheidet sich für Tee, einen Flowery Orange Pekoe aus Java. »Und ich muss Sie gleich vorwarnen. Sie werden zumindest in geraffter Form eine Hausführung über sich ergehen lassen müssen.«

Und so kommen die beiden Polizisten in den Genuss einer Exkursion durch die architektonischen und stilistischen Finessen des Fin de siècle. Den Abteilungsinspektor begrüßt Karol Blandenburg mit einem kräftigen Händedruck, der Chefinspektorin haucht er einen Kuss auf den Handrücken. »Entzückend, Ihre nähere Bekanntschaft zu machen. Ich hatte ja schon kurz das Vergnügen beim gestrigen Festakt.« Seine Stimme hat einen dunklen, nahezu betörenden Klang. Das ist Carola schon bei der Veranstaltung im Kongresshaus aufgefallen. Die Figur wirkt sportlich, das Gesicht zeigt eine attraktive Bräune. Wenn die Chefinspektorin sich richtig erinnert, dann findet sich in den Unterlagen auch der Name eines renommierten Salzburger Golfclubs, bei dem Blandenburg im Vorstand ist. Das volle dunkle Haar zeigt nur minimale Ansätze von grauen Strähnen. Ein wenig erinnert der Hausherr sie an Pierre Brice. Sie liebt die alten Karl-May-Schinken. Karol Blandenburg könnte als Mann Mitte 50 durchgehen, dem man seine 66 Jahre bei Weitem nicht ansieht. Neben seiner attraktiven Erscheinung wirkt die hagere Frau an seiner Seite mit ihrer knochigen Gestalt und dem dünnen strähnigen Haar wie eine abgeblätterte Sumpfweide neben einer Schwarzerle in herbstlich voller Blätterpracht. Die Führung dauert eine halbe Stunde. Als der Hausherr am Schluss noch zu einer Erklärung ausholt, wie es dazu kam, dass Mahler seiner Symphonie in Anspielung auf einen Roman von Jean Paul den Titel »Titan« verlieh, unterbricht ihn die Ehefrau. »Lass es gut sein, Karol. Die Herrschaften von der Polizei sind sicher aus anderen Gründen gekommen, als sich von dir musikologische Vorträge über Gustav Mahler anzuhören.« Der erste Blick, der aus seinen Augen schießt, wirkt hart, zeigt eine Spur von Grimm. Vermutlich lässt sich das Ebenbild von Pierre Brice nicht gerne unterbrechen. Gleich darauf entspannen sich seine Züge. Er hebt entschuldigend die Hände. »Meine Frau hat vollkommen recht. Ich bitte um Pardon. Wenn Sie uns bitte in den Salon folgen wollen …« Er weist mit der Hand die Richtung. Sie setzen sich an einen Holztisch mit geschwungenen Beinen, ein Prunkstück viktorianischer Meisterarbeit. Die Platte ist mit Intarsien verziert. Blühende Rosen und Getreideähren ranken sich ineinander. Auf Kirschzweigen sitzen Vögel mit geöffneten Schnäbeln.

»Wir möchten noch einmal auf den Donnerstagabend zurückkommen. Bisher haben wir nur Ihre Aussagen und die von drei weiteren Gästen. Demnach verließ Hans von Billborn Ihr Haus zusammen mit Melina Trötzler um 1.07 Uhr. Die genaue Uhrzeit ergibt sich aus dem Fahrtenprotokoll des Taxifahrers. Diese Angaben reichten uns bislang vollkommen für einen ersten Überblick.«

»Haben Sie denn schon konkrete Spuren zu diesem unvorstellbaren Verbrechen? Es wird sich wohl um einen

Überfall handeln.« Die Hausherrin sieht die beiden mit besorgter Miene an. »Man liest ja so viel in der Zeitung. Als Frau traut man sich nachts schon gar nicht mehr auf die Straße.«

»Wir gehen natürlich jedem Hinweis nach, untersuchen nach allen Richtungen.« Carola Salmans Bemerkung klingt ruhig, aber bestimmt. »Deshalb sind wir auch hier. Wir möchten nun die Ermittlung präzisieren und uns ein genaues Bild über die letzten Stunden im Leben von Hans von Billborn verschaffen. Unerklärlich bleibt immer noch, warum er nachts noch einmal das Hotel verließ.«

»Vielleicht hat er während des Abends zu einem der Anwesenden eine Bemerkung gemacht, die uns weiterhilft«, setzt der Abteilungsinspektor fort. »Wir ersuchen Sie daher um eine Namensliste aller Anwesenden inklusive des Cateringpersonals. Wie viele Personen waren denn am Donnerstagabend in Ihrem Haus, Herr Professor?«

Der Vorsitzende des Paracelsusforums runzelt die Stirn. »Da bin ich leider überfragt.«

»Es waren 31 Personen«, ergänzt die Hausherrin. »Vier Damen und drei Herren der Cateringfirma, unsere Haushälterin Anjuta, 21 Gäste, dazu mein Mann und ich.«

Der Hausherr hebt die Hände. »Was täte ich nur ohne meine Frau.« Er beugt sich vor, tätschelt ihr den Oberarm. Auch wenn die Geste möglicherweise liebevoll gemeint ist, wirkt sein Lächeln erzwungen, stellt die Chefinspektorin fest. Ruth Blandenburg greift in die Tasche ihrer Wolljacke. »Ich habe auch deine Lesebrille gefunden. Sie war im Ankleidezimmer.« Sie drückt sie ihm in die Hand. Der Blick, mit dem er die Brille entgegennimmt, ist schwer zu deuten.

»Welchen Eindruck machte denn Billborn auf Sie an diesem Abend?«

»Einen hervorragenden«, beeilt sich Karol Blandenburg zu sagen. »Charmant, geistreich. Er gab ein paar Anekdoten aus seiner Zeit in den USA zum Besten. Dazu lieferte er ein paar trefflich pointierte Bemerkungen über den derzeitigen Präsidenten. Wir haben viel gelacht. Hat nicht auch Judith bestätigt, dass sie sich blendend mit ihm unterhielt, Schatz?«

»Judith?«, fragt Braunberger.

»Judith ist meine Nichte«, erklärt die Gastgeberin.

Der Abteilungsinspektor blättert rasch in seinen Unterlagen. »Judith Birkwart?«

»Ja.«

»Das ist die junge Dame, die zusammen mit einem Herrn namens Fernando Müller im Rahmen der Tagung die Paracelsus-App präsentierte?«

»Fernando ist ihr Freund. Die beiden arbeiten seit zwei Jahren in Paris. Zur Präsentation sind sie extra nach Salzburg angereist. Sie wohnen bei meiner Schwester Camelia. Meine Nichte steht immer noch unter Schock wegen des furchtbaren Verbrechens. Sie hat sich von Anfang an mit dem Unternehmer aus Hamburg gut verstanden.«

Die beiden Polizisten wechseln rasch einen Blick. Die Chefinspektorin nickt, setzt die Befragung fort. »Haben Sie im Verlauf des Abends eine Veränderung an Billborns Verhalten festgestellt?«

Der Hausherr beugt sich nach vorn. »Nein. Ist dir etwas aufgefallen, Schatz?«

Seine Gattin schüttelt den Kopf. »Nein, warum fragen Sie?«

Die beiden Polizisten ignorieren die Frage. »Welchen Eindruck machte Billborn bei der Verabschiedung, bevor er ins Taxi stieg?«

Die Frage scheint den Mann am Tisch zu irritieren. »Ich weiß nicht, was Sie meinen. Ich denke, er war ganz normal. Was denkst du, Ruth?«

»Ja, mir ist nichts Besonderes aufgefallen«, bestätigt die Frau. »Ich habe auch nicht sonderlich darauf geachtet. Zu diesem Zeitpunkt brachen die meisten der Gäste auf. Es herrschte großer Trubel.«

»Wurden alle von Taxis abgeholt?«

»Der Großteil. Einige waren auch mit dem eigenen Wagen gekommen.«

Sie machen sich abschließende Notizen. Dann erheben sie sich. Ruth Blandenburg verspricht, sich gleich um die Namensliste von Personal und Gästen zu kümmern. Sie würde die Aufstellung per Mail schicken.

»Ein eingespieltes Paar«, bemerkt Carola, während sie durch den Park zum Auto gehen.

»Ja, die Rollen sind seit Jahrzehnten antrainiert«, lacht Braunberger. »Die beiden erinnern mich an meine Eltern. Mein Vater glänzt auf dem Parkett, unterhält den halben Saal, ein Sänger, Vortänzer und selbsternannter Meisterkoch. Meine Mutter räumt hinter ihm auf, sagt, wann er sich einbremsen soll, zieht geschickt im Hintergrund die Fäden und findet auch jedes Mal seine verlegten Brillen. Ohne sie wäre er völlig hilflos.«

Die Chefinspektorin stimmt in das Lachen mit ein. Dann wird sie ernst. »Bei meinen Eltern ist es leider anders. Da haben sich zwei hartherzige Egoisten gefunden. In meiner Familie ging es immer nur darum, auf eine Chance zu lauern, den anderen bloßzustellen, wenn er einen Fehler machte.«

Im Büro angekommen, finden sie die Liste bereits im Posteingang. Sie schicken sie an alle Mitglieder des Teams, legen die Einteilung für die Befragungen fest.

Merana will nachdenken. Er muss nachdenken. Seine Nacht war kurz. Schon um fünf Uhr ist er aufgestanden. Er überlegt, die Sportschuhe anzuziehen. Laufen in aller Früh, das tut ihm immer gut. Doch er will sein angeschlagenes Knie nicht über Gebühr reizen. Er entschließt sich zu einem ausgedehnten Spaziergang. Das Haus, dessen oberes Stockwerk er bewohnt, gehört einer verwitweten Zahnärztin. Bis Mitte November ist sie bei ihrer Tochter und den Enkelkindern in Frankreich. Das Anwesen in Aigen ist abgelegen, halb verdeckt von hohen Gartenbäumen. Keine zweihundert Meter dahinter erstreckt sich der Wald. Nur zwei weitere Häuser liegen in Sichtweite, beide einen knappen halben Kilometer entfernt. Als Merana das Haus verlässt, erwacht auch der Hund aus der Nachbarschaft. Wildes Gekläffe lärmt durch die Morgenluft. Es ist kalt. Merana hat sich nur eine dünne Jacke übergestreift. Er holt beim Gehen weit aus, versucht Tempo aufzunehmen, um sich zu erwärmen. Er achtet auf den Weg, um nicht in der Dämmerung zu stolpern. Gleichzeitig versucht er, sich treiben zu lassen. *Ich will kein Polizist mehr sein.* Ein Mann, der die Beherrschung verliert, um ein Haar selbst zum Mörder wird, kann kein Polizist mehr sein. Alles, was es dazu aus seiner Sicht zu sagen gibt, hat er aufgelistet. Das Schreiben liegt in der Schublade des Polizeidirektors. Er ärgert sich, dass Günther Kerner den Umschlag nicht weitergeleitet hat. Andererseits hat die Verzögerung auch etwas Gutes. Der Aufschub erlaubt es ihm, sich jetzt nicht der Untersuchungskommission stellen zu müssen. Er kann sich den aktuellen Ereignissen widmen. Seit gestern kennt er einige Details mehr. Von der Großmutter hat er erfahren, wie seine Mutter und Billborn einander kennenlernten. Per Zufall. Auf einer Bank im Mirabellgarten. Warum Billborn damals überraschend nach London musste, weiß er nicht. Zumindest scheint klar, warum der Unternehmer vor einer Woche nach Salzburg zurückkam. Er interessierte sich für eine neue Software. Billborn war schon am Abend vor dem ersten Kongresstag angereist, am Montag. Wenn ihn Nostalgie überkam, weil er in die Stadt zurückkehrte, wo er sich vor über vierzig Jahren in eine Frau verliebte, dann hätte er ab dem Zeitpunkt seiner Ankunft genug Gelegenheit gehabt, sich das alte Bild anzuschauen. Warum tat er das erst Donnerstagnacht? Ist beim Dinner im Haus der Blandenburgs etwas vorgefallen? Hat sich schon während des Tages etwas ereignet? Weckte vielleicht eine Bemerkung während der Taxifahrt die Erinnerung an die Begegnung mit Rosalinde Merana? Er bleibt stehen. Er muss nochmals alle Aussagen durchgehen. Er hätte die Mappe, die ihm Carola gab, nicht auf dem Schreibtisch liegen lassen sollen. Er wird sich bei anderer Gelegenheit auf den neuesten Stand der Befragungen bringen lassen. Aber ist das überhaupt wichtig? Er setzt sich wieder in Bewegung. Für *ihn* ist es bedeutsam. Er muss herausfinden, warum Hans von Billborn plötzlich mitten in der Nacht das alte Bild hervorholt, das ihn mit Meranas Mutter zeigt. Aber ist eine mögliche Antwort auf diese Frage auch für die polizeiliche Ermittlung im

Mordfall hilfreich? Warum sollte jemand Hans von Billborn ermorden, weil er sich ein Foto anschaut, das vor über vierzig Jahren aufgenommen wurde? Es fällt ihm trotz intensiven Grübelns kein Grund dafür ein. Auf dem Bild sind nur Billborn und Meranas Mutter zu sehen. Und die Skulptur im Hintergrund. Sonst nichts. Ein Raubüberfall als Ursache für Billborns gewaltsamen Tod scheint ihm naheliegender. Oder ein anderes Motiv, das sich aus Billborns aktueller Anwesenheit, aus seiner Teilnahme am Kongress, ergibt. Er setzt seinen Weg fort, der Rhythmus seiner Schritte wird rascher. Ja, er muss weiter nachdenken. Er muss in Bewegung bleiben.

Nach dem Heimkommen stellt er sich unter die Dusche. Das Knie schmerzt. Er findet im Arzneischrank ein Heilgel, salbt sich damit ein. Um 8 Uhr steigt er ins Auto, um ein paar Einkäufe zu erledigen. Er war fast fünf Wochen weg, der Kühlschrank ist leer. Wie immer findet er sich im Supermarkt schwer zurecht. Außerdem hat das Geschäft in der Zwischenzeit offenbar einige Warengruppen umgeordnet. Er findet die Butter nicht. Früher war sie neben der Milch. Eine der Mitarbeiterinnen hilft ihm. Die Butter ist jetzt in einem anderen Regal, zwischen den Eiern und den Bioprodukten. Es ist fast 10 Uhr, als er zum Haus zurückkommt. Der Nachbarhund beginnt wieder zu bellen. Er sollte bald von hier wegziehen. Der Entschluss, das Haus zu verlassen, die Wohnung zu wechseln, war für ihn schon festgestanden, als er das erste Mal aus dem Krankenhaus heimkam. Er konnte sich kaum überwinden, an der Kirschlorbeerhecke in der Nähe des Gartentores vorbeizugehen. Der Anblick des dunklen Flecks auf dem Rasen schmerzte. An dieser Stelle hatte er sie gefunden. *In einem See aus Blut.* Seine fürsorgliche Vermieterin hat inzwischen längst die Spuren entfernen lassen. Gärtner haben die Rasendecke abgetragen, frische Erde aufgeschüttet, neuen Samen gesät. Aber noch immer fällt es ihm schwer, die Stelle zu passieren. Auch heute schwitzen ihm die Hände. Am besten wäre es überhaupt, die Stadt zu verlassen, sich anderswo anzusiedeln. Hier quälen ihn zu viele Erinnerungen. Er trägt die Einkäufe in die Küche, füllt den Kühlschrank. Dann setzt er sich ins Wohnzimmer. Fünf Sekunden später steht er wieder auf, tritt hinaus auf den kleinen Balkon. Die Wolkenstreifen am Himmel sind heller geworden. Bald würde die Sonne durchkommen. Er kehrt zurück ins Wohnzimmer, setzt sich hin, steht wieder auf. Zum ersten Mal seit Wochen beherrscht nicht dumpfe Trauer sein Innerstes, sondern das ständige Gefühl von Unruhe. Er muss nachdenken. Er braucht Bewegung. Er holt das Fahrrad aus der Garage, macht sich auf den Weg in die Stadt.

Er achtet nicht auf den Weg. Gedankenverloren lenkt er das Rad an die Salzach, folgt dem Ignaz-Rieder-Kai, biegt an der Staatsbrücke ab und findet sich am Mirabellplatz wieder. Er sperrt das Rad ab. Er passiert an der nördlichen Schlossecke das Café ›Bellini's‹, bleibt im Kurgarten kurz vor dem Trompetenbaum stehen. Dieser außerirdisch wirkende Gigant fasziniert ihn jedes Mal aufs Neue. Der Baum strebt nicht in die Höhe, sondern sticht wie eine riesige Kralle schräg aus dem Grund, wächst am Boden entlang. Eine stützende Säule schützt den wuchtigen Stamm vor dem endgültigen Umkippen. Wie eine zweileibige Riesenschlange schiebt sich eine der abgestorbenen Astgabeln über die Wiese. Zwei Kinder turnen am Stamm des knorrigen Parkbewohners. Merana schaut ihnen zu, dann bewegt er sich weiter bis zum Tor. Dieses Mal betritt er den Mirabellgarten von der anderen Seite, die dem Makartplatz-Zugang gegenüberliegt. Auch heute ist der Garten gut besucht. Merana schlendert am Schlosseingang vorbei, biegt nach links und setzt sich auf eine der Bänke im Rosengarten. Er streckt die Beine von sich. Das Knie schmerzt immer noch, trotz der Salbe. Bis auf eine sind alle Bänke besetzt. Der Himmel über der Stadt zeigt sich inzwischen nahezu wolkenlos. Die Besucher genießen die wunderbare Atmosphäre, die milde Herbstsonne und vor allem den großartigen Blick auf die Altstadt. Er kennt nichts, das diesem unvergleichlichen Panorama auch nur annähernd gleichkommt. Er versteht, dass jährlich Millionen sich hier einfinden, um diesen Blick nicht nur zu genießen, sondern ihn auch mittels Kamera festzuhalten, um zu Hause stolz die Bilder zu präsentieren. Die Festung über der Stadt, die mächtige Kuppel und die Türme des Doms, und das alles vor der prächtigen Kulisse des Gartens mit seinen Blumen, Statuen und Springbrunnen. Ja, es wird ihm schwerfallen, aus Salzburg wegzuziehen. Aber es muss sein. Ein wenig fühlt er sich wie die seltsamen Tiere, die auf den riesigen Vasen zu sehen sind. Die Gefäße stehen auf hohen Sockeln, die den Rosengarten einsäumen und sich auch an den Balustraden fortsetzen, die das Große Wasserparterre umspannen. Auch wenn er sich nie besonders für die Bedeutung der Skulpturen und Statuen interessiert hat, weiß er doch einige Details zur Entstehungsgeschichte von Schloss und Garten. Die Anlage in ihrer heutigen Form geht auf Umbaupläne zweier bedeutender Barockbaumeister zurück, Johann Bernhard Fischer von Erlach und Johann Lucas von Hildebrandt. Johann Bernhard Fischer von Erlach verdankt die Salzburger Stadtlandschaft einige Prunkbauten. Schloss Kleßheim, die Kollegienkirche, die Ursulinenkirche und auch die Dreifaltigkeitskirche auf dem Makartplatz. Er nähert sich langsam den beeindruckenden Marmorbehältern. Keine der überdimensionalen Vasen gleicht der anderen, alle sind unterschiedlich in Gestalt und Ausstattung. Manche tragen geheimnisvolle Muster, andere reliefartige Masken, wieder andere gigantische steinerne Blütengewächse. Besonders überwältigend in ihrem unheimlichen Aussehen erscheinen ihm die Vasen, die von armdicken Knäueln umschlungen werden. Als würden sich Schlangen um die Gefäße winden, riesige Tentakel eines Urzeitmonsters. Wurden die Barockarchitekten auch bisweilen von grauenvollen Träumen heimgesucht so wie er? Und bannten sie die Ungeheuer aus der Traumwelt dann auf Gebäudereliefs oder Dekorationsobjekte? Einen besonders makabren Eindruck erwecken die affenähnlichen Scheusale mit ihren vom Ruß geschwärzten Katzengesichtern. Sie klammern sich mit letzter Kraft an den unteren Rand der Vasen, wirken, als würden sie jeden Augenblick abstürzen. Ihnen fühlt Merana sich verwandt. Auch er hat das Gefühl, am Rand eines Abgrundes zu hängen. Anders als die kleinen Monster hat er keine Krallen, um sie in die Klippen zu rammen. Er würde sich nicht mehr lange halten können. Das ist ihm schmerzlich klar. Er wendet sich von den Vasen ab. Er fühlt sich erschöpft. Langsam lenkt er seine Schritte über den mittleren Pfad das Wasserparterres auf den Springbrunnen zu. Auf einer der Bänke am Beckenrand entdeckt er Jennifer von Billborn. Sie bemerkt ihn, als er näher kommt.

»Hallo, Herr Merana, schön, Sie zu sehen.« Sie macht eine einladende Geste. Er setzt sich zu ihr. Ihr Gesicht ist von frischerer Farbe als an den beiden vergangenen Tagen. Sie trägt eine große dunkle Sonnenbrille, die sie sich ins Haar geschoben hat. Sie wirkt jung auf ihn, jünger als neununddreißig. Er atmet den Geruch ein, den ihre Haut verströmt. Die Nähe irritiert ihn. Zugleich spürt er, wie sich seine Angespanntheit langsam löst. Ihre Augen sind auf das Wasser gerichtet. Die weiße Fontäne, die sich gegen den kobaltblauen Himmel abzeichnet, wirkt heute besonders imposant.

»Wie war der Besuch bei Ihrer Großmutter?«

»Aufschlussreich.«

»Möchten Sie mir davon erzählen?«

Ein eigentümliches Gefühl erfasst ihn. Vor über vierzig Jahren trafen einander hier an dieser Stelle eine junge Frau und ein junger Mann. Es war der Beginn einer möglichen Liebesgeschichte. Etwas Wunderbares hätte aus dieser Verbindung werden können. Inzwischen sind beide tot. Und jetzt sitzen hier auf demselben Platz ihre Nachkommen, der Sohn der Frau und die Tochter des Mannes, und suchen nach Antworten. »Ich weiß, wie Ihr Vater meine Mutter kennenlernte. Meine Großmutter hat es mir gestern erzählt.« Er berichtet vom gestrigen Treffen, erwähnt auch die Mohntorte, gibt wieder, was ihm die Großmutter über das damalige Ereignis zu sagen wusste. Sie hört ihm zu. Ihr Blick ist auf den Wasserstrahl gerichtet, das Gesicht unbewegt. Während er redet, kollern Tränen über ihre Wangen. Ihre Finger klammern sich an den Sitzbalken der Bank. Er erzählt vom Anruf, drei Tage nach dem Unglück. Und von den Rosen, die die Großmutter mit aufs Grab legte. Dann ist er fertig, schaut sie von der Seite her an. Sie sagt nichts, lässt weiterhin die Tränen fließen, hält die Augen auf die Fontäne gerichtet. Als sie dann spricht, ist ihre Stimme ein Flüstern. »Es tut mir so leid für die beiden.«

Ihre Mundwinkel zucken, sie weint lautlos. Er wendet den Blick von ihrem Gesicht, fixiert wie sie den weißen Strahl. Sie tragen beide Kummer im Herzen, er spürt es. Beide denken an die tragischen Umstände, die auf dieser Geschichte lasten. Beide haben das Gefühl, sie säßen auf schwankendem Boden, und sind froh, dass es wenigstens für den Moment einen Ankerpunkt gibt, an den sie ihren Blick hängen können. Dieser Ankerpunkt ist schwer fassbar, ändert von Sekunde zu Sekunde seine Form. Aber in seiner stetig wandelnden Gestalt hat der pulsierende Strahl des Wassers auch etwas sehr Beständiges.

»Ich kenne meinen Vater. Ich bin sicher, er hat die Begegnung mit Ihrer Mutter nie vergessen, auch wenn er nicht darüber redete. Er hat das Foto wohl immer bei sich getragen, greifbar in seiner Bilderdatei.«

Sie fasst sich ins dunkle Haar, drückt die Sonnenbrille nach unten, schiebt sie vor ihre Augen. »Was Ihre Großmutter schilderte, passt zu dem, was mir Onkel Piet berichtete. Ich habe ihn vor zwei Stunden erreicht. Er schippert irgendwo in der Ägäis herum, zwischen Zypern und dem türkischen Festland.«

Er hört ihr zu, gespannt, was sie zu sagen hat.

»Daddy war damals den ganzen August über in Salzburg. Er recherchierte für die ›Welt‹ eine Serie über die Verbindungen von Wirtschaft und Kultur bei den Salzburger Festspielen. Er machte eine Porträt-Serie über einflussreiche Industrielle aus Deutschland, die regelmäßig zu den Festspielen kamen und immer wieder auch als Sponsoren ins Rampenlicht traten. Ihn interessierte aber auch das Imperium, das sich Herbert von Karajan aufgebaut hatte, mit tiefen Verflechtungen sowohl in die Kulturwelt als auch in die Welt der Wirtschaft. Karajan war ja ein begnadeter Strippenzieher, Technik-Pionier und Taktgeber in der Musikbranche, ohne den nichts lief. Mit Ende der Festspielzeit hätte mein Vater in die Redaktion nach Hamburg zurückkehren sollen. Aber er hatte sich spontan Urlaub genommen, weil ihn, wie es Onkel Piet formulierte, ›der unberechenbare Pfeil des Gottes Amor erwischt hatte, Volltreffer diretissima ins Herz‹.« Er kann ihre Augen hinter den dunklen Brillengläsern nicht ausmachen, aber ihr Mund lächelt. »Er hatte nämlich eine junge Frau kennengelernt und seinem Freund Piet Stromzell, der in Hamburg in der Redaktion saß, in langen Telefonaten von ihr vorgeschwärmt.« Noch immer lächelt sie. Dann wird sie wieder ernst. »Wenn die Daten korrekt sind, dann ist Ihre Mutter am Sonntag, dem 7. September 1975, verunglückt …«

»Ja, es war der letzte Tag der Sommerferien.«

Am Tag darauf fing die Schule wieder an, nur nicht für ihn und seine Mutter. Sie würde nie wieder vor einer Klasse stehen. Ihn hatte das Fieber zwei Wochen lang niedergeworfen. Nur am Tag ihrer Beerdigung stand er auf, wankte an der Hand der Großmutter zum Friedhof.

»Am 5. September explodierte im Londoner Hilton Hotel in der Park Lane eine Bombe. Zwei Menschen wurden dabei getötet, 63 Personen verletzt. Der Anschlag wurde der IRA zugeschrieben. Unter den Schwerverletzten war auch der England-Korrespondent der ›Welt‹. Die Zeitung brauchte dringend einen Ersatz. Sie versuchten, meinen Vater in Salzburg zu erreichen, was ihnen am Samstag gegen Abend auch gelang. Sie gaben ihm die Order, den Urlaub abzubrechen und sich nach London zu begeben. Mein Vater weigerte sich, bat darum, jemand anderen nach England zu schicken, weil er unbedingt in Salzburg bleiben wollte. Onkel Piet, mit dem er telefonierte, warnte ihn. Seine Weigerung käme einer Kündigung gleich. Onkel Piet redete auf ihn ein, sich diese Chance nicht entgehen zu lassen. Korrespondent in einer der wichtigsten Städte des Globus' werde man nicht alle Tage. Und die Schönheit aus dem Pinzgau würde ihm schon nicht davonlaufen. Er sagte ihm, ich versuche Onkel Piet einigermaßen wörtlich zu zitieren: Junge, organisier dir irgendeine Karre, kauf den schönsten Rosenstrauß, den diese olle Stadt zu bieten hat, mach dich morgen in aller Herrgottsfrühe auf die Socken, treib die Karosse in die Berge, sag ihr, dass du sie liebst, fall meinetwegen vor ihr auf die Knie, wenn sie auf so was steht. Frag sie, ob sie dich auch mag. Erklär ihr, dass du bald wiederkommst, dass du sie jeden zweiten Abend anrufen wirst, und bau um Himmels willen keinen Unfall auf der Rückfahrt. Wir brauchen dich gesund und heil in London.«

Ihr offenbares Talent zum Komischen, mit dem sie versucht, den brummenden Bass und den Jargon eines Hamburger Skippers nachzuahmen, bringt ihn zum Lachen.

Sie lacht mit. Dann nimmt sie die Sonnenbrille ab und sinkt wieder zurück an die Lehne der Bank. Die Puzzleteile fügen sich zusammen. Jetzt kennen sie also den Grund, warum Hans von Billborn Anfang September 1975 so dringend aus Salzburg abreisen musste.

»Wie lange blieb Ihr Vater in London?«

»Mehr als die eingangs vermuteten paar Wochen. Offenbar erledigte er den Job so gut, dass ihn die Verlagsleitung auf seinem Posten beließ. Aus den anfänglich vereinbarten zwei Monaten wurden schließlich acht Jahre. Dann übersiedelten wir direkt in die Vereinigten Staaten.«

Er lehnt sich ebenfalls zurück, betrachtet die Figurengruppe. Der Anker und die Wölbungen der Muscheln auf dem Steinsockel glänzen im Sonnenlicht. Was wäre geschehen, wenn seine Mutter an diesem besagten Sonntag nicht abgestürzt wäre? Wenn sie heimgekommen wäre, aus dem Mund der Großmutter vom Besuch des Mannes erfahren hätte? Wenn sie die Rosen in ihr Schlafzimmer gestellt und mit dem jungen Korrespondenten telefoniert hätte? Wäre er wegen ihr nach Salzburg zurückgekommen? Oder hätte Hans von Billborn sie zu überreden versucht, zu ihm nach England zu kommen? Hätte er sie gebeten, zusammen mit ihrem Kind über das große Wasser zu reisen, so wie Paris seine Helena über das Meer nach Troja brachte? Und wäre daraus eine glückliche Verbindung geworden? Bei Paris und Helena endete es in einer Katastrophe. *Die beiden hätten ein hübsches Paar abgegeben*. Er lässt Jennifers Satz in sich nachschwingen. Und irgendetwas in ihm sagt ihm, dass es gutgegangen wäre zwischen Hans und Rosalinde.

Sie greift nach ihrer Handtasche, zieht ein Tablet daraus hervor. Sie schaltet es ein, tippt das Passwort, wartet, bis die Desktopseite sich aufbaut. Dann wischt sie mit der Hand über den Schirm. Das Schwarz-Weiß-Bild erscheint.

»Carola war so freundlich, mir eine Kopie des Fotos zu schicken.«

Sie hält das Tablet hoch, dreht es in Richtung der Skulptur.

»Was sehen Sie?«

Er folgt mit den Augen der Szene.

»Ich sehe Paris und Helena auf ihrem Sockel. Und auf dem Screen ein Foto, das vor über vierzig Jahren genau an dieser Stelle aufgenommen wurde. Es zeigt dieselbe Statue und davor zwei fröhliche junge Menschen.«

»Korrekt beobachtet, Herr Kommissar. Aber ich frage mich schon die ganze Zeit …« Sie dreht ihm den Kopf zu. Ihre Augen sind groß. »Wenn Ihre Mutter auf dem Bild ist, und auch mein Vater … Wer hat dann das Foto geschossen?«

Ihre Frage trifft ihn wie ein Blitz. *Wer hat die Aufnahme gemacht?* Warum hat er nicht selbst daran gedacht? Die Möglichkeit eines Selbstauslösers schließt er augenblicklich aus. Die Bewegung auf dem Bild vermittelt viel Schwung, die Pose des antiken Sockelpaares ist perfekt nachgemacht. Das hinzukriegen, ist in dem Sekundenbruchteil, die der Selbstauslöser für die Aufnahme bietet, nahezu unmöglich. Zwei Menschen sind auf dem Schwarz-Weiß-Foto zu sehen. Aber es muss als Zeugen für das fröhliche Treiben eine dritte Person geben. Diejenige, die auf den Auslöser drückte. Spannt sich hier der Bogen zur Gegenwart? Existiert diese Person noch? Lebt sie in Salzburg? Gibt es eine Verbindung von ihr zu Hans von Billborn?

»Was denken Sie, Herr Kommissar?«

»Ich denke, mir augenblicklich einen Hut zu besorgen. Dann kann ich ihn vor Ihnen ziehen.«

Sie quittiert seine Bemerkung mit einem zaghaften Lächeln. Dann schließt sie die Fotodatei, verstaut das Tablet in der Tasche.

»Möchten Sie zurück ins Hotel?«

»Nein. Das Zimmer ist zwar sehr schön. Ich habe einen wunderbaren Blick auf die Altstadt. Aber ich fühle mich dort wie in einem Käfig.«

»Vielleicht hätten Sie besser ein anderes Hotel genommen.«

»Nein. Ich wollte meinem Vater so nahe wie möglich sein. Mein Zimmer liegt direkt gegenüber der Suite, in der er die letzten Tage verbrachte. Das passt schon. Dennoch ist es manchmal schwer auszuhalten. Ich grüble ständig darüber nach, wer ihm das angetan hat.« Sie steht auf. »Schlendern Sie mit mir noch ein wenig durch diese herrliche Anlage. Erzählen Sie mir vom Schloss. Stimmt es, dass ein Kirchenmann das erbauen ließ? Für seine Konkubine? Und mit der hatte er mehr als ein Dutzend Kinder? Das klingt ja wie eine Mischung aus ›Sex and the City‹ und ›Der Name der Rose‹.« Wieder bringt ihn ihre unbekümmerte Art zum Schmunzeln.

»Um es zu präzisieren, er hatte mit der Frau 16 Kinder, zehn davon überlebten. Der Kirchenmann war ein Salzburger Fürsterzbischof, Wolf Dietrich von Raitenau, der auch den alten Dom wegriss, um einen neuen bauen zu lassen. Seine Geliebte war Salome Alt, eine Salzburger Bürgerstochter. Auch wenn er katholischer Priester war und sich außerhalb des kirchlichen Zölibatgebots bewegte, war er doch zugleich fürsorglicher Familienvater. Er dachte an die Zukunft der Seinen. Er erwirkte beim Kaiser, dass seine Geliebte und die gemeinsamen Kinder als seine rechtmäßigen Erben bestätigt wurden.«

Sie bleibt abrupt stehen. »Der Mann gefällt mir. Um wie viele Jahrhunderte bin ich für ihn zu spät geboren?«

»Um etwa vier. Wolf Dietrich ließ den Bau 1606 errichten und nannte ihn nach dem Namen seiner Geliebten ›Schloss Altenau‹.«

Er weist mit der Hand in Richtung Altstadt. »Die freie Sichtachse vom Schloss zum Dom ist übrigens ganz bewusst gewählt. Hier durfte jeder wissen, welchen Rang der fürsterzbischöfliche Domherr seiner Geliebten zugestand. Leider war die kaiserliche Legitimierung nicht einmal das Papier wert, auf das sie geschrieben wurde. Wolf Dietrichs Nachfolger Markus Sittikus pfiff auf die Order des Kaisers. Er verjagte Salome und die Kinder, nahm das Schloss in Besitz und taufte es um in ›Mirabell‹. Wir bewegen uns hier nicht nur im Umfeld einer Liebesgabe, sondern zugleich auf einem Platz krimineller Rechtsbrechung.«

Mein Gott, ich höre mich an wie Ulrich Peterfels. Er schüttelt den Kopf. *Kein schlechter Platz für einen Mord. Die Umgebung ist ja prädestiniert für einen Akt der Gewalt.* Er sollte sich aufs Rad schwingen und abhauen.

»Wissen Sie schon, wie lange Sie noch bleiben, Jennifer?«

»Nein. Die Staatsanwältin konnte mir noch nicht sagen, wann ich meinen Vater überführen lassen kann. Ich habe heute kurz die beiden jungen Leute kennengelernt. Sie haben mich fasziniert. Leider war zu wenig Zeit, um mir die App vorführen zu lassen. Ich möchte die beiden auf jeden Fall nochmals treffen.«

Sie gehen langsam auf das Schloss zu. Jede ihrer Bewegungen wird genau beobachtet. Von einer der Parkbänke am Durchgang zum Papagenobrunnen folgen ihnen zwei wachsame Augen. Heute ist die Gestalt in keinen Lodenmantel gehüllt. Die leichte beigebraune Jacke ist dem warmen Herbstwetter geschuldet. Merana und Jennifer verschwinden aus dem Blickfeld. Die Gestalt erhebt sich und wechselt die Position. Vor dem Pegasusbrunnen herrscht Hochbetrieb. Der berühmte Marmorsaal von Schloss Mirabell ist ein äußerst begehrter Schauplatz für feierliche Hochzeiten in prunkvollem Ambiente. An »normalen« Tagen sind es bis zu 15 Zeremonien. Doch an Spitzentagen werden hier Brautleute im Viertelstundentakt durchgeschleust. Ja-Wort am Fließband. Am magischen Datum 9.9.1999 zählte man 42 Paare. Hochbetrieb für die Standesbeamten. »Heiraten im Marmorsaal«, damit lockt Salzburg auch zahlungskräftige Gäste aus dem Ausland an, vor allem aus Ostasien. Auch jetzt posiert ein koreanisches Paar vor der Statue von Pegasus am Schlossausgang. Reiskörner und Blumen werden geworfen. Einst trug das stolze Ross auf seinem Rücken die tapfersten aller Helden im Kampf gegen Ungeheuer, spornte Dichter zu fantasievollen Werken an und wurde zum Lohn von Göttervater Zeus als Sternbild am Himmel verewigt. Heute muss es als Hintergrund für Hochzeitsschnappschüsse herhalten. Da mag Pegasus noch so sehr seine stolzen Nüstern blähen, die Flügel aufspannen, die wuchtigen Hufe gen Himmel strecken, die alten Heroen sind ausgestorben, übrig geblieben sind grinsende Brautpaare.

»Was um Himmels willen ist das?« Sie versuchen, sich links an der asiatischen Hochzeitsgesellschaft vorbeizudrücken, als Jennifer unvermittelt anhält. Sie biegt Efeublätter und Dornenranken auf die Seite, um freie Sicht auf das Gebilde zu erhalten, das ihr aus der Bastionsmauer entgegenstarrt. »Ein Frauenkopf, eingemauert?«

Merana stellt sich neben sie. Im Hintergrund intoniert ein Streichquartett den Beginn von Mozarts »Kleiner Nachtmusik«. Er nimmt sie an der Hand, führt sie an eine andere Stelle der Mauer, nur wenige Meter entfernt.

»Noch ein Kopf? Der wirkt ja noch gespenstischer. Sieht aus wie eine Totenmaske.«

Sie schaut ihn mit verwirrtem Ausdruck an. Von den Instrumenten im Hintergrund steigen jubelnde Töne in den Himmel. »Soviel ich weiß, sind das Teile von Büsten, die vermutlich vom Dach des alten Schlosses stammen«, erklärt Merana. »Nach der Zerstörung durch den Brand am Beginn des 19. Jahrhunderts wurden die beiden Köpfe hier eingemauert.«

»Unheimlich. Man geht hier nichtsahnend vorbei und bekommt gar nicht mit, dass man die ganze Zeit über beobachtet wird. Von toten Augen aus Gesichtern, die sich eingemauert hinter Gestrüpp verbergen. Dieser Platz birgt viele schauderhafte Geschichten.«

Er lächelt. Ulrich Peterfels hätte seine Freude an ihrer Bemerkung. Sie schüttelt die Schultern. »Mich fröstelt. Ich möchte jetzt doch zurück zum Hotel.« Sie hakt sich bei ihm unter. Langsam gehen sie in Richtung Ausgang.

Augen folgen ihnen aus der Entfernung, wachsame Augen, aus einem Gesicht, das nicht eingemauert ist, sondern sich unter hundert anderen Gesichtern verbirgt. Alltäglichen Gesichtern, von Besuchern, Hochzeitsgästen, Einheimischen. Als Merana und Jennifer am Makartplatz außer Sichtweite sind, verlässt auch die Gestalt den Mirabellgarten. Es wird kühler. Zeit, die leichte Jacke gegen den Lodenmantel einzutauschen. Die Gestalt nimmt das neue Handy aus der Jackentasche und tippt eine Nachricht.

Um 16.30 Uhr trifft sich das Ermittlungsteam zur Besprechung. Mit Carola Salman und Otmar Braunberger sind insgesamt vierzehn Leute im Raum. Die Chefinspektorin leitet die Sitzung. Sie gleichen ab, was die Befragungen am Nachmittag gebracht haben. Vom Cateringpersonal konnten fünf der sieben Mitarbeiter befragt werden, von den 21 Gästen immerhin knapp die Hälfte. Keinem der Befragten ist während des Abends ein Stimmungsumschwung des Hamburger Unternehmers aufgefallen. Manche konnten gar keine Angaben machen, da sie mit Hans von Billborn beim Empfang in der Villa kaum in Kontakt kamen. Andere bestätigten, dass der Investor auf sie einen entspannten Eindruck machte, der seine Gesprächspartner mit Anekdoten bei Laune hielt.

»Was ist mit Melina Trötzler und den anderen beiden Mitbewerbern?«

»Frau Trötzler ist heute Morgen abgereist«, teilt der Abteilungsinspektor mit. »Ich konnte sie nur am Telefon erreichen. Sie hat ihrer bisherigen Aussage nichts hinzugefügt.«

»Wo hält sie sich auf?«

»In Zürich.«

»Zu Egon Kreuzbirn kann ich eine Beobachtung beisteuern, die einer der Gäste machte.« Tamara Kelinic schlägt den Namen in ihren Unterlagen nach.

»Ein Botaniker aus Südtirol, Oswald Tarutschner, gab an, er habe auf dem Weg zur Toilette im Flur Kreuzbirn und Billborn angetroffen. Die beiden hätten ein heftiges Gespräch geführt.«

»Worum ging es?«

»Um irgendwelche Codes, soviel er verstanden hat. Mehr konnte Tarutschner nicht sagen. Denn die beiden hätten geschwiegen, als sie ihn bemerkten. Als er von der Toilette zurückkehrte, waren die beiden nicht mehr auf dem Flur. Er hatte der Szene keine allzu große Bedeutung beigemessen.«

»Was sagt Egon Kreuzbirn dazu?«

»Den habe ich noch nicht erreicht. Er hat sein Büro in der Schwarzstraße, direkt in seinem Wohnhaus. Dort war nur die Sekretärin anzutreffen. Kreuzbirn ist bei einem geschäftlichen Termin in München. Auf seinem Handy meldet sich nur die Mailbox. Er wird erst am Abend zurückerwartet.«

»Danke, Tamara. Nimm ihn dir gleich morgen früh vor.«

Dann wendet die Chefinspektorin sich an die anderen. »Weiter so, Kollegen. Ich ersuche euch, die noch ausstehenden Namen auf der Liste abzuarbeiten. Die beiden Software-Freaks übernehmen Otmar und ich, und zwar heute noch.«

Sie verlassen bei Oberndorf die Bundesstraße, nehmen die Abzweigung. Das Haus der Birkwarts liegt in der Nähe von Bürmoos. Braunberger sitzt am Steuer. Sie haben sich telefonisch angekündigt. Über dem Eingang des großen Holzhauses hängt ein riesiges Hirschgeweih. Eine grauhaarige Frau im schlichten Wollkleid öffnet ihnen.

»Guten Abend, ich bin Camelia Birkwart, Judiths Mutter.« Sie folgen ihr in den Flur. Auch dort hängen Jagdtrophäen. Neben stattlichen Rehbockgeweihen blicken zwei ausgestopfte Auerhähne auf die Besucher.

»Sind Sie Jägerin?«

Die Hausherrin dreht den Kopf. »Nicht mehr. Es hat mich nie sonderlich interessiert. Das ist das Haus unserer Eltern. Mein Vater war leidenschaftlicher Jäger, über zwanzig Jahre lang sogar Landesjägermeister.«

Sie öffnet die Tür zur geräumigen Stube. Den Raum beherrscht ein riesiger Kachelofen. Am Ecktisch sitzen ein junger Mann und eine junge Frau. Beide erheben sich, begrüßen die Ankommenden.

»Darf ich Ihnen etwas anbieten?«, fragt Camelia Birkwart. »Tee, Kaffee, Saft oder einen selbstgebrannten Obstler?«

Die beiden Polizisten lehnen ab, lassen sich gern Mineralwasser reichen.

»Dann lasse ich Sie einmal mit den beiden Jungen alleine. Judith, du kümmerst dich um unsere Gäste, falls die beiden Herrschaften doch noch etwas wollen. Wir haben auch einen wunderbaren Speck aus dem Innviertel und frisch gebackenes Bauernbrot.«

Sie geht hinaus, schließt die Tür.

»Haben Sie eine gute Nachricht für uns? Wissen Sie schon, wer hinter dem furchtbaren Überfall auf den bedauernswerten Herrn von Billborn steckt?« Die junge Frau schaut sie erwartungsvoll an.

»Leider nein«, bedauert die Chefinspektorin. »Aber wir hoffen, auch mit Ihrer Hilfe wieder einen wichtigen Schritt weiterzukommen.«

»Was können wir dazu beitragen?«, fragt Fernando Müller, der junge Mann an Judiths Seite.

»Wir möchten uns gerne ein umfassendes Bild machen. Wir wollen auch nachvollziehen können, warum Hans von Billborn nach Salzburg kam. Deshalb würden wir gerne mehr über die von Ihnen angebotene Software wissen.«

»Aber bitte erklären Sie es uns so, dass ein schlichter Polizeibeamter es auch versteht«, ergänzt der Abteilungsinspektor mit einem freundlichen Grinsen.

»Wo sollen wir anfangen?«

»Am besten ganz vorne.«

Die beiden blicken einander an, dann beginnt Judith.

»Fernando kommt aus München. Wir haben uns vor zwei Jahren in Paris kennengelernt. Wir sind beide an der ›School 42‹.«

»Was ist das für eine Schule?«

»Eine ganz außergewöhnliche. Das beginnt schon damit, dass Forty-Two mit einer herkömmlichen Schule nicht das Geringste zu tun hat. Es gibt keine Lehrer, keinen Stundenplan, keine Prüfungen, keine Zeugnisse. Es gibt nur Lernen, Weiterentwicklung und Erfolge.«

»In so eine Schule wäre ich auch gerne gegangen«, bemerkt die Chefinspektorin.

»Dafür ist es noch nicht zu spät«, lacht Fernando. »Man lernt nie aus. Und das Gute dabei ist, die Schule kostet auch nichts.«

»Wie funktioniert diese Einrichtung?«

»Gegründet wurde 42 von Xavier Niel. Er gehört in Frankreich zu den Pionieren in der IT-Branche. Heute ist er Milliardär, an der französischen Zeitung ›Le Monde‹ und einigen Telekom-Unternehmen beteiligt. Das Motto von 42 lautet ›Born2Code‹. Geboren, um zu programmieren. Und genau darum geht es.«

Die junge Frau setzt fort.

»Sie müssen sich das so vorstellen. Die Schule ist wie eine Art öffentliche Galerie.

Wenn Sie nach Paris kommen und den Boulevard Bessiéres Hausnummer 96 aufsuchen, dann können Sie uns bei der Arbeit zuschauen. Hunderte Programmierer agieren in verschiedensten Räumen. Sie können sich mit uns unterhalten. Offener Zugang für die Allgemeinheit ist dem Gründer sehr wichtig. Wir haben aber auch Räume, um uns zurückzuziehen, um unsere gemeinsamen Arbeiten zu besprechen. Denn das ist das Prinzip von 42. Wir entwickeln unsere eigenen Projekte. Die Arbeiten werden nicht von Professoren bewertet, sondern von Studierenden, die schon länger da sind. Für diese Überprüfungen bekommt man Punkte. Es geht darum, sich gegenseitig zu helfen. Und es geht vor allem darum, Methoden zu finden, wie man selbst am schnellsten in seiner Entwicklung als Programmierer weiterkommt. Als Erstes haben Fernando und ich uns an einer neuen Software zur Verbesserung von Serviceleistungen für Flugpassagiere versucht. Doch dann erfuhr ich über meinen Onkel Karol vom Vorhaben des Paracelsusforums. Man wollte beim nächsten Kongress nicht nur Historisches aufarbeiten, sondern auch innovativen Ideen eine Plattform geben.«

»Und dann haben Sie eine Paracelsus-App aus dem Hut gezaubert, nach der offenbar alle ganz verrückt sind.«

Beide lachen. »Ganz so einfach ist es nicht. Wir wollten die App ursprünglich auch ganz anders nennen. Erst als wir uns mit dem Leben und der Arbeit von Philippus Theophrastus Aureolus Bombastus von Hohenheim, genannt Paracelsus, beschäftigten, ist uns der Knopf aufgegangen.«

Die Art und Weise, wie Judith den langen Namen des Alchemisten herunterratterte, erinnert Braunberger an seine Kindheit. Damals versuchte er, den Namen von Hadschi Halef Omar, den Begleiter des Karl-May-Helden Kara Ben Nemsi, auswendig zu lernen. Er kann ihn heute noch jederzeit aufsagen: Hadschi Halef Omar Ben Hadschi Abul Abbas Ibn Hadschi Dawuhd al Gossarah.

»Welche Erleuchtung passierte da?«, wirft die Chefinspektorin ein.

»Paracelsus war in vielen Disziplinen beschlagen: Medizin, Philosophie, Astrologie, Botanik. Zudem war er Alchemist und Mystiker. Das sind alles Begriffe, die wir heute verwenden. Für Paracelsus gab es keine Spezifizierungen, für ihn war alles eins. Und so betrachtete er auch die Natur. Als Einheit. Alles ist miteinander in Beziehung. Menschen, Tiere, Pflanzen, Mineralien.

Was wir heute in der Heilkunde ›ganzheitlichen Ansatz‹ nennen, geht zum Großteil auf Paracelsus zurück. Genau das nahmen wir uns als Vorbild. Wir wollten eine App entwickeln, die ganzheitlich funktioniert, die mehrere Kategorien und Anwendungen vereint.«

Sie wendet sich direkt an die beiden Polizisten. »Haben Sie eine Fitness-App auf Ihrem Handy?«

Carola Salman ist erstaunt, als Otmar Braunberger die Frage bejaht.

»Was kann die?«

»Die zählt meine Schritte, wenn ich will. Misst die Strecken, die ich zurücklege. Checkt meinen Kalorienverbrauch. Überprüft, was ich in einer Woche geschafft habe. Ermahnt mich, wenn ich mich zu wenig bewege.«

»Gibt sie auch Auskunft über die Nährwerte Ihrer Nahrung?«

»Äh, ich denke schon. Soviel ich weiß, muss ich dazu nur etwas eingeben, dann komme ich zu irgendeiner Lebensmitteldatenbank. Und da kann ich dann Tabellen abrufen, die mir detailliert die Nährwerte aufschlüsseln.«

»Machen Sie das oft?«, fragt Fernando.

»Nein, das ist mir ein bisschen zu umständlich.«

»Sehen Sie, genau das ist der Punkt.« Die Stimme des jungen Mannes klingt eifrig.

»*Etwas eingeben müssen* ist ein absolutes No-Go. User wollen nicht auf umständliche Weise zu ihren Ergebnissen kommen. Je einfacher, desto besser. Dieses Prinzip haben erfolgreiche Programmierer zu berücksichtigen.«

Judith übernimmt wieder die Erläuterung.

»Unsere App verbindet die Bereiche Gesundheit, Fitness und Ernährung im ganzheitlichen Sinn. Und sie ist absolut userfreundlich. Alles, was Sie vorhin anhand Ihres Health-Programmes beschrieben haben, kann unsere App auch. Und sie kann noch viel mehr.«

»Sagt Ihnen *Machine Learning* etwas?« Fernando schaut die beiden fragend an.

»Nur aus Science-Fiction-Filmen«, erwidert Carola Salman. »Für Maschinen, die lernen können, sind Menschen überflüssig. Die schicken dann Arnold Schwarzenegger als Terminator durch die Zeit, um die Menschheit endgültig auszurotten.«

Fernando lacht. »Diese Zukunft hat längst begonnen, Frau Chefinspektorin, wenn auch gottlob noch nicht mit derart drastischen Konsequenzen. Wir haben für die Entwicklung unserer App das Prinzip von *Machine Learning* verwendet und auch die Vorteile von *Augmented Reality*.«

»Ist damit nicht schon *Pokemon Go* gescheitert?« Wieder verblüfft die Frage ihres Kollegen die Chefinspektorin. Arbeitet sie seit Jahren mit einem IT-Freak zusammen und hat es nie bemerkt?

»Nein. Der Pokemon-Go-Hype ist zwar ebenso schnell wieder verpufft, wie er aufflammte. Aber Nintendo hat erstmals auf spielerische Art bewiesen, wie man virtuelle Welt und Realwelt genial in Einklang bringt. Da rennen Leute mit dem Smartphone in der Hand die Hellbrunner Allee entlang oder durch die Getreidegasse oder hinauf zur Salzburger Festung. Sie sehen die Umgebung in der Wirklichkeit. Und dann noch einmal auf dem Bildschirm. Und unversehens verändert sich etwas. In eben dieser Umgebung springt einem plötzlich auf dem Bildschirm ein rosafarbenes Ungeheuer entgegen. Was für ein Spaß! Und wissen Sie, was die Betreiber von *Pokemon Go* allein im ersten Jahr verdient haben? Eine Milliarde Dollar!«

»Und die möchten Sie mit Ihrer App auch abschöpfen?«

Wieder folgt ein Lachen der beiden. »Warum nicht? Aber so weit sind wir noch nicht. Wir stehen erst am Anfang. Kochen Sie?«

»Gelegentlich«, antwortet Braunberger.

»Ich öfter«, erklärt die Chefinspektorin. »Ich habe Familie, Mann und zwei Kinder.«

»Achten Sie auf gesunde Ernährung?«

»Ja, natürlich.«

»Unsere App funktioniert auf jedem Handy. Sie leistet all das, was die Health App auf Ihrem Handy, Herr Abteilungsinspektor, und ähnliche bereits bestehende Softwares auch bieten. Und sie kann vieles mehr. Stellen Sie sich vor, Sie halten Ihr Handy vor den geöffneten Kühlschrank.« Fernando wartet ab, um den beiden Zeit zu geben, sich das Gesagte vorzustellen. Judith nützt die Pause, um wieder zu übernehmen. »Jetzt sind wir beim vorhin angesprochenen Thema *Machine Learning*. Alles, was Sie zu tun haben, ist, mit Ihrem Handy ein Bild vom Kühlschrankinhalt zu machen. Unsere Software erkennt, welche Lebensmittel Sie im Kühlschrank haben. Sie erkennt jeden Broccoli, selbst wenn er verpackt ist, weil sie auf eine Datenbank aus tausend Broccolibildern zugreifen kann. Und kann die Software aus 2.000 Bildern lernen, wird sie noch besser. Sie erkennt auch, dass die Milch in zwei Tagen ablaufen wird, und zeigt Ihnen das an. Sie stellt fest, dass Tomaten und Lauch noch frisch sind. Sie geht davon aus, dass noch Bulgur zu Hause ist. Die Software kennt Ihren aktuellen Fitnesszustand aufgrund der an diesem Tag gesammelten Daten und bietet Ihnen augenblicklich das für Sie passende Gericht an: einen ganz speziellen Bulgursalat.

Ein Bildschirmfenster öffnet sich und Sie sehen den Rezeptvorschlag. Gleichzeitig erscheinen auf dem Handyscreen bunte Linien, die auf Ihrem Kühlschrankbild Tomaten, Lauch, Petersilie, Zitronen und die 15% fetthaltige Sojamilch zum Verfeinern verbinden. Denn genau diese Zutaten brauchen Sie zum Kochen. Und los geht's!«

Die beiden schauen mit leicht verblüffter Miene auf die beiden jungen Leute.

»Wie geht die App davon aus, dass ich noch Bulgur im Haus habe?«

»Weil Sie erst gestern zwei Halbkilo-Packungen Bulgur gekauft haben«, erklärt Fernando. »Die Software weiß, dass der durchschnittliche Bulgurverbrauch in Ihrem Haushalt bei 20 Gramm pro Tag liegt, gerechnet auf ein halbes Jahr. Ihr Handy erfasst mit unserer Software nicht nur die Lebensmittel über Bilderkennung in Ihrem Kühlschrank. Sie erfasst auch die Daten über den Strichcode, egal ob die Mitarbeiterin an der Kasse die Lebensmittel über den Scanner zieht oder Sie selbst am Self-Service-Portal.«

»Aber das ist noch ein wenig Zukunftsmusik«, setzt Judith fort. »Wir wissen zwar, wie es geht. Doch da müssen auch die Supermarktkonzerne mitspielen. Dazu brauchen wir finanzkräftige Big Player als Partner. Aber zumindest liefert unser MVP schon den brauchbaren Beweis, dass die Verbindung von persönlichen Fitnessdaten, Kühlschranklebensmitteln und Menüvorschlägen funktioniert.«

»MVP?«

»Minimum Viable Product, das minimale überlebensfähige Produkt. Start-up-Unternehmen haben meist nicht das Geld, um ein neues Produkt voll durchzuentwickeln. Also erstellt man eine erste Form, die anzeigt, was das Ding einmal leisten soll. Wobei wir mit unserer App schon weit über das Stadium von ›minimal‹ hinaus sind. Das hat nach unserer Vorführung auch die angereisten Interessenten überzeugt. Vor allem Hans von Billborn war ganz begeistert.«

»Und Egon Kreuzbirn?«

»Der auch, aber mit dem wollen wir eher nicht verhandeln, außer es bleibt kein anderer mehr über.«

»Was ist passiert …?«

Judith schaut lange aus dem Fenster. Dann antwortet sie.

»Ich mag seine zweideutigen Anspielungen nicht. *Wenn Sie etwas Großes brauchen, das Sie gern in die Hand nehmen, dann bin ich genau der Richtige*. Und ähnliche Zotigkeiten. Ich finde den Kerl widerlich.«

»Wie viel Geld brauchen Sie?«

»Das kommt darauf an, wie weit man die Sache entwickeln will. Wir brauchen riesige Datenbanken. Die müssen wir kaufen. Bilder von Lebensmitteln, Kochrezepte, Grafikdarstellungen von fertigen Speisen. Wir denken auch weiter. Nicht jeder will sich an den Herd stellen, die meisten Kühlschränke in Singlehaushalten sind halb leer. Aber wenn wir die Konzerne ins Boot holen, dann sind den Möglichkeiten keine Grenzen gesetzt. Dann sagt Ihnen unsere App in jeder denkbaren Situation, was für Sie das Beste ist. Egal ob Sie hundemüde aus dem Büro kommen oder quietschvergnügt vom Hometrainer steigen, unsere App ermittelt die Daten Ihres augenblicklichen Zustandes und teilt Ihnen mit, welches Biofertiggericht für Sie jetzt am besten wäre. Sie gibt Ihnen die Auswahl aus drei gleichwertigen Angeboten.

Und sagt Ihnen auch, wo der nächste Supermarkt ist, der das Fertiggericht für Sie bereithält. Die App lotst Sie sogar bis zum richtigen Regal. Gesundheit, Fitness, Essen, Wohlbefinden, aufeinander abgestimmt im ganzheitlichen Sinn. Unsere Paracelsus-App kann das.«

Sie fahren zurück, schweigend, hängen beide ihren Gedanken nach.

»Ob Paracelsus die Paracelsus-App gefallen würde?«

Braunberger zuckt die Achseln. »Ich weiß nicht. Auf den ersten Blick klingt das alles faszinierend. Diese Software hilft uns, dass der Alltag bequemer wird. Wir brauchen gar nicht mehr viel nachzudenken, sparen Zeit, bekommen die für uns individuell abgestimmten richtigen Vorschläge. Aber Paracelsus hat doch gesagt, dass im Grund alles Gift ist. Es käme auf die richtige Dosis an, ob etwas schadet oder hilft. Für meinen Geschmack agieren die beiden mit ihrer App hart an der Grenze. Natürlich kann das ein Riesengeschäft werden. Aber zu welchem Preis? Die App funktioniert nur, wenn sie genügend Daten über uns sammelt, über unsere Gesundheit, unsere Essgewohnheit, unsere Vorlieben, unser Einkaufsverhalten, unser Freizeitvergnügen. Und diese Daten sind begehrt, die kann man weiterverkaufen. Das interessiert auch andere Firmen. Wir werden immer mehr durchsichtig, immer mehr steuerbar.«

»Ich fürchte nur, mein lieber Otmar, die Jungen würden nur den Kopf schütteln, wenn sie uns beiden alten Hasen so zuhören. Diese Prozesse sind nicht mehr aufzuhalten. Die Geschäftsidee der beiden scheint mir genial zu sein. Und machen sie es nicht selbst, dann macht es halt bald ein anderer. Und jeder, der hier als Investor einsteigt, kann sich die Hände reiben über die Gewinnaussichten.«

Wer wird das Rennen machen, überlegt Braunberger. Melina Trötzler? Egon Kreuzbirn? Hans von Billborn ist ja nicht mehr im Spiel.

Musik füllt den Raum. Streichertöne, gestützt von Pauken und dem satten Klang von Hörnern. Merana sitzt auf dem Sofa, vor sich eine Keramiktasse. Die dampfende Flüssigkeit hat die Farbe von Bernstein. Der Duft von Goldmelisse, Ringelblumen und Hopfen schwebt in der Luft. Die halbvolle Packung hat Merana im obersten Fach des Küchenschranks entdeckt. Das Geschenk eines guten Bekannten, Erich Trocher, der im Pongau einen Biobauernhof führt. Den Papiersack mit den getrockneten Blüten und Blättern hatte ihm der Kräuterexperte Anfang des Sommers bei einem Besuch in der Stadt mitgebracht. Das war in einem anderen Leben. Da hatte Meranas Welt noch keine Risse. Da taumelte er nicht wie ein verwundetes Tier am Rand des Abgrunds. Er greift zur Tasse, lässt den Duft in seine Nase strömen, ehe er kostet. *Goldmelisse und Hopfen, das wird dir taugen, Kommissar!*, hatte der alte Mann ihm lächelnd versprochen. *Das beruhigt die Nerven!* Merana stellt die Schale ab, lehnt sich zurück. Er hat lange keine Musik seines Lieblingskomponisten mehr gehört. Zu viele Erinnerungen des vergangenen Sommers sind mit Mozarts Musik verbunden. Sie waren in einem wunderbaren Konzert. Ein junger tschechischer Pianist spielte Mozarts C-Dur Konzert, KV 457, begleitet von der Camerata Salzburg. Der langsame Satz, das Andante, war ein atemberaubendes Erlebnis. Roberta hatte während des gesamten Satzes seine Hand gehalten. Er spürte ihre Wärme und ihre Verbundenheit. Wenige Stunden später hatte er sie im Arm gehalten, musste hilflos zusehen, wie die Wärme aus ihrem Körper rann, in einen See aus Blut. Manchmal hält er den Bildern stand, manchmal erdrücken sie ihn, zwingen ihn in die Knie, lassen ihn den Kopf auf den Boden schlagen, damit der pochende Schmerz die Erinnerung vertreibt. Wenn er in der Rehaklinik Musik hörte, dann allenfalls Harfenklänge oder japanische Flöten. Meditationen, unterstützt von Musik, waren Teil der Therapie. Aber niemals Mozart! Jede einzelne Phrase seines Lieblingskomponisten ist wunderbar. Aber er befürchtete, jeder Ton würde ihm die schmerzvolle Erinnerung zurückbringen. Er greift wieder zur Tasse, nimmt einen Schluck, lässt die Wärme des Tees durch seinen Körper gleiten. Neben der Teeschale steht eine gläserne Vase. Auf der Heimfahrt ist er noch bei einem Blumenladen stehen geblieben. Er hat aus dem großen Angebot die für ihn schönste rote Rose gewählt, sie in die Vase gegeben. Am Vasenkörper lehnt das Schwarz-Weiß-Bild. Seine Mutter hat die rechte Hand um den Hals des jungen Mannes gelegt. Ihre strumpflosen Beine baumeln keck über dem Boden. Ihr ganzer Körper ist eine einzige schwungvolle Melodie. Sie hat den Kopf neckisch zur Seite geneigt. Jede Faser in ihrem Gesicht lacht. Die Freude scheint auf den Mann überzuschwappen. Auch er lacht. Und über den beiden schwebt nun als leuchtend dunkelrote Sonne der Blütenkopf der Rose. Der Anblick tut ihm gut. Ohne viel nachzudenken, hat er aus den Audiodateien Musik gewählt. Erst als er die Streicher hörte, wurde ihm bewusst, dass es Musik von Mozart war. Mit einem Blick auf das Bild und die glühende Rose beließ er es dabei. Aus den letzten drei Symphonien Mozarts ist ihm die drittletzte, die Es-Dur Symphonie, am liebsten. Schon der Anfang zieht einen in den Bann. Als würde langsam ein großes Portal mit schweren Flügeltüren aufgedrückt, setzen die Streicher ein. Drei mächtige Schläge, eine kurze verspielte Figur, und schon folgen die nächsten Schübe. Immer weiter öffnet sich das Portal. Man ist gespannt, was sich dahinter verbirgt. Man ist neugierig, worauf die langsam zurückschwingenden Torflügel den

Blick freigeben. Aber, und das ist für Merana das Raffinierte an der Komposition: Es stellt sich kein klares Bild ein. Mozarts Musik hält einen in der Schwebe, lässt einen im Unklaren, was kommen wird. Und dieses Gefühl der Ungewissheit hält sich lange. Bis endlich, nach bangen Minuten, die Geigen eine Aufhellung der Anspannung andeuten, eine liebevolle Melodie, von den Hörnern aufgegriffen, an die Kontrabässe und Celli weitergegeben.

Langsame Einleitungen zu seinen Symphonien hat Mozart kaum verwendet, wie Merana weiß. Meist springt einen gleich mit den ersten Tönen ein erquickendes Allegro an. Aber bei der Es-Dur Symphonie lädt der Komponist den Zuhörer ein, mit achtsamen Schritten durch ein Tor zu schreiten, offen zu sein für alles, was auf ihn zukommen möge. Er hört sich die ganze Symphonie an. Während des dritten Satzes holt er die Kanne aus der Küche, schenkt sich Tee nach. Er mag das Idyll, das die Klarinetten ab der Mitte des tänzerischen Satzes hervorzaubern. Das Romantische harmoniert ausgezeichnet mit dem Duft von Hopfen und Melisse, der immer noch den Raum füllt. Und dann folgt der tänzerisch wirbelnde Beginn des vierten Satzes. *Finale. Allegro*. Zwei Violinen preschen vor, werden im nächsten Moment vom Rest des Orchesters eingeholt. Schnelle Streicherfiguren aufwärts und abwärts, man hat das Gefühl, von einem ständigen Wirbel erfasst zu werden. Das Flirren schlüpft in jede Körperzelle, reißt einen mit, bringt einen zu ausgelassenem Trubeln. Er schaut auf das Foto. Ja, genau diese Musik drückt aus, was man beim Anblick der beiden jungen Menschen empfindet. Das ist ein Moment von unbeschwerter Freude am Dasein, ein Fest der Lebenslust. Er führt die Finger seiner rechten Hand an die Lippen, schickt seiner Mutter auf dem Bild einen Kuss. Die Fröhlichkeit der beiden und Mozarts lebenssprühende Musik halten für einen langen Moment die Pforten in seinem Inneren verschlossen, hinter der die Dämonen lauern. Die wirbelnden Streicher setzen zum Finale an, eine minimale Atempause, dann das Weiterschwirren bis zum Schluss. Aus. Applaus. Durchatmen. Er lässt noch die Klänge in sich nachhallen. Dann steht er auf und tritt auf den Balkon. Er stützt die Hände aufs Geländer. Das Metall ist eiskalt. Leises Rauschen erreicht ihn. Unwillkürlich dreht er den Kopf, späht in die Finsternis, wartet auf den Flügelschlag des Dunklen Prinzen und seiner Wildgänse. Doch es sind nur die Bäume im Garten, deren Zweige sich im sanften Nachtwind biegen. Dann dringt ein anderer Laut an sein Ohr. Ein Heulen. Eine Art Sirene tönt in der Dunkelheit. Er beugt sich vor. Der Lärm muss irgendwo aus der Wiese neben dem Haus kommen. Seltsam. Das Heulen hört nicht auf. Er schließt die Balkontür, schlüpft in die Jacke, eilt nach unten. Er öffnet die Haustür, tritt nach draußen. Von hier aus ist das Geräusch besser zu lokalisieren. Es kommt tatsächlich aus der Wiese. Er zieht das Handy aus der Jackentasche, aktiviert die Taschenlampenfunktion, lässt den Strahl über das Gras streichen. Er erschrickt. Lautes Bellen ist plötzlich hinter ihm. Er wirbelt herum. Im nächsten Moment ist in der Ferne ein peitschender Knall zu vernehmen. Er spürt einen brennenden Stich am Ohr, hört den gellenden Einschlag an der Hausmauer. Sein Unterbewusstsein steuert seine Reflexe. Jemand schießt auf ihn. Er wirft sich auf den Boden. Er sieht das Aufblitzen von Mündungsfeuer am Waldrand. Auch dieser Schuss verfehlt ihn. Wieder das gellende Jaulen an der Mauer. Das wütende Kläffen kommt näher. In der Ferne schreit eine Frau: »Wendy! Wendy, bleib hier!«

Er rollt über den Boden, brüllt: »Niederwerfen! Deckung! Da schießt jemand!«

Der kläffende Hund fegt an ihm vorbei wie ein schwarzer D-Zug, hält auf den Wald zu. Er verflucht sich, weil er keine Waffe bei sich hat.

»Wendy! Nein!«

Absolutes Chaos. Das Heulen der Sirene, die hysterisch brüllende Frau, der kläffende Hund. Ein Heckenschütze am Waldrand. Der nächste Schuss peitscht durch die Nacht. Aus dem Kläffen wird ein schrilles Aufjaulen. Noch ein Schuss. Der Hund winselt.

»Weeeeendy!«

Die Frau ist drei Meter neben ihm. Er schnellt vom Boden hoch, reißt sie von den Füßen, zerrt sie zwei Schritte in Richtung Gartenmauer, rollt mit ihr über die Erde. Es kracht. Der Einschlag fegt Splitter aus der Betonmauer. Dann hat er die Frau hinter den Pfeiler gezogen. Eine brüllende Männerstimme kommt näher. »Beaaaate! Beate, wo bist du?« Mein Gott, nimmt das denn gar kein Ende?

»Auf den Boden werfen! Deckung!« Er hat Angst um das Leben des Mannes. In der Ferne winselt der Hund. Doch kein weiterer Schuss fällt. Der Mann erreicht sie. Es ist der Nachbar. Er drückt seine Frau an sich.

»Liegen bleiben! Warten!« Merana lugt vorsichtig um die Kante des Pfeilers. Seine Dienstwaffe kann er nicht holen, sie liegt im Tresor der Dienststelle. Noch immer fällt kein Schuss. Hat der Schütze aufgegeben? Oder sucht er sich eine bessere Position? Er hat beim Niederwerfen sein Smartphone verloren. »Haben Sie Ihr Handy dabei?«

Der zitternde Nachbar presst seine wimmernde Frau an sich, langt in die Tasche, drückt Merana das Handy in die Hand.

Er wählt den Polizeinotruf, informiert die Kollegen in knappen Worten.

»Weiter in Deckung bleiben! Nicht bewegen!«

Sein Ohr schmerzt, der Schädel glüht. Er spürt etwas Feuchtes seitlich am Hals.

Die Sirene schickt weiterhin ihren gespenstischen Ton durch die Nacht. Das Winseln des Hundes ist schwächer geworden. »Wendy!«, flüstert die Frau und wird von einem Weinkrampf geschüttelt. Ihr Mann streicht ihr übers Haar. Zur Sirene auf der Wiese mischt sich ein zweiter heulender Klang. Der Einsatzton eines Polizeiautos. Keine Minute darauf flackert Blaulicht aus der Ferne. Hinter dem ersten Wagen folgt gleich ein zweiter. Der Einsatz läuft präzise ab, in vielen Übungseinheiten erprobt. Situation einschätzen, Sicherheit gewährleisten. Die eigene und die der Betroffenen. Und dann warten. Auf die Kavallerie. Die kommt exakt sechs Minuten später. In zwei gepanzerten Fahrzeugen. Männer in schwarzen Overalls und Tarnhelmen huschen aus den Wägen, verteilen sich im Gelände. Sie haben Nachtsichtgeräte an den Sturmgewehren.

Die Spezialkräfte des Einsatzkommandos durchkämmen das gesamte Areal. Erst als sichergestellt ist, dass der Schütze sich zurückgezogen hat und keine augenblickliche Gefahr mehr droht, darf die Tatortgruppe ihre Arbeit aufnehmen.

Zwei Stunden später überbringt Otmar Braunberger die erste gute Nachricht.

»Wendy wird es überleben. Eine Kugel hat sie an der rechten Schulter gestreift. Die zweite bekam sie in die Hüfte. Sie hat viel Blut verloren, wird gerade operiert. Kollege Stransky hat eben aus der Klinik angerufen.«

Merana hofft, dass es auch den Nachbarsleuten gutgeht. Das Kriseninterventionsteam des Roten Kreuzes hat sich sofort nach dem Eintreffen um das Ehepaar gekümmert. Aber die beiden wollten nur eines: an der Seite ihrer angeschossenen Hündin sein. Das Team brachte sie umgehend in die Tierklinik. Thomas Brunner hat ihm vor einer Stunde ein Spielzeug auf den Tisch gelegt, der Traum jedes Buben: ein Monster Truck, ein Geländewagen in knalligem Grün mit großen schwarzen Reifen.

»Damit hat er dich aus dem Haus gelockt. Soviel wir bis jetzt sagen können, hat es sich vermutlich so abgespielt. Er hat sich am Waldrand einen geeigneten Platz mit freiem Schussfeld gesucht. Wenn wir morgen bei Tageslicht anhand der Einschläge die Schussbahnen zurückverfolgen, können wir auch die exakte Stelle definieren. Er hat mittels Fernsteuerung den Spielzeugwagen losgeschickt. Wir haben das kleine Auto etwa vierzig Meter von deinem Haus entfernt gefunden. Von dort sind es nochmals gut 120 Meter bis zum Wald, also keine große Entfernung. Er hat über die Funksteuerung die Sirene betätigt und gewartet. Vermutlich hat er ein Gewehr mit Nachtsichtgerät benutzt. Du hast ein Riesenglück gehabt, Martin.« Ja, und das Glück hat einen Namen. Wendy. Wäre er nicht durch das Hundegebell erschreckt zusammengezuckt, in derselben Sekunde, als der Schuss fiel, hätte ihn wohl die erste Kugel niedergestreckt. Durch sein Herumwirbeln hat ihn das Geschoss verfehlt. So wurde nur ein Teil der Hausmauer ruiniert und vier Millimeter seines rechten Ohrläppchens. Die dunkelhaarige Irish Red Setter Hündin hat offenbar die Anwesenheit des Schützen gewittert. Seine Nachbarin Beate Strückler war mit Wendy zur üblichen Abendtour aufgebrochen. Da zu dieser Uhrzeit in der Umgebung kaum Spaziergänger unterwegs waren, führte sie die Hündin nicht an der Leine, sondern ließ sie herumtollen. Um ein Haar hätte Wendy ihren mutigen Einsatz mit dem Leben bezahlt. Das in den Körper gepumpte Adrenalin lässt nach. Merana spürt, wie seine Hand zittert. Er kann nichts dagegen unternehmen. Der Schock hat sich tief in die Knochen eingebrannt. Er hat vor zwei Stunden präzise reagiert, wie aus dem Überlebenstraining-Lehrbuch. Er warf sich flach auf den Boden, blieb durch Abrollen in Bewegung, um dem Schützen kein ruhendes Ziel zu bieten. Er hat die hysterisch schreiende Nachbarin umgerissen, versuchte, sie mit seinem eigenen Körper abzudecken. Er schaffte es, sie beide hinter dem Pfeiler in Sicherheit zu bringen. Als auch noch Beates Mann auftauchte, hat der Schütze offenbar die Nerven verloren und ist abgehauen. Zu viele Zeugen. Ja, er hat Glück gehabt, Riesenglück. Er wäre fast an derselben Stelle gestorben, an der auch Roberta ums Leben kam. Und wieder greift dieselbe Frage nach ihm, die er sich auch bei ihrem Tod gestellt hat. Warum? Warum will jemand sein Leben auslöschen? Ein Racheakt? Carola und Otmar sitzen bei ihm im Wohnzimmer. Die Anspannung ist beiden Polizisten anzumerken. An einen Tatort zu kommen, an dem ein Kollege und Freund beinahe getötet worden wäre, ist auch für routinierte Ermittler bei aller Professionalität nicht einfach wegzustecken.

»Als Erstes gehen wir alle deine alten Fälle durch, Martin.« Carolas Stimme zittert. »Die meisten, die du verhaftet hast, sitzen noch im Gefängnis. Wir überprüfen zunächst alle, die entlassen wurden.«

»Wir reihen sie der Gefährlichkeit nach, so wie wir das einschätzen«, setzt Otmar Braunberger fort. »Wir überprüfen das Umfeld, auch derer, die noch hinter Gittern sitzen. Ganz oben auf die Liste setze ich Eldar Sunscha.«

Das kantige Gesicht des tschetschenischen Bandenchefs taucht vor Meranas Augen auf. Er hört das Zischen in Sunschas Stimme, als er ihm beim Abgang aus dem Gerichtssaal zuflüstert: »Man sieht sich immer zweimal im Leben, Herr Kommissar. Das zweite Mal wird für Sie das letzte Mal sein!« Der Tschetschene hat zwei ungleiche Augen, ein grünes und ein braunes. Iris-Heterochromie. Daran erinnert Merana sich auch.

»Ich glaube nicht, dass Sunscha dahintersteckt. Ein tschetschenischer Auftragsmörder hätte sich weder von einer kläffenden Hündin noch von zwei zusätzlichen Zeugen irritieren lassen. Hätte Sunscha einen Killer geschickt, hättet ihr nur mehr drei Leichen gefunden und eine tote Hündin.«

»Vermutlich hast du recht. Ich überprüfe ihn trotzdem. Auch Tschetschenen machen Fehler, sonst hättest du ihn vor fünf Jahren nicht erwischt.«

Keine Möglichkeit auslassen, nach allen Richtungen ermitteln. Oft führen die scheinbar abwegigsten Spuren zur Lösung. So haben sie es immer gehalten, so werden Carola und Otmar auch jetzt vorgehen.

Warum? Warum will jemand ihn töten? Besteht eine Verbindung zwischen dem Anschlag und dem aktuellen Fall?

»Wir werden jede Eventualität kontrollieren. Wir werden bei allen Beteiligten am Paracelsuskongress überprüfen, wo sie in den vergangenen vier Stunden waren.«

Er ist bei den bisherigen Ermittlungen im Fall Hans von Billborn kaum in Erscheinung getreten. Carola und Otmar haben die Untersuchung geleitet. Er war nur einmal kurz in Kontakt mit einigen Tagungsteilnehmern, beim Abschlussfestakt im Kongresshaus. Warum sollte ihn jemand deswegen töten?

»Wir werden es herausfinden, Martin. Wir finden den Schützen.« Die Stimme des Abteilungsinspektors klingt überzeugt. Er verabschiedet sich. »Ich mache mich gleich an die Liste, nach der wir vorgehen.«

Merana hat Zweifel. Der Schütze ist längst über alle Berge. Von der anderen Seite des Waldes führt ein breiter Weg ins Innere. Vermutlich hat der Schütze diesen Pfad genommen. Mit dem Auto ist man schnell wieder draußen, erreicht eine große Zufahrtsstraße, die nach Süden führt oder zurück in die Stadt. In nur kurzer Zeit ist man unerreichbar verschwunden.

»Willst du darüber reden, Martin?« Carola ist nicht mit dem Abteilungsinspektor nach draußen gegangen. Sie sitzt weiterhin auf dem Sofa. Der Arzt hat ihm vor einer Stunde ein Beruhigungsmittel angeboten. Er hat es abgelehnt. Er braucht einen klaren Kopf.

Carolas langes braunes Haar glänzt im Licht der Spots, die das Wohnzimmer beleuchten. Sie hat kluge Augen. Die hat Merana immer schon gemocht. Sie hat sich vor Jahren ebenfalls um die Kommissariatsleitung beworben. Vielleicht hat das Entscheidungsgremium befürchtet, Carola würde die Chefaufgabe nicht mit uneingeschränktem Einsatz ausfüllen können. Merana weiß, dass sie das kann. Sie wäre eine hervorragende Chefin. Er bewundert an dieser Frau, wie sie immer wieder die Katastrophen in ihrer Ehe meistert, in die sie ihr alkoholkranker Mann schlittern lässt. Wie sie ihren pubertären Sohn zu bändigen weiß und auch noch Zeit findet, sich rührend um ihre geistig zurückgebliebene Tochter zu kümmern. Und bei all dem ist sie ein Vorbild an polizeilicher Korrektheit und Einsatzbereitschaft. Wäre Merana in der Kommission gesessen, er hätte Carola die Leitung übertragen und nicht ihm. Das Gremium hat anders entschieden. In all den Jahren ihrer Zusammenarbeit hat sie ihm nie das Gefühl gegeben, dass diese Zurücksetzung sie getroffen hat. Zwischen ihnen war eine wärmende Freundschaft entstanden, um deren Erhalt Carola sich mehr kümmerte als er.

Ja, er will darüber reden.

»Als ich mit den beiden hinter dem Gartenpfeiler lag und auf euch wartete, habe ich mich gefragt, ob es nicht besser wäre, der Schuss hätte mich getroffen. Dann wäre endlich alles vorüber.«

Sie sagt nichts. Ihre Augen sind ruhig auf ihn gerichtet. Die Frage, wozu er sein Leben noch brauchte, hat er sich in den vergangenen Wochen mehr als einmal gestellt.

»Es hätte mich an derselben Stelle erwischt, an der auch Roberta starb.«

Wie ein Film in Zeitraffer laufen mit einem Mal die Bilder in ihm ab. Carola im Büro, spätabends. Eingedeckt mit Arbeit, am Limit. *Ich brauche eine Auszeit, Martin.*

Zwei Stunden. Muss mich austoben. Fahr mit mir ins Burning Star. Er fährt mit, ihr zuliebe.

Er ist kein großer Tänzer. Aber die Musik packt ihn, er lässt sich treiben, in einer Ekstase, die er an sich nicht kennt. Und plötzlich ist die Frau da. Roberta. Auch sie tanzt. Ihre Ausstrahlung ist wie Glut. Ihre Körper treffen sich. Sie fallen in einen Taumel, der nicht aufhört, der weiterrollt. Stundenlang. Tagelang. Ein Wirbel. Liebesnächte unter freiem Himmel. Bootsfahrten auf dem Mattsee. Ein Gefühlsrausch, wie er ihn noch nie erlebte. Pläneschmieden für die Zukunft. Hoffnung, die strahlt wie ein explodierender Stern. *Wir haben noch so viel vor uns, cheri. Viele Sommer, viele Winter.* Und alles endet in einer Nacht, die so schwarz ist wie der Schlund der Hölle. Sie will ihn besuchen. Er wartet auf sie. Mozartmusik erklingt im Wohnzimmer. Sie kommt nicht. Er sucht sie, findet sie im Garten, in einem See aus Blut, mit durchgeschnittener Kehle.

»Ich bin froh, dass dich die Kugel nur am Ohr gestreift hat, Martin. Ich will dich nicht verlieren. Du bist einer der liebsten Menschen, die ich kenne. Und du bist ein großartiger Polizist.«

»Großartige Polizisten begehen keine Morde!«

»Du hast es nicht getan!«

»Aber ich wollte es, allein das zählt!«

Erneut startet der Film. Ein großes, helles Gebäude in einem Park. Eine weiße Tür mit goldenem Schild. ›Verwaltung‹. Carola und er stürmen hinein. Am Schreibtisch die Direktorin und daneben der Mann, von dem er in dieser Sekunde weiß, dass er Robertas Mörder ist. Er prescht los. Der Mann schießt, trifft ihn zweimal. Er hechtet über den Schreibtisch, reißt den Mann um. Eine Bronzestatue fällt zu Boden. Er greift danach, holt aus. Will sie in das verhasste Gesicht dreschen. Will auslöschen, töten. Carola fällt ihm in den Arm. Der Schlag verfehlt das Ziel.

»Du warst in einem Ausnahmezustand, Martin. Robertas Tod hat dich völlig aus der Spur geworfen. Du wolltest auf den Mann einschlagen, der dir das Liebste genommen hat, das du hattest. Meine Kinder sind das Liebste, das ich habe. Wenn ihnen irgendwer Gewalt antäte, würde ich auch zuschlagen. Und es wäre mir in diesem wuterfüllten Augenblick gar nicht recht, würde mir dabei jemand den Arm zurückreißen. Ich bin dennoch froh, dass ich es in deinem Fall verhindern konnte.«

Ist er auch froh? Es ist schon schwer, mit dem Gedanken leben zu müssen, dass er in blinder Wut nicht anders gehandelt hat als viele der Gewaltverbrecher, denen er in all den Jahren als Polizist gegenübersaß. Wie würde er es aushalten, wenn er tatsächlich zum Mörder geworden wäre? Zum Totschläger? Er hat Roberta nicht beschützen können. Er hat hilflos zuschauen müssen, wie Franziska, seine erste Frau, an Lymphdrüsenkrebs krepierte. Er hat gewollt, dass seine Mutter bestraft würde. All die toten Frauen in seinem Leben.

»Ich fühle mich schuldig.«

»Ja, das verstehe ich.« Ihre Stimme wird zum Flüstern. »Ich lasse es auch oft zu, dass ich mich schuldig fühle. Manchmal kann man nicht anders, weil es der einfachere Weg ist.«

Schweigen. Die Balkontür ist gekippt. Feines Rauschen dringt herein. Wie das Schwingen großer Flügel.

»Die Rose ist wunderschön. Ihr Leuchten passt zum Lachen deiner Mutter.«

Sie steht auf, setzt sich neben ihn, schlingt die Arme um seinen Hals, drückt ihn fest an sich. »Für mich gab es nie einen Zweifel, dass die Kommission damals die richtige Entscheidung fällte. Ich hätte nie einen anderen Chef akzeptiert als dich. Ich bin auch eine gute Polizistin, eine sehr gute sogar. Aber an dich komme ich nicht heran.«

Er löst sich aus ihrer Umarmung.

»Wieso sagst du das?«

»Weil es so ist, Martin. Wir hätten Robertas Mörder nie gefunden, wenn du nicht aus einem unbedeutenden Hinweis eine letztlich richtige Schlussfolgerung gezogen hättest. Wir hatten alle diese völlige Nebensächlichkeit übersehen, aber du nicht. Erinnere dich an den Mord auf der Festspielbühne. Der Tod der Sängerin wäre heute noch unaufgeklärt. Dann hast du Details zusammengefügt, die wir anderen niemals zueinander in Beziehung gesetzt hätten. Dein Spürsinn ist eine besondere Gabe, dein Instinkt, das Richtige zu tun. Deswegen bist du Polizist geworden, Martin. Weil du die Wahrheit wissen willst, weil du hinter den Dingen nach der Lösung suchst und dabei unbeirrbar deinen ganz eigenen Weg gehst.«

Sie drückt sich vom Sofa hoch.

»Das ist deine Bestimmung, Martin. Vertrau auf deinen Instinkt. Ich wäre froh, hätte ich diese Gabe.«

Sie küsst ihn auf die Stirn.

»Wirf dich nicht selbst weg, Martin. Du bist getrieben von der Frage nach dem Warum. Dann such auch Antworten! Aber such sie dort, wo man sie finden kann. Und lass beiseite, wofür es keine Antworten gibt.«

Sie dreht sich an der Tür nochmals um. »Die Kollegen vom Einsatzkommando bleiben die ganze Nacht hier. Versuch, ein wenig zu schlafen. Wir sehen uns morgen.«

An den Wänden sind immer noch dunkle Flecken sichtbar. Blut. Sein Blut. Sie stammen aus einem anderen Leben. Aus der Nacht von Robertas Tod. Aus der Nacht, als er sie mit durchgetrennter Kehle im Garten fand. Er ist in diesem Zimmer auf und ab marschiert. Fünf Schritte. Kopf an die Wand dreschen. Umdrehen. Wieder fünf Schritte. Die andere Wand. Stirn dagegenknallen. Umdrehen. Fünf Schritte. Wand. Nichts hat geholfen. Nicht einmal das Gefühl, wenn der Kopf an die Mauern krachte und die Haut aufplatzte. Der Schmerz war in ihm. Riesig. Wie ein See aus Blut. Er hatte kein Gefühl von Zeit. Zeit würde nie mehr sein. Alles, was ihm blieb, war dieser Rhythmus. Fünf Schritte. Wand. Umdrehen. Fünf Schritte. Wand. Kopf gegen die Mauer. Er muss die halbe Nacht auf und ab marschiert sein. In dieser Nacht, die ihm so fern scheint wie das Ende des Universums, und die ihm zugleich so nah ist, dass er sie immer in sich trägt. Unter seiner Haut. In jeder Faser seines Körpers.

Er hat die Augen geschlossen, versucht zu schlafen. Das linke Bein schmerzt. Als er sich nach dem Einschlag des ersten Schusses auf den Boden warf, fiel er wieder auf das lädierte Knie. Er hat es gar nicht wahrgenommen. Aber jetzt zieht der Schmerz hoch bis zur Hüfte. Wie es wohl Wendy geht? Er hofft, dass sie auch tatsächlich durchkommt, dass der mutigen Hündin keine Schäden bleiben. Er will sie wieder auf der Wiese herumtollen sehen.

Carolas Stimme schwingt in ihm nach. Und der Blick aus ihren klugen Augen. Er sieht sie auf dem Sofa sitzen.

Wirf dich nicht selbst weg, Martin. Er dämmert weg. Gleitet hinein in diese hellen, klugen, wachsamen Augen. *Vertrau auf deinen Instinkt.*

Eine zweite Figur taucht auf. Ulrich Peterfels. *Es ist angebracht, bei einem Blick in die Vergangenheit stets unterschiedliche Perspektiven einzunehmen.* Die beiden Gesichter schweben aufeinander zu, verschmelzen. Carola und der Gelehrte werden eins. Dann beginnt das Bild zu flimmern. Noch im Halbschlaf wird ihm klar, welchen nächsten Schritt er tun muss. Er sieht den Weg. Dann driftet er ab. Keine Bilder mehr. Keine Klänge. Keine Stimmen. Nur Ruhe. Und Dunkelheit, die wärmt.

MITTWOCH, 28. OKTOBER

Als es ihn aus dem Schlaf reißt, ist es draußen schon hell. Ein Blick auf die Uhr. Kurz nach neun. Er hat sechs Stunden durchgeschlafen. Traumlos. Sein Handy ist auf lautlos geschaltet. Zwölf Anrufe. Die meisten von Journalisten. Einer ist von Jutta Ploch. Er ruft zurück.

»Merana, was treibst du nur? Wie geht es dir?«

»Ich habe Einschusslöcher an der Außenwand und an der Gartenmauer. Ich hoffe, den Schaden übernimmt die Haushaltsversicherung.«

»Ich bin froh, dass dein Humor zurückgekehrt ist. Vielleicht solltest du auch allmählich vom Kräutertee ablassen. Was war los? Bitte keine Kurzfassung. Ich will alles wissen.«

Er schildert ihr die Ereignisse der vergangenen Nacht. Während er sich selber zuhört, bekommt er das Gefühl, der Vorfall sei jemand anderem passiert und nicht ihm.

»Du kannst dir vorstellen, mein Lieber, wie mich der Schreck beutelte, als ich heute um 6 Uhr auf meinem Handy die Tickermeldung las: ›Schussattentat auf Salzburger Kripochef‹.« Er hört sie kräftig ausatmen. »Na, da wird mir ja bald dein Konterfei von allen Titelseiten entgegenstrahlen. Und was glaubst du, wie die Kollegen vom Boulevard das erst ausschlachten werden!«

»Die werden vor allem die tapfere Hundedame auf die erste Seite knallen!«

Er hört sie lachen. »Wendy schlägt Merana im Kampf um Platz eins der öffentlichen Aufmerksamkeit. Serie über sechs Wochen. Hundepsychologen, Tierärzte, Irish Red Setter Züchter. Homestory über deine Nachbarin. Einladung zu Markus Lanz.«

Er lacht mit. »Hoffentlich. Das wäre mir viel lieber!«

»Zurück zum Ernst des Lebens, Merana. Wer steckt dahinter? Einer der feinen Herren mit zwielichtigem Lebenswandel, die wegen dir hinter Gittern schmoren?«

»Kann sein. Otmar wird in diese Richtung seine Fühler ausstrecken. Carola wird jede Eventualität prüfen, ob es eine Verbindung zum aktuellen Mordfall geben könnte.«

»Und was wirst du machen?«

»Zunächst einmal duschen. Und mir dann einen doppelten Espresso genehmigen.«

»Es klingt, als wärst du wieder halbwegs in der Spur. Pass auf dich auf, Merana. Und halt mich auf dem Laufenden.«

Eine Stunde später verlässt er das Haus, einen Rucksack in der Hand. Der Kommandowagen der mobilen Einsatztruppe steht neben der Garteneinfahrt. Er lässt sich über den aktuellen Stand der Lage informieren.

»Noch keine Spur vom Schützen. Wir sichern weiterhin das gesamte Areal. Der Rest der Nacht war ziemlich ruhig. Sieht man davon ab, dass schon gegen 4 Uhr die ersten Journalisten auftauchten, Fernsehen und Presse. Man wundert sich immer, über welche Kanäle die ihre Informationen bekommen.«

»Habt ihr sie durchgelassen?«

Kopfschütteln. »Im Umkreis von drei Kilometern kommt hier keiner durch. Möchten Sie ins Präsidium? Wir bringen Sie hin.«

»Danke, das ist nett gedacht, aber ich fahre lieber selber.«

Erneutes Kopfschütteln. Dieses Mal eindringlicher. »Das spielt es leider nicht, Herr Kollege. Befehl von ganz oben: Personenschutz für Kommissar Merana. Und wie ich finde, besteht diese Anweisung zu Recht, solange der Schütze noch frei herumläuft.«

Er atmet tief durch, wägt ab, ob er sich auf eine Diskussion einlassen soll. Er lenkt ein. Er würde als Einsatzverantwortlicher genauso handeln. Auch wenn ihm das in seinem Fall gar nicht passt.

Er steigt in das gepanzerte Fahrzeug. Drei mit Maschinenpistolen bewaffnete Kollegen begleiten ihn. Sie tragen Sturmhauben. Ihre Gesichter sind nicht zu erkennen. Sie halten in der Tiefgarage der Bundespolizeidirektion. Bevor sie ihn aus dem Wagen steigen lassen, überprüfen die schwerbewaffneten Kollegen die Umgebung. Er hält die Vorsichtsmaßnahme für übertrieben. Er kann sich nicht vorstellen, dass ihm der Schütze ausgerechnet in der Garage der Polizeizentrale auflauert. Aber die Einsatzkräfte haben ihre präzisen Verhaltensregeln, und daran halten sie sich.

Der Polizeipräsident will ihn sehen. Er deponiert den Rucksack in seinem Büro, dann macht er sich auf zum Zimmer des Chefs. Der kleine Knochenmann zittert, als er eintritt und Hofrat Kerner gerade das Handy auf den Tisch knallt.

»Herr Kommissar Merana, dafür, dass du kein Polizist mehr sein willst, richtest du einen ganz schönen Wirbel an. Der Innenminister ruft dauernd an, die Medien rücken mir auf die Pelle. Im Netz kursieren die übelsten Fake News. Von syrischen IS-Kommandos über die wiedererstandene Rote-Armee-Fraktion bis zu den Freimaurern ist alles dabei an Gerüchten, wer hinter dem Anschlag steckt. Ich habe das Personal aufgestockt, zusätzliche Kräfte angefordert. Eine großangelegte Mordermittlung und zeitgleich ein Attentat auf einen Polizeibeamten, das sprengt unsere Möglichkeiten. Was sagst du dazu?«

»Zunächst einmal Guten Morgen.«

Das Lachen des Polizeichefs erinnert Merana an das Wiehern eines Maulesels.

Günther Kerner umrundet den Schreibtisch. Und dann macht er etwas, was Merana mit seinem direkten Vorgesetzten noch nie erlebte. Er umarmt ihn, drückt ihn fest an sich.

»Mein Gott, Martin, was bin ich froh, dich unversehrt zu sehen. Wir werden eine Sammlung abhalten, um diese Setterhündin auf Lebzeiten mit Hundefutter-Deluxe-Packungen zu versorgen.«

Er lässt ihn los, klopft ihm nochmals auf die Schulter. Dann zieht er eine der Schubladen auf, legt Merana die Dienstpistole auf den Tisch.

»Ich habe sie mir bringen lassen. Du wirst sie vielleicht brauchen.«

Er zögert, denkt an den Umschlag mit dem Entlassungsantrag. Vergangene Nacht wäre er froh gewesen, hätte er seine Waffe in der Nähe gehabt. Er hätte sich gegen den feigen Attentäter wehren können. Er will sich die Situation gar nicht ausmalen, wenn eine der Kugeln seine Nachbarin oder deren Mann getroffen hätte. Er greift nach der Glock 17, holt sie näher heran.

»Solange wir den Schützen nicht haben, ziehen wir dich aus dem Verkehr.«

»Nein, Günther, ich muss in den Pinzgau.«

»Kommt gar nicht infrage.«

»Und Personenschutz brauche ich auch keinen. Ich habe viel zu tun. Alleine!«

Der Polizeipräsident wird laut. »Du bleibst in deinem Haus. Oder hier im Präsidium. Und du machst keinen Schritt ohne Bewachung! Das ist ein dienstlicher Befehl, Herr Kommissar.«

Merana beugt sich vor, strafft den Oberkörper.

»Wenn du das Schreiben abgeschickt hättest, könntest du mir gar nichts befehlen.«

»Habe ich aber nicht. Also bist du noch im Dienst!«

Jetzt wird auch Merana laut, stemmt die Hände auf die Schreibtischplatte. »Und was willst du machen? Mir ein Disziplinarvergehen in Aussicht stellen? Nur her damit! Das hänge ich dann hinten an, wenn ich das andere erledigt habe.«

Er drückt sich vom Tisch hoch, geht auf die Tür zu.

»Martin!!!«

Er dreht sich um. Er sieht die Wut im Gesicht des Polizeipräsidenten. Und zugleich die Bedrückung. Er geht zwei Schritte auf ihn zu, bleibt stehen.

»Danke, Günther, dass du dir Sorgen machst. Aber ich kann nicht einfach stillsitzen und zuschauen. Ich muss etwas tun.«

Der Mann hinter dem Schreibtisch schnauft hörbar. Er greift nach dem Knochenmann, schiebt ihn auf der Platte hin und her. Die Finger der anderen Hand trommeln auf den Tisch.

»Was willst du im Pinzgau?« Seine Stimme ist ruhiger geworden.

»Gabriel Wegner treffen.«

»Wer ist das?«

»Ein immer noch rüstiger Achtzigjähriger. Früher war er Baggerfahrer und bei der Bergrettung.«

»Was hat das mit dem Fall zu tun?«

Merana zuckt nur mit den Schultern. Hofrat Kerner legt den Kopf schief, ringt sich ein schwaches Grinsen ab.

»Dann nimm wenigstens deine Glock mit. Du hast sie liegen lassen.«

Er würde sich wieder daran gewöhnen müssen, eine Waffe bei sich zu haben. Er greift nach dem Holster, gibt Kerner die Hand.

»Und eines sage ich dir, Kommissar! Ich bin dir auf ewig bös, wenn du meine unermessliche Nachsichtigkeit ausnützt und dich über den Haufen knallen lässt.

Ich will nicht stundenlang über der verdammten Rede brüten, die ich dann an deinem Grab halten muss. Haben wir uns verstanden?«

Er hat es eilig. Mit schnellen Schritten sucht er sein Büro auf, langt nach dem Rucksack.

»Guten Morgen, Martin.«

Carola steht in der Tür. Sie umarmt ihn.

»Hast du geschlafen?«

»Ja. So viel, wie schon lange nicht mehr.«

»Kommst du rüber zum Team? Wir haben gleich Besprechung.«

»Nein, ich muss weg. Wie ist der aktuelle Stand?«

»Drei der infrage kommenden Exhäftlinge haben wir überprüft. Fehlanzeige. Sie haben alle ein glaubwürdiges Alibi. Otmar checkt das Umfeld von Eldar Sunscha. Thomas ist mit seiner Truppe seit Tagesanbruch am Tatort. Sie haben Reifenspuren im Wald gesichert. Die Auswertung läuft. Wir suchen nach Zeugen, die möglicherweise zur fraglichen Zeit den Wagen des Schützen aus dem Wald kommen sahen. Autofahrer, Radfahrer, Spaziergänger auf der Abendrunde, Jogger. Bisher noch nichts Konkretes.«

»Danke, halt mich auf dem Laufenden.«

»Wo willst du hin?«

»Zurück in die Vergangenheit.«

Sie schaut ihn fragend an.

»Ich erkläre es dir, wenn ich dort war.« Er küsst sie auf die Wange. Dann nimmt er seinen Rucksack. Vom Beamten am Empfang lässt er sich die Schlüssel für einen Dienstwagen geben. Es ist kurz nach elf, als er von der Alpenstraße in Richtung Tauernautobahn abbiegt.

Es ist angebracht, bei einem Blick in die Vergangenheit stets unterschiedliche Perspektiven einzunehmen.

Er hat bisher nur eine eingenommen. Seine, und sonst keine. Er hat in all den Jahren nie die Großmutter gefragt, wie es ihr ergangen ist, die Tochter zu verlieren.

Natürlich gab es Momente, vor allem in der ersten Zeit nach dem Tod der Mutter, wo sie über die *Mama* sprachen. Wie sie als Kind war. Wie sie den Papa kennenlernte. Sie haben sich gemeinsam an den einen oder anderen Ausflug erinnert, Fotografien angeschaut. Wie sie zu dritt, die Mama, die Großmutter und er, den Zug nach Werfen genommen haben, um die Eisenwelt zu besuchen. Einmal waren sie sogar in Wien, sind mit dem Riesenrad gefahren. Darüber hat er mit der Großmutter gesprochen. Aber über den Sonntag, als die Mama nicht mehr vom Berg zurückkam, haben sie nie geredet. Auch nicht über das Begräbnis. Er erinnert sich, dass die Großmutter hin und wieder zu einem Gespräch ansetzte. Er hat sofort abgeblockt, er wollte nichts darüber hören. Er ist der Großmutter dankbar, dass sie ihm nie eines der verlogenen Bilder vorgaukelte, die er von anderen Kindern kannte, wenn sie über verstorbene Verwandte sprachen. Die Großmutter hat ihm nie einzureden versucht, dass die Mama jetzt beim lieben Gott im Himmel sei und hinter einer Wolke mit den Englein auf einer goldenen Harfe spielte. Er hätte es ihr ohnehin nicht geglaubt. Und später, als er längst erwachsen war, haben sie so gut wie gar nicht mehr über die Mama geredet. Wenn er darüber nachdenkt, dann beschämt ihn jetzt der Gedanke, dass er in all den Jahren nie danach fragte, was die Großmutter empfand, als die furchtbare Nachricht kam. Wie es ihr erging, als der Sarg mit dem Leichnam ihrer Tochter im schwarzen Loch versank. Für immer. Wie sie es schaffte, von einem Tag auf den anderen die volle Verantwortung für ihren neunjährigen Enkel zu übernehmen. Ihm nicht nur die Mutter zu ersetzen, sondern auch den Vater. Er hat immer geglaubt, er wisse ohnehin alles, was mit dem Tod seiner Mutter zusammenhing. Er war überzeugt davon, jedes auch noch so kleine Detail vom Tag des Begräbnisses und des schrecklichen Sonntags davor hätte sich unauslöschlich in sein Gedächtnis eingebrannt. Bis ihm vor zwei Tagen klar wurde, dass er sich nicht einmal an die Rosen erinnern konnte. Diese Erkenntnis erschütterte das Gerüst, das er sich über Jahre aufgebaut hatte. Er weiß nichts von den Rosen am Grab. Es ist ihm nicht in Erinnerung, dass sie schon am Sonntag daheim in einer Vase standen. Er hat ausgeblendet, dass ihm die Großmutter vom Besuch des jungen Mannes berichtete. Wenn ihm das alles nicht mehr präsent ist, dann hat er vielleicht auch noch anderes vergessen. Der Spiegel der Erinnerung, in den er immer schaute, hat Sprünge bekommen. Er kennt seine Perspektive, die ist nach wie vor wichtig für ihn. Aber sie ist eingeengt, mangelhaft, von Lücken zersetzt. Er war nie an der Stelle im Grüningtal, wo seine Mutter abstürzte. Gabriel Wegner würde ihn dorthin bringen.

Bevor er in der Früh das Haus verließ, hat er die Großmutter angerufen. Er versuchte, ihr behutsam beizubringen, dass am Abend zuvor auf ihn geschossen wurde. »Bitte reg dich nicht auf, Oma. Es ist nichts passiert. Mir geht es gut. Das Haus und die Umgebung werden bewacht.« Er hörte sie atmen. Sie schwieg. Dann sagte sie: »Danke, dass du anrufst. Ich war die ganze Nacht unruhig. Jetzt weiß ich, warum.«

Er kann sich vage erinnern, dass seine Mutter damals von der Bergrettung geborgen wurde. Er fragte die Großmutter danach. »Ja, der Gabriel Wegner war damals Bergrettungsobmann. Er ist inzwischen achtzig, aber geistig und körperlich immer noch fit.« Sie gab ihm die Telefonnummer. Er brauchte dem pensionierten Baggerfahrer nicht viel zu erklären. Der andere wusste sofort, wer anrief. »Aber natürlich kannst du kommen, Martin. Ich habe heute nichts Besonderes vor. Treffen wir uns um zwei am Parkplatz bei der Abzweigung.«

Es wird Zeit, sich vierzig Jahre zurückzuversetzen. Es ist notwendig, auch andere Perspektiven wahrzunehmen. Er kehrt dorthin zurück, wo das Leben seiner Mutter endete und sein Kummer begann. Er will die möglichen Gründe für sein Handeln niemandem erklären, weder dem Chef noch Carola noch sonst wem. Er weiß selbst nicht, was er sich davon verspricht. Er macht es einfach.

»Griaß di, Martin. Dich habe ich ja schon eine halbe Ewigkeit nicht mehr gesehen.«

Unter dem grauen Bergsteigerhut lachen ihn zwei pfiffige Augen an. Das Gesicht des Pensionisten ist braungebrannt. Die lederne Haut hat tiefe Falten. Wind und Wetter haben ihre Spuren hinterlassen. »Magst bei mir mitfahren?« Wegner wartet gar nicht Meranas Antwort ab. Er stakst zu seinem Geländewagen, einem dunklen Volvo mit breiten Reifen. Merana stellt den Dienstwagen zur Seite, schnappt den Rucksack und steigt ein. Sie fahren los. Er kennt die wuchtigen Gipfel der Umgebung seit seiner Kindheit. Der mächtigste ist der Großvenediger auf der linken Seite. Schwarze Wolkenkappen verbergen seine Spitze.

»Du warst wirklich nie im Grüningtal? Bist nie über die Quendel Alm hinauf bis zum Gipfel gestiegen?«

»Nein. Nach dem Tod der Mama war mir das Tal ein Gräuel. Ich wollte da nie hin.«

Der alte Mann sagt nichts, lenkt den Volvo geschickt über die unebene Straße. Erst nach einer Weile bemerkt er: »Ich kann dich verstehen. Das ist nicht leicht für ein Kind.« Sie fahren zwischen Bäumen. Ab und zu ist ein Stück des Himmels zu sehen. Die Wolken hängen tief. Merana ist in

Salzburg bei Sonnenschein weggefahren. Jetzt hat er den Eindruck, es könnte bald zu regnen beginnen. Die Straße führt bergauf, der Volvo schnurrt um die engen Kurven. Zwischen den dunklen Fichten leuchten immer wieder helle Flecken. Die lichten Erscheinungen sind Lärchen, die ihre weit ausladenden Äste von sich strecken. Nach fünfzehn Minuten erreichen sie eine Abzweigung. ›Quendel Alm Fußweg ½ h‹ steht in schwarzen Lettern auf einem Schild. »Bis zu diesem Punkt hat man damals mit dem Auto fahren können. Ab da gab es nur mehr den Fußweg oder eine extrem schmale, steile Straße, die weiter hinten liegt. Die haben nur ein paar waghalsige Einheimische mit dem Auto gepackt.«

Merana kann sich nicht erinnern, ob seine Mutter damals die erste Strecke des Weges mit dem Auto fuhr.

»Nein, deine Mama, die war gut in Schuss. Die hat kein Auto gebraucht. Von eurem Haus bis daher sind es zu Fuß etwa eineinhalb Stunden. Aber die Rosalinde hat das sicher in einer Stunde gepackt. Von hier bis zum Gipfel geht man noch drei Stunden. Aber wir wissen nicht, ob deine Mama ganz oben war. Denn gefunden haben wir sie ja viel weiter herunten.«

Die Nase des Volvos steigt an, Wegner lenkt den Wagen über die Abzweigung die Straße hinauf. Nach zehn Minuten biegen sie auf den Parkplatz der Alm. Ein großes Restaurant mit breitgezogener Panoramaterrasse beherrscht den Gebäudekomplex. Am Eingang der Umzäunung zum Kinderspielplatz dreht sich ein Windrad. Drei Autos stehen auf der Parkfläche, zwei davon mit deutschen Kennzeichen.

»Wo jetzt dieser Riesenklotz dominiert, stand vor vierzig Jahren eine kleine Hütte für gerade einmal zwanzig Leute.« Der ehemalige Bergrettungsobmann blickt Merana an. »Wir können mit dem Auto weiterfahren oder zu Fuß gehen.«

»Wie weit ist es bis zur Unfallstelle?«

»Zu Fuß nicht einmal eine halbe Stunde.«

»Dann kann ich endlich meine neuen Bergschuhe ausproben.« Merana öffnet den Rucksack. Er hat die Schuhe im Frühjahr gekauft. Die intensiven dienstlichen Verpflichtungen haben es nicht zugelassen, dass er in den Folgemonaten zu einer Bergtour aufbrechen konnte. Sein Bein schmerzt immer noch. Dennoch will er zu Fuß gehen. Gabriel Wegner schließt den Volvo ab. Merana versucht, sich die Situation vor vierzig Jahren vorzustellen. Den riesigen Berggasthof und die Parkplätze gab es noch nicht. Die breite Straße war ein schmaler Weg.

Aber die Aussicht war gewiss ähnlich beeindruckend wie heute. Man sieht bis ins Tal und zugleich auf das imposante Panorama der umliegenden Gipfel. Er blickt nach oben, mustert die tiefhängende Wolkendecke.

»Mach dir keine Sorgen, das hält gewiss noch zwei bis drei Stunden.« Der alte Mann greift nach seinen Stöcken.

»Also dann: Pack mas!«

Der Weg führt rasch in den Wald, geht zunächst eben dahin. Nach zehn Minuten teilt sich der Pfad. »Wo führt diese Abzweigung hin?«

Sein Begleiter zeigt mit dem Stock nach oben.

»Auf beiden Wegen kommt man bis zum Gipfel. Die meisten Wanderer haben früher den rechten Pfad gewählt, weil er nicht so steil ist. Der linke war der weitaus schwierigere und deswegen kaum begangen. Deine Mutter hat natürlich die linke Seite genommen. Je schwieriger der

Weg, desto lieber war es ihr. Heute ist es genau umgekehrt, heute ist links die bequemere Route. Vor zwanzig Jahren wurde der Skilift gebaut. Damals hat man diesen Weg verbreitert und alle gefährlichen Stellen begradigt. An schönen Wochenenden geht es hier zu wie in der Salzburger Getreidegasse. Vor vierzig Jahren warst du meist mutterseelenallein.«

Sie stapfen weiter. Merana genießt den Ausblick, der sich zwischen den lichter werdenden Bäumen bietet. Der Wolkenkragen des Großvenedigers ist etwas höher gestiegen. Nach einer Viertelstunde bleibt der alte Mann abrupt stehen.

»Da unten haben wir deine Mama gefunden. Drei Meter neben der krummen Föhre.« Die plötzliche Ansage überrascht Merana. Sie kam unvermittelt, ohne Vorankündigung. Er war darauf vorbereitet, dennoch erfasst ihn ein leichtes Schwindelgefühl. Das Gelände fällt steil ab. Die Stelle liegt gut zehn Meter unter ihnen.

»Der Platz neben der Föhre schaut heute auch noch so aus. Nur der Weg, auf dem wir stehen, war damals wesentlich schmaler und abschüssiger.«

Merana atmet tief durch. Seine Augen ruhen auf dem Platz neben der Föhre. In der Ferne schimmern die Lärchen. Wie hat man seine Mutter gefunden? Lag sie auf dem Rücken? Waren die Verletzungen gleich zu erkennen?

»Wer hat sie gefunden?«

»Zwei Wanderer aus der Stadt, Tagesausflügler. Es war fast ein Wunder, dass sie überhaupt noch am selben Tag entdeckt wurde. Wie ich schon sagte, auf dieser Route war früher kaum jemand unterwegs.«

Merana wendet sich um, betrachtet den schrägen Felshang.

»Von wo kam der Steinschlag?«

Der alte Mann deutet nach oben.

»Vermutlich von dort. Aber das Gelände schaut heute durch die Sprengarbeiten an der Straßenverbreiterung völlig anders aus.«

»Waren es viele Steine?«

»Ich kann mich nicht mehr genau erinnern. Es ist schon lange her. Ich glaube, es waren nur zwei oder drei. Sie hatte große Wunden am Kopf. Aber es genügt ein einziger kräftiger Brocken. Wenn der aus der Wand herunterrumpelt und dich trifft, dann hast du keine Chance.«

Merana dreht sich zurück, geht in die Knie, schaut wieder nach unten.

»Wo lag ihr Kopf?«

»Talwärts. Vor vierzig Jahren wuchs neben der Föhre noch ein Latschengestrüpp. Daran ist sie hängen geblieben. Andernfalls wäre sie wohl weiter hinuntergerutscht. Dann hätte man ihre Leiche vielleicht erst viel später entdeckt.«

»Gab es eine Untersuchung?«

»Wie meinst du das?«

»Na, war die Gendarmerie hier … hat jemand den Unfallort geprüft?«

Der Blick des alten Mannes wirkt leicht konsterniert.

»Martin, das war vor vierzig Jahren! Wir sind hier nicht in einer Krimiserie oder in einer Folge des ›Bergdoktors‹. Einer der Wanderer blieb am Unfallort, der andere lief zur Quendelhütte. Dort gab es Telefon. Wir von der Bergrettung wurden verständigt. Leider konnten wir deiner Mutter nicht mehr helfen. Sie war schon tot, als die beiden

Ausflügler sie fanden. Es war deutlich zu sehen, dass ein Stein sie getroffen hat. Gefährliches Geröll war auf diesem Abschnitt keine Seltenheit. Das Risiko, von einem herabfallenden Stein verletzt zu werden, war mit ein Grund, warum die meisten Leute lieber den anderen Weg wählten. Heute ist die Route viel sicherer. An den gefährlichen Stellen schützen Netze den Weg.«

Er stellt seinen Rucksack ab.

»Willst du da hinunter, Martin? Ich habe ein Seil mit. Ich kann dich sichern.«

»Nein, danke.«

Er setzt sich auf den Boden. Er will sich die Stelle einprägen, wo seine Mutter starb.

Er würde wiederkommen, vielleicht auch Blumen mitbringen. Die Straße ist gut ausgebaut. Er könnte die Großmutter mit dem Auto herbringen, falls sie ihn begleiten will. Andererseits kann er sich schwer vorstellen, dass sie sich chauffieren lässt. Sie würde darauf bestehen, zu Fuß zu gehen. Sie ist trotz ihres hohen Alters immer noch fit genug für kleinere Wanderungen.

»Danke, Gabriel, dass du mich hergebracht hast.«

Sein Begleiter sagt nichts. Er hat den Hut abgenommen, hält ihn in Händen. Sein Blick ist auf den Platz neben der Föhre gerichtet. Leise bewegt er die Lippen. Er betet. Diese Geste des alten Mannes berührt Merana tief. Er weiß nicht, zu wem er beten könnte. Er verschränkt die Hände, schließt die Lider. Er versucht, sich das Gesicht seiner Mutter in Erinnerung zu rufen. Er sieht sie lachen. Ihre Augen strahlen wie auf dem alten Foto. *Verzeih mir, Mama, dass ich erst so spät gekommen bin.* Sie stehen still am Rande des Weges, der auf der abschüssigen Seite steil nach unten fällt, der alte Mann mit dem Hut in der Hand und der Kriminalkommissar.

Eine Stunde später sind sie im Tal. Merana steigt in seinen Wagen um. Dann fahren beide bis zum nächsten Ort, parken neben der Kirche. Als sie aus den Autos steigen, beginnt es zu regnen. Der wetterkundige alte Mann hat recht behalten. Gabriel Wegner hat Meranas Einladung zu einer kleinen Jause gerne angenommen. Der ›Luchswirt‹ ist eine Gastwirtschaft, wie man sie nur mehr selten im Oberpinzgau findet. Die meisten alten Lokale sind längst umgebaut zu Komfortgasthäusern mit Wellnessoasen und Wohlfühlzonen. Gourmetküchen werden wichtiger als Hausmannskost. Appartementburgen verdrängen alteingesessene Hotelbetriebe. Doch der ›Luchswirt‹ ist noch ein richtiges Bauernwirtshaus. Gabriel Wegner bestellt eine Rindersulze mit roten Zwiebeln und Kernöl, dazu eine Halbe *Pinzga' Zwickl*.

Merana wählt eine Portion Kasnocken und ein Tonic Water.

»Nein, Martin, das geht nicht! Da fährst du den weiten Weg von der Stadt in den Oberpinzgau. Da triffst du mich nach gefühlten hundert Jahren wieder, was mich wirklich sehr freut. Da erinnern wir uns miteinander an deine Mama, die immer ein gutes Glasl schätzte. Da lädst du mich beim ›Luchswirt‹ zu einer zünftigen Jause ein, nimmst dir selbst die besten Kasnocken, die es weitum gibt. Und dann bestellst du dir so ein Tschapperlwasser!! Kommt nicht infrage! Du musst ein Pinzgauer Bier trinken! Wenn du es schon nicht für dich selber willst, dann mach es mir zuliebe! Magst ein Weizen oder ein Zwickl?«

Merana verzieht das Gesicht zu einem Grinsen. Er hat den Argumenten des alten Mannes, der ihn mit listigen Augen anblinzelt, nichts entgegenzusetzen.

»Dann bring mir bitte ein Weizen«, wendet er sich an die Kellnerin. »Aber ein kleines, ich habe seit fast zwei Monaten keinen Alkohol mehr getrunken.«

»Na, dann ist es allerhöchste Zeit«, kichert der ehemalige Baggerfahrer. Er wartet, bis die Kellnerin das zweite Bier bringt, dann hebt er das Glas. »Auf dich, Martin. Ich hoffe, du wartest nicht noch mal so lange, bis wir uns wieder einmal sehen. Ich weiß nicht, wie lange mich der Herrgott noch auf dieser Welt herumlaufen lässt.«

»So wie du drauf bist, packst du sicher den Hunderter!«

Der Alte lacht, es klingt wie das Meckern einer Bergziege. »Wenn ich das schaffe, lade ich dich zur Feier ein.«

Die Kellnerin bringt das Essen. Der pensionierte Bergrettungschef langt ordentlich zu. Die kleine Gaststube füllt sich allmählich. Einige stellen sich an den Tresen, bestellen ihr Feierabendbier. Draußen beginnt es zu dämmern, der Regen prasselt an die Scheiben.

»Warst du damals beim Begräbnis meiner Mutter?«

»Ja klar. Ehrensache.«

»Waren viele Leute da?«

Die Frage verwundert den Alten. Er schiebt den leeren Teller zur Seite. »Weißt du das nicht mehr? Du warst doch selbst dabei, Martin. Ich kann mich noch gut erinnern, wie du am Grab gestanden bist. Ich weiß nicht, worüber die Leute am Friedhof mehr geflennt haben. Über die Rosalinde, weil die so blutjung aus dem Leben gerissen wurde, oder über den kleinen Buben, der wie ein erbarmungswürdiges Häuferl Elend in die Grube starrte. Es war zum Herzzerreißen!«

Die Augen des Alten bekommen einen feuchten Glanz. Merana erscheint seine Erinnerung wie der Blick durch einen schmalen Kanal. Schwarzes Loch. Heller Sarg. Alpenveilchen. Die Großmutter. Zwei Weisenbläser neben dem Pfarrer. Mehr war ihm nicht hängengeblieben.

»Es waren sicher an die 200 Leute da. Deine Mutter war als Lehrerin ja weitum bekannt. Sogar zwei Redakteure haben sich zum Begräbnis eingefunden. Die Woche darauf konnte man zwei Nachrufe in zwei unterschiedlichen Regionalzeitungen lesen. Für Pinzgauer Verhältnisse war das schon fast so viel Medienrummel wie bei der Rissenkamp.«

Der Name ist Merana nicht erinnerlich.

»Rissenkamp?«

»Das war so ein spinnertes Frauenzimmer aus Deutschland. Reiche Familie. Schickeria. Ziemlich abgefahren.«

»Warum war wegen dieser Frau ein Medienrummel?«

»Weil man sie tot in ihrer Hütte gefunden hat.«

»Wann war das?«

»Lass mich nachdenken …« Er deutet der Kellnerin, sie möge ihm noch ein Bier bringen. »Das muss so drei, vier Tage nach dem Begräbnis deiner Mutter gewesen sein.«

»Woran ist die Frau gestorben?«

»Daran kann ich mich nicht mehr erinnern. Herzinfarkt oder Unfall. Ich weiß nur mehr, was die Leute hier in der Gegend so alles an den Stammtischen geredet haben.«

»Was?«

»Na, dass sie sich zu Tode gemaust hat.«

»Gemaust?«

Der Alte grinst ihn an. »Du lebst wohl schon zu lange in der Stadt, Martin.«

Merana dämmert, was sein Gegenüber meint. Die Kreativität der Leute auf dem Land war immer schon äußerst rege, wenn es um blumige Bezeichnungen für Geschlechtsverkehr ging. *Bürsten. Schnackseln. Nageln. Nudeln. Pempern. Pudern.* Und wohl auch *Mausen.*

»Die Rissenkamp war eine ganz Wilde. Die hat in ihrer Hütte die wildesten Orgien gefeiert. Jede Menge Alkohol, sagt man. Und auch die eine oder andere Prise weißen Pulvers dürfte da im Spiel gewesen sein.«

»Wo liegt diese Hütte?«

»Die gibt es schon lange nicht mehr. Nach dem Tod von der Rissenkamp hat sie irgendein Bauunternehmer aus Wien gekauft. Dann stand sie eine Zeit lang leer. Beim Skiliftbau vor zwanzig Jahren hat man sie dann abgerissen. Das Gerede wegen der Rissenkamp hat nur ein paar Tage gedauert. Sie war keine Einheimische. Über das furchtbare Unglück, das deiner Mutter zugestoßen ist, haben die Leute noch jahrelang gesprochen.«

Er hebt das Glas. »Auf Rosalinde Merana!« In Meranas Krug ist noch ein Rest. Er stößt mit Gabriel Wegner an. Am Tresen löst sich ein Mann aus der Runde, steuert auf ihren Tisch zu. »Habe ich da *Rosalinde Merana* gehört?«

Der pensionierte Baggerfahrer deutet auf einen freien Stuhl. »Sehr richtig, Timon, setz dich her zu uns. Das ist der Martin, der Sohn von der Rosalinde.« Der Mann reicht ihm die Hand. »Du bist der Enkel von der Kristina?« Im Oberpinzgau gibt es kein »Sie«. Da ist man von der ersten Sekunde an mit den Leuten per Du. Mit Leuten, zu denen man nicht Du sagen will, redet man erst gar nicht. »Das heißt, du bist der Martin Merana. Jetzt erinnere ich mich wieder. Du bist irgendein hohes Tier bei der Salzburger Polizei. Freut mich.« Er deutet der Kellnerin: »Kimberly, die nächste Runde geht auf mich.« Meranas zaghafter Versuch eines Einwandes wird beiseitegewischt. Timon Mayrhofer stellt sich als Schulfreund von Meranas Mutter vor. Die beiden haben gemeinsam die Hauptschule besucht. Zwei weitere Biere und drei selbstgebrannte Schnäpse lang hört Merana den beiden Männern zu. Sie geben Anekdoten aus ihrer Jugend zum Besten. Die Rosalinde kommt dabei auch immer wieder vor. Er hat das Gefühl, die beiden meinen eine ihm völlig Fremde. Aber er mag die Frau, von der die beiden erzählen. Zwischen dem dritten Bier und dem ersten Schnaps ruft er die Großmutter an. Er wird bei ihr übernachten. Das Auto lässt er auf dem Parkplatz stehen. Die vier Kilometer bis zum Haus der Großmutter wird er auch zu Fuß schaffen. Die beiden Herren haben es nicht weit, sie wohnen im Ort. Sie verlassen den ›Luchswirt‹ eine halbe Stunde nach Mitternacht. Es hat aufgehört zu regnen. Als sie sich am Parkplatz voneinander verabschieden, knallt ein Schuss. Merana zuckt zusammen. Sein Herz rast. Noch ein Schuss. Merana wirbelt herum.

»Was ist los, Martin? Das kommt von der Stegleiten.«

Timon Mayrhofer deutet zum Wiesenhang am Waldrand.

»Das ist sicher der Lankberger. Der passt schon seit zwei Wochen auf einen Gabler.«

Meranas Herzschlag trommelt bis zum Hals. Seine Ohren rauschen. Im ersten Augenblick dachte er, der Heckenschütze sei ihm bis in den Pinzgau gefolgt.

»Nichts, ich bin nur kurz erschrocken.« Offenbar haben

die beiden Männer sich bisher nicht für die aktuellen Nachrichten interessiert. Sonst wäre ihnen nicht entgangen, dass der Chef der Salzburger Kriminalpolizei namens Martin Merana in der vergangenen Nacht von einem Unbekannten beschossen worden ist. Vom Oberpinzgau aus ist die Landeshauptstadt bisweilen weiter weg als der äußerste Rand der Milchstraße von der Erde. Merana findet das gut so.

Er braucht knapp vierzig Minuten vom Gasthaus bis zum Anwesen der Großmutter. Die frische Nachtluft hilft ihm, einen Teil des Alkoholdunstes aus dem Kopf zu vertreiben. Einmal noch ist ein Schuss aus weiter Ferne zu vernehmen. Er hofft, der Jäger würde endlich seinen Rehbock erwischen. Die Knallerei macht ihn nervös. Er ist fest davon überzeugt, dass ihm der Schütze nicht nachgereist ist. Dennoch blickt er sich immer wieder um und lauscht in die Dunkelheit, ehe er seinen Weg fortsetzt.

Polizeipräsident Hofrat Kerner höchstpersönlich leitet die Ermittlerbesprechung um 20 Uhr. Das Team hat sich in zwei Sektionen aufgeteilt. Gruppe B unter der Führung von Otmar Braunberger verfolgt die Spuren rund um den Anschlag auf Merana.

Carola Salman kümmert sich mit Gruppe A weiterhin um die Morduntersuchung im Fall Hans von Billborn. Die Einheit der Tatorttechniker unter Thomas Brunner arbeitet beiden Gruppen zu. Mögliche Überschneidungen in beiden Fällen werden ebenfalls erörtert.

»Ich habe mich heute ausführlich mit den Kollegen in der Justizanstalt Stein besprochen.* Eldar Sunscha wurde

* Österreichs größte Strafvollzugsanstalt, Krems an der Donau

vor einem halben Jahr aus der Einzelhaft in eine Zweierzelle verlegt. Der Anstaltsleiter konnte nicht bestätigen, dass sich Sunscha in letzter Zeit besonders auffällig verhalten hätte. Er bekam in den vergangenen zwei Monaten selten Besuch. Einmal war sein Anwalt in Stein. Zweimal suchte ihn seine Lebensgefährtin auf. Sunscha wurde in allen drei Fällen nach den Besuchen vorschriftsmäßig durchsucht. Ihm waren keine unerlaubten Gegenstände wie Handy, Kugelschreiber oder spitze Kämme zugesteckt worden.« Der Abteilungsinspektor gibt Thomas Brunner ein Zeichen. Auf dem Screen neben der Ermittlungstafel erscheint das Bild eines etwa vierzigjährigen Mannes.

»Das ist der Mann, mit dem Sunscha sich in den vergangenen sechs Monaten die Zelle teilte. Shirvan Malik, 42 Jahre alt, ebenfalls Tschetschene, seit zehn Jahren in Österreich. Die beiden hatten, laut Auskunft der Wachmannschaft, ein auffallend gutes Verhältnis zueinander. Malik wurde vor fünf Tagen entlassen. Es bestehen keine Haftauflagen. Wir sind dabei, Maliks Weg nach der Entlassung zu verfolgen. Die erste Nacht verbrachte er bei einem Bekannten in Wien. Nach Aussage des Mannes verließ Malik am Samstag gegen Mittag die Wohnung. Wohin er wollte, darüber konnte oder wollte der Mann den Kollegen bei der Einvernahme keine Auskunft geben. Wir bleiben dran, durchleuchten auch Alibis und Umfeld aller anderen Kandidaten, die für den Anschlag auf Martin in Betracht zu ziehen sind.«

»Danke, Otmar.« Der Chef wendet sich Thomas Brunner zu. »Was hat die Spurensicherung zu bieten?«

Brunner betätigt die Kugelmaus auf seinem Laptop. Maliks Porträt verschwindet.

Das neue Bild zeigt den Spielzeug-Geländewagen.

»Wir haben das Auto untersucht, aber keine brauchbaren Spuren entdeckt. Auch die Fernbedienung wurde bisher nicht gefunden. Vermutlich hat sie der Schütze mitgenommen. Leider ist dieses Spielzeug kein Spezialmodell, dessen Verkauf wir aufgrund eines eingeschränkten Händlerkreises leichter nachverfolgen können. Für dieses Spielzeugauto findet man allein im Internet über 2.000 Anbieter. Von den knapp 500 Spielwarenfachgeschäften in Österreich führt jedes dritte dieses Modell. Es ist die Suche nach der berühmten Mini-Nadelspitze im XXL-Heuschober. Selbstverständlich beackern wir das Feld weiterhin.«

Wieder dreht er an der Computermaus. Über das grüne Geländeauto blendet sich ein zusammengesetztes Bild. Es zeigt Ansätze verschiedener Reifenspuren.

»Wie ihr seht, sind nicht alle Abdrücke von gleicher Qualität. Wir schätzen, dass es sich insgesamt um Spuren von fünf unterschiedlichen Fahrzeugen handelt. Ein Abdruck ist besonders auffällig. Er zeigt eine extreme Reifenbreite von 355 Millimetern, stammt vermutlich von einem großen Geländewagen. Autos mit derart großen Reifen gibt es nicht viele. Das wird der erste Ansatz für unsere Nachforschungen sein.«

»Habt ihr den Standort des Schützen lokalisiert?«

»Ja, und zwar genau hier.«

Die Abbildung der Reifenspuren verschwindet, sichtbar wird eine Luftaufnahme des Geländes. Innerhalb des Bildes laufen dünne gelbe Linien auf einen Punkt zusammen. Thomas Brunner geht zur Leinwand, fährt die Linien mit einem Laserpointer nach.

»Aus der Rekonstruktion der Flugbahnen aufgrund der Einschusswinkel und anhand der Treffer in Haus- und Gartenmauer können wir den genauen Punkt ermitteln. Unseren Ergebnissen nach hat der Schütze den Standort nicht gewechselt. Wir haben keine Patronenhülsen gefunden und auch keine verwertbaren DNA-Spuren. Die Form einiger kaum wahrnehmbarer Mulden zwischen Schussabgabestelle und Waldweg lassen vermuten, dass der Schütze Kunststoffhüllen über den Schuhen trug. Es gibt keine brauchbaren Sohlenprofile.«

»Profi?«

»Möglich.« Das Gesicht des Tatortchefs verzieht sich zu einem Grinsen. »Oder jemand, der CSI-Episoden aus dem Fernsehen kennt und weiß, dass man an Tatorten Schutzhüllen über der Kleidung tragen soll, um keine Spuren zu hinterlassen, die es den unermüdlich forschenden tapferen Tatortleuten ermöglichen, den Bösewicht zu fassen.« Er setzt sich wieder hin. Das Bild auf dem Screen erlischt.

»Sonst noch etwas?« Der Polizeipräsident blickt zu Otmar Braunberger.

»Noch kein Ergebnis bei der Befragung möglicher Zeugen. Bisher hat niemand im fraglichen Zeitraum ein Fahrzeug aus dem Waldstück kommen sehen.« Er schüttelt bedauernd den Stoppelfrisurkopf. »Dafür habe ich eine erfreuliche Nachricht von Wendy. Sie hat die Operation gut überstanden, darf in drei Tagen wieder nach Hause.«

Einige im Raum beginnen zu klatschen, die anderen stimmen spontan in den Applaus mit ein.

»Carola, bitte.« Kerner übergibt der Chefinspektorin das Wort. Die stellt sich an die Ermittlungstafel.

»Beginnen wir mit den möglichen Überschneidungen der beiden Fälle, falls der Heckenschütze tatsächlich aus dem Umfeld kommt, in dem sich Hans von Billborn in Salzburg bewegte. Wir sind die Liste der Personen durchgegangen, die unmittelbar mit dem Kongress zu tun haben. Fünf Vorstandsmitglieder des Paracelsusforums, zwölf Referenten, die beiden jungen App-Präsentatoren und die vier Ehrengäste, die an der Software interessiert waren. Vier aus diesem Personenkreis besitzen einen Waffenschein. Auf sie sind auch eine oder mehrere Waffen registriert. Es handelt sich um die Vorstandsmitglieder Achim Dräuner und Rautgunde Hella, den Referenten Urs Glürsch aus Freienbach in der Schweiz und Egon Kreuzbirn. Kreuzbirn und Rautgunde Hella haben auch eine Jagdlizenz.«

Die Aufzählung wird von den Bildern der Genannten begleitet, die auf der Leinwand erscheinen. Die Chefinspektorin nickt der Praktikantin im Team zu.

Tamara Kelinic erhebt sich von ihrem Platz.

»Laut Aussage der Sekretärin dürfte Kreuzbirn gestern Abend wie erwartet aus München zurückgekehrt sein. Der Wagen steht jedenfalls in der Garage. Als die Sekretärin heute um 10 Uhr ins Büro kam, war Kreuzbirn nicht anwesend. Sie hat auch keine Anweisungen gefunden, weder auf dem Schreibtisch noch im Mail. Sie versuchte tagsüber mehrmals, ihren Chef zu erreichen. Aber das Handy ist ausgeschaltet. Ich war vor einer halben Stunde nochmals bei Kreuzbirns Wohnhaus, in dem sich auch das Büro befindet. Kein Licht hinter den Fenstern. Von Kreuzbirn keine Spur.«

»Wo ist das Wohnhaus?«, will der Polizeichef wissen.

»In der Schwarzstraße, in der Nähe der Christuskirche.«

»Danke, Frau Kollegin.« Die Praktikantin nimmt wieder Platz.

Für einen Augenblick herrscht Stille im Raum. Die Blicke sind auf den Polizeichef gerichtet. Der überlegt eine Weile.

»Ich werde mit der Staatsanwältin reden. Aber sie wird ebenso wie wir alle keinen rechtlich haltbaren Grund erkennen, Egon Kreuzbirn zur Fahndung auszuschreiben.«

»Das sehe ich leider auch so«, ergänzt die Chefinspektorin. »Die Suppe ist zu dünn. Ein angesehener Geschäftsmann interessiert sich für eine Software, so wie drei andere Mitbewerber auch. Einer der Mitbewerber kommt unter mysteriösen Umständen zu Tode. Handy, Ausweis, Brieftasche fehlen. Das deutet zunächst eher auf Raubüberfall mit tödlichem Ausgang hin. Kreuzbirn hat zwar keine Zeugen, die sein Alibi bestätigen. Er war im Bett, allein in seinem Haus. Der Wunsch, einen Konkurrenten auszustechen, ist nachvollziehbar. Dies allerdings mittels Gewalt zu erledigen, scheint als Motiv etwas weit hergeholt. Die Tatsache, dass er ein Jagdgewehr besitzt und seit dem Anschlag auf Martin verschwunden ist, mag die Verdachtslage erhöhen. Aber Martin ist Kreuzbirn ja gar nie nahegekommen. Meines Wissens sind sich die beiden nur beim Festakt für wenige Minuten begegnet. Wenn Kreuzbirn sich bedrängt fühlte, weil er tatsächlich der Mörder von Billborn ist, dann hätte er doch die Hauptverantwortlichen für die laufende Ermittlung abgeknallt, also Otmar und mich.«

»Tatsache bleibt aber, er ist verschwunden!«, wirft einer der Kollegen ein.

»Ja, aber vielleicht hat er die Nacht einfach ganz woanders verbracht und ist von einem möglichen amourösen Abenteuer noch nicht heimgekehrt. Alles wird er seiner Sekretärin auch nicht erzählen. Wir werden also sicherlich noch mindestens einen Tag abwarten müssen. Taucht er dann immer noch nicht auf, wird die Staatsanwaltschaft eher bereit sein, aktiv zu werden. Ich habe dennoch vorsorglich meine guten Kontakte genutzt. Flughafen- und Bahnhofspolizei sowie einigen weiteren Dienststellen wurde bereits Kreuzbirns Foto übermittelt. Die Kollegen halten die Augen offen. Alles inoffiziell natürlich.«

»Danke, Carola.« Der Polizeipräsident schaut prüfend in die Runde. »Wenn sonst nichts anliegt, dann entlasse ich euch.«

Die Teammitglieder erheben sich, verlassen den Raum.

»Habt ihr beide etwas von Martin gehört?« Kerner hält Braunberger und die Chefinspektorin zurück. Beide bedauern, den ganzen Tag über keinen Kontakt mit Merana gehabt zu haben.

»Ich hoffe, er ist so vernünftig und meldet sich bei uns, wenn er aus dem Pinzgau zurückkommt. Ich gehe davon aus, Günther, dass du die Kollegen vom Einsatzkommando weiterhin sein Haus bewachen lässt.«

»Selbstverständlich«, bestätigt der Polizeichef. »Jeder Lieferwagen, jeder Fußgänger, jeder Postbote im Umkreis von drei Kilometern wird weiterhin kontrolliert. Wir werden keinen möglichen Todesschützen und keinen potenziellen Bombendeponierer in seine Nähe lassen. Vorausgesetzt, der für seine sture Eigenwilligkeit bekannte Herr Merana spielt dabei mit.«

Carola stimmt in das Seufzen des Chefs mit ein. »Warum dauert es so lange, bis die Staatsanwältin Billborns Leichnam freigibt?«, will Kerner wissen.

Die Chefinspektorin lächelt. »Diese Frage musst du an unsere verehrte Frau Doktor Plankowitz weiterleiten. Sie hat die Staatsanwaltschaft ersucht, noch einige spezielle, aber äußerst langwierige Untersuchungen durchführen zu dürfen. Der Täter hat vermutlich Handschuhe getragen. Die Abdrücke an Billborns Nacken weisen zumindest darauf hin. Eleonore versucht fieberhaft, allerwinzigste Spuren zu finden, die vielleicht von den Handschuhen stammen. Sie hat mir irgendeine komplizierte Methode erklärt, bei der Mikroben im Wasser und mögliche Leder- oder Textilmoleküle eine Rolle spielen, in Verbindung mit sich verändernden organischen Prozessen durch Verdauungssäfte … ich habe es nicht kapiert! Vielleicht schnallt das höher entwickelte Gehirn des Herrn Präsidenten, was Frau Doktor damit meint.«

»Ich werde mich hüten, nachzufragen.«

DONNERSTAG, 29. OKTOBER

»Hi, Merana, wo treibst du dich herum?« Die Frau, die aus der Box der Freisprechanlage zu vernehmen ist, klingt aufgeweckt.

»Guten Morgen, Jutta, ich fahre eben aus dem Pinzgau zurück in die Stadt.«

»Deine Stimme hat einen sonderbaren Klang.«

»Das liegt daran, dass mir der Schädel brummt. Zwei Pinzgauer Senioren haben gestern Abend versucht, mich mit Vogelbeerbrand abzufüllen.«

»Ist die Kräuterteephase vorüber?«

»Es scheint so. Ich habe eine Frage an die Journalistin. Sagt dir der Name Rissenkamp etwas? Den Vornamen weiß ich leider nicht. Die Dame ist im September 1975 hier im Pinzgau unter nicht ganz nachvollziehbaren Umständen ums Leben gekommen.«

Er hört keine Antwort. Das Schweigen dauert fast eine halbe Minute.

»Jutta, bist du noch dran?«

»Wenn es die Frau ist, die du meinst, dann hieß sie mit Vornamen Gisela. Ich habe eben den Namen gegoogelt. Die Infolage ist allerdings äußerst spärlich. Ich werde mich mal durch das Archiv unserer Zeitung wühlen, vielleicht finde ich dort mehr zu der Dame. Wenn du in die Stadt zurückkommst, besuch mich in der Redaktion. Dann bekommst du eine Kopfwehtablette samt Espresso.«

»Klingt verlockend. Danke.«

Zwei Stunden später stellt er das Auto in der Tiefgarage des Redaktionsgebäudes ab, in dem Jutta Ploch arbeitet. Er fährt mit dem Lift in den vierten Stock, betritt das Büro der Kulturjournalistin. Frischer Kaffeeduft dringt ihm in die Nase. Die Tasse mit der nachtschwarzen Flüssigkeit steht auf dem zierlichen Besuchertischchen.

»Bist du seit Neuestem auch Hellseherin?« Er zeigt auf die dampfende Schale.

Ihr Lächeln ist spitzbübisch. »Nein, der Portier, der dir die Schranken öffnete, hat mich angerufen.«

Auf einem Extrateller liegt eine kleine weiße Pille. Er verzichtet auf die Tablette, er fühlt sich gut. Der Kaffee ist heiß und stark, ganz nach seinem Geschmack.

»Was hast du herausgefunden?«

»Nicht viel. Gisela Rissenkamp, geboren in Bochum. Beruf: Partykönigin. Erbin eines beträchtlichen Vermögens. Die Familie machte früher in Stahl, später in Automatisierungstechnik. Gisela Rissenkamp war regelmäßig Gast bei den Salzburger Festspielen, fehlte bei keinem Society-Event. Dazu gibt es auch einige Fotos.« Sie öffnet eine Datei an ihrem Laptop. Drei Aufnahmen erscheinen. Auf allen drei Bildern ist dieselbe Frau im Mittelpunkt des Geschehens. Dichte schwarze Locken umrahmen ein braungebranntes Gesicht. Die Lippen sind voll und tiefrot. Der Blick hat etwas Gieriges. Auf zwei der Aufnahmen trägt Gisela Rissenkamp ein langes Abendkleid. Eine Szene wurde im Foyer des Großen Festspielhauses aufgenommen, die andere beim Empfang einer Schallplattenfirma. Das dritte Bild zeigt Gisela Rissenkamp mit einer Gruppe von Leuten in einer Hotelbar. Sie sitzt im roten Minikleid auf einem Klavier, hat die nackten Beine aufreizend übereinandergeschlagen.

»Wer ist der Mann auf dieser Aufnahme? Sein Gesicht ist schlecht auszumachen, aber er kommt mir bekannt vor.«

»Das ist Curd Jürgens. Der spielte damals in Salzburg den Jedermann. Und der ließ es nicht nur auf der Theaterbühne krachen. Mehr Fotos über die Dame habe ich bisher leider nicht gefunden.«

Sie lässt die Bilder auf dem Screen stehen, widmet sich wieder ihren Notizen.

»Gisela Rissenkamp ist tatsächlich im September 1975 gestorben. Auch der Pinzgau wird in den Berichten erwähnt. Die Frau war damals 38. Was auffällt: Zwei Tage lang finden sich eine Fülle von Meldungen in allen Boulevardblättern, und dann – niente! Es gibt keinen Hinweis zum exakten Todeszeitpunkt, allein das Datum der Begräbnisverabschiedung habe ich gefunden. 15. September. Zur genauen Todesursache stößt man nur auf Spekulationen. Einmal ist ein Herzversagen angedeutet. Sonst heißt es meistens ›unter rätselhaften Umständen‹.«

Zu Tode gemaust. Aber diese Version aus dem Pinzgauer Volksmund wird wohl keinen Eingang in die internationale Presse gefunden haben.

»Verrätst du mir jetzt, warum dich das interessiert, Merana?«

Er berichtet vom gestrigen Ausflug, von seiner Begegnung mit Gabriel Wegner.

»Die Rissenkamp ist in ihrer Hütte auf demselben Berg umgekommen, wo auch deine Mutter starb?«

»Es sieht ganz danach aus.«

»Und über vierzig Jahre später stirbt in Salzburg Hans von Billborn, den deine Mutter im selben Sommer kennenlernte. Siehst du da einen Zusammenhang, Merana?«

»Ich weiß es nicht. Ich komme mir vor wie ein Bergsteiger im Nebel am Fuß der Eiger Nordwand. Ich ersehe auch aus deinen Rechercheergebnissen keine Ritze, in die ich meinen nächsten Haken einschlagen könnte.«

Sie überlegt. Zwischen ihren makellos geschminkten Augenbrauen entsteht eine Falte. »Ich kenne jemanden, der dir vielleicht weiterhelfen kann. Er war 43 Jahre lang Portier im Hotel ›Goldener Hirsch‹. Er kannte alles und jeden. Er hat Königinnen die Hand gereicht, Gunther Sachs aus dem Jaguar geholfen, mit Yul Brynner über Whiskeymarken und Haarwuchsmittel geplaudert und Operndiven beruhigt, wenn ihnen vor Premieren die Knie schlotterten. Salzburger Hotelportiers wissen alles. Sie kennen die absurdesten Vorlieben ihrer Gäste. Sie wissen aus aufgeschnappten Unterhaltungen von drohenden Börsencrashs lange vor jeder Aufsichtskommission.

Und wenn das denkbar Unmöglichste nicht mehr möglich erscheint, dann wissen sie auch hier Abhilfe. Sie organisieren für ihre Stammgäste auch noch drei Stunden vor Beginn Opernkarten für längst ausverkaufte Veranstaltungen mit Anna Netrebko.«

»Wie heißt dein Wunderwuzzi?«

»Sein Name ist Wernfried Altenstatt. In zwei Jahren feiert er seinen Neunziger. Zu seinem 70. Geburtstag, zugleich sein letzter Arbeitstag, habe ich ein Porträt über ihn gemacht. Es war einer meiner ersten Aufmacher für die Kulturseite in diesem Haus. Der Chefredakteur war so begeistert, dass er mich zum Essen einlud, eine Art kalorienreicher Ritterschlag. Ich kann mich sogar noch an den schwülstigen Beginn meiner Reportage erinnern: ›Diese grauen Augen haben schon alles gesehen. Aber der Mund bleibt umsichtig verschlossen. Diskretion ist sein zweiter Vorname‹.« Spitzes Lachen perlt aus ihrem Mund, sie verschluckt sich, ringt nach Luft. »Ach, Merana, bisweilen sind mir die Kitschgäule durchgegangen, wenn ich so an meine ersten Schreibversuche als Journalistin denke.« Sie wischt sich die Tränen aus den Augenwinkeln. »Schauderhaft!«

»Aber dem Chefredakteur hat es gefallen.«

»Offenbar. Ich weiß bis heute nicht, warum.«

»Wo finde ich Mister Diskretion?«

Sie blickt auf die Uhr. »In knapp zwei Stunden am Fenstereckttisch im ›Café Bazar‹.

Dort sitzt er jeden Nachmittag pünktlich ab 15 Uhr und ackert sich durch die in- und ausländischen Zeitungen. Ich telefoniere mit ihm und kündige dich an.«

Das Wasser der Salzach erscheint ihm heute zementgrau, kaum heller als die Färbung des Himmels über der Festung. Die Wellen schlüpfen träge an ihm vorbei. Einem schlappen Band gleich müht sich der Fluss durch das breit gewundene Bett zwischen den Ufern. Ab und zu hebt eine Welle ihr Gischtkrönchen aus dem farblosen Untergrund, versinkt gleich wieder ermattet im grauen Brei. Merana hat sich auf eine der Bänke am rechten Ufer gesetzt, schaut aufs Wasser. Die ›Amadeus‹ verlässt auf der gegenüberliegenden Seite schaukelnd ihre Anlegestelle, treibt von der Plattform in die Mitte des Flusses. Selbst die Bewegung des Ausflugsschiffes erscheint ihm heute verlangsamt. Kraftlos tuckert das Boot flussaufwärts. Er hängt seinen Gedanken nach, lässt sie wie ein Papierschiffchen auf den Rücken der müden Flusswogen reiten. Das Gesicht des alten Mannes auf dem Berg. Das Schimmern der Lärchen unterhalb der Absturzstelle. Der neunjährige Bub am Rand der ausgehobenen Grube. Zwei lachende Menschen auf einem Schwarz-Weiß-Foto. Die Frau im roten Minikleid mit den aufreizend übereinandergeschlagenen Beinen. Der dunkle Schatten von Wendy, die auf den Wald zuhetzt. Das Mündungsfeuer zwischen den Bäumen. Das Marmorlächeln von Helena über der Schulter des Trojaners. Die toten Augen der steinernen Masken in der Bastionsmauer. Jennifer auf der Parkbank. Die helle Gischt der Wasserfontäne vor dem kobaltblauen Himmel. Die Wellen der Salzach tragen seine Gedanken fort, lassen die Bilder treiben, weit über den Horizont hinaus. Er will den ehemaligen Portier nicht gleich zu Beginn seines täglichen Kaffeehausrituals stören. Der Klang von Glockentönen schwingt von einigen Kirchen bis zu seinem Platz am Ufer. Drei Schläge. Er schaut den Spaziergängern zu, spürt die Leere in seinem Kopf. Er wartet lange. Beim nächsten Glockenschlag erhebt er sich, verlässt die Promenadenbank.

Nur wenige Plätze sind unbesetzt, als Merana gegen halb vier das ›Café Bazar‹ betritt. Auf allen freien Tischen stehen Reserviert-Schilder. Wernfried Altenstatt sitzt in der Ecke und liest in der ›Neuen Zürcher Zeitung‹. Er trägt ein dunkles Jackett über dem weißen Hemd. Der

Krawattenknopf ist makellos gebunden. Als Merana sich dem Tisch nähert, blickt er auf, legt die Zeitung beiseite. Würde man dem weißhaarigen alten Mann einen Zylinder in kecker Haltung auf den Kopf setzen, er könnte glatt als Johannes Heesters' Double durchgehen.

»Herr Kommissar, darf ich Ihnen einen angenehmen Nachmittag wünschen und zugleich meiner Freude Ausdruck verleihen, Ihre Bekanntschaft zu machen.«

Der Händedruck des Mannes ist fest, sein Lächeln ungezwungen. Merana setzt sich an den Tisch, bestellt eine Melange.

»Wenn ich eine Empfehlung aussprechen darf, der Topfenstrudel ist heute ausgezeichnet.« Der Kellner bringt den Kaffee, Merana bestellt einen Topfenstrudel.

»Ich gestehe, kein regelmäßiger Leser von Kriminalfällen auf Chronikseiten zu sein. Dennoch habe ich vor Jahren aufmerksam die Entwicklung im Mordfall Hans Dieter Hackner verfolgt.* Mir war Hackner natürlich durch sein vielfältiges Mitwirken als Regisseur und Schauspieler im Rahmen der Salzburger Festspiele bekannt. Ohne Ihnen schmeicheln zu wollen, darf ich dennoch meinen Respekt ausdrücken, wie Sie den Fall schlussendlich gelöst haben.«

Merana bedankt sich mit einem kurzen Nicken. Eine Serviererin stellt ihm die Mehlspeise hin. Er nimmt die Gabel, kostet ein Stück. Er hat sich mehr erwartet. Vielleicht sind die Geschmacksnerven eines Achtundachtzigjährigen auch anders konditioniert als seine.

»Gehören Sie zur wachsenden Anzahl von Salzburgern, die erfreulicherweise die Festspiele in der eigenen Stadt regelmäßig besuchen?«

---

* siehe *Jedermanntod*

»Regelmäßig wohl nicht, aber zumindest gelegentlich.«

»Wie sind Sie mit dem Niveau zufrieden?«

»Ich kann nur über die letzten Jahre sprechen. Da durfte ich einige herausragende Konzerte und Aufführungen erleben.«

»Das freut mich für Sie. Ich komme natürlich aus einer anderen Zeit und kann Ihnen nicht vorbehaltlos zustimmen.«

»Erinnern Sie sich an den Festspielsommer 1975?«

»Selbstredend.« Die wässrigen Augen beginnen zu funkeln. »Don Carlo im Großen Festspielhaus, mit den größten Stars, die die Musikwelt damals zu bieten hatte: Placido Domingo, Mirella Freni, Christa Ludwig, Piero Cappuccilli. Und im Orchestergraben dirigierte der Maestro aller Maestri: Herbert von Karajan! Ja, das waren noch andere Zeiten!« Dann rattert er Merana Daten und Namen aus dem Jahr 1975 herunter. Premierentermine, Orchesterkonzerte, Operntitel, Così fan tutte, Le nozze di Figaro, Die Frau ohne Schatten, alle Dirigenten der Wiener Philharmoniker, die Namen von Regisseuren und Darstellern. Merana lässt das Stakkato über sich ergehen, kaut lustlos an seinem Strudel und wartet. Immerhin fasziniert ihn die Gedächtnisleistung des alten Mannes. Die Gehirnzellen dürften noch wesentlich besser funktionieren als die Geschmacksnerven.

»Und als Krönung dieses unvergleichlichen Sommers! Auf der Jedermannbühne waren zwei Weltstars zu bewundern! Curd Jürgens und Senta Berger!«

Der alte Mann holt Atem, nippt an seinem kalten Kaffee.

»War Curd Jürgens auch Gast im ›Goldenen Hirsch‹?«

»Wenn ihm der Sinn nach fester Nahrung stand, dann

schon. Dann durften wir ihn in unserem Restaurant begrüßen, im ›Herzl‹. Wenn er sich Hochprozentiges hinter die Binde gießen wollte, dann zechte er lieber im ›Stadtkrug‹ auf der anderen Salzachseite.«

Merana erinnert sich, auf alten Fotos, die immer noch im Restaurantbereich des Traditionshotels ›Stadtkrug‹ hängen, auch Curd Jürgens gesehen zu haben.

»Mich interessiert ein Gast, der Mitte der 1970er-Jahre regelmäßig in Salzburg logierte. Vielleicht kannten Sie die Dame. Sie hieß Gisela Rissenkamp.«

»Die Gisi? Natürlich kannte ich die wilde Gisi. Wenn Frau Rissenkamp in Salzburg weilte, dann bevorzugte sie natürlich das prominenteste Hotel der Stadt, das Haus mit der größten Tradition, erste urkundliche Erwähnung 1407, also den ›Goldenen Hirschen‹.«

»Sie soll, wie ich hörte, einen ziemlich ausgelassenen Lebensstil gepflegt haben.«

»Sie dürfen das Kind ruhig beim Namen nennen, Herr Kommissar. Die Gisi war ein heißer Partyfeger, der nichts anbrennen ließ. Ich war über vierzig Jahre im Hotel. Aber einen Gast mit einer derartigen Gier nach den vielfältigen Genüssen des Lebens habe ich selten erlebt.«

»Männerbekanntschaften?«

»In rauen Mengen. Jede zweite Nacht einen anderen. Und sie konnte jedem Mann den Kopf verdrehen. Sie hat keine großen Unterschiede gemacht, ob es ein attraktiver Blumenverkäufer vom Grünmarkt war oder ein allseits begehrter Feschak aus der High Society. Wenn ihr einer gefiel, dann schlief sie mit ihm. Sie stand vor allem auf junge Männer. Ich hätte mich gerne von dieser rassigen Frau abschleppen lassen, aber ich war ihr mit Mitte vierzig viel zu alt.«

»Hat Frau Rissenkamp sich auch mit dem Hotelpersonal eingelassen?«

Er zwinkert. »Selbstverständlich. Vom Zahlkellner über den Barpianisten bis zum Hauschauffeur. Attraktiv mussten die Kerle sein und jung! Bei älteren Kalibern hat sie meines Wissens nur eine einzige Ausnahme gemacht.«

»Curd Jürgens?«

Der alte Mann lacht verschmitzt, schaut ihn mit stoisch ruhigem Blick an.

Mein zweiter Vorname ist Diskretion.

»Können Sie sich an Frau Rissenkamps Tod erinnern?«

»Ja, tragisch. So unerwartet. Mitten aus dem blühenden Leben gerissen.«

»Frau Ploch hat über das Ereignis in alten Presseberichten recherchiert, aber kaum Details gefunden. Das wundert mich. Gisela Rissenkamp stand doch offenbar im Scheinwerferlicht der besseren Gesellschaft.«

»Dass so gut wie nichts über die näheren Hintergründe zu ihrem Ableben bekannt wurde, dafür hat schon die Familie gesorgt. Die hat mächtig Druck auf die Medien ausgeübt. Die Familie wollte mit allen Mitteln verhindern, dass allzu viel über ihr Liebesnest in den Pinzgauer Bergen durchsickerte. Nach Ende der Festspiele hat sie sich immer noch für ein bis zwei Wochen auf ihre Hütte zurückgezogen. Auch da ging es rund. Schade, dass unser ehemaliger Zahlkellner nicht mehr lebt. Der könnte Ihnen die wildesten Sachen berichten. Den hat sie sich im Jahr davor in die Hütte geholt. Für zwei Nächte. Am nächsten Tag stand schon ein anderer vor der Tür. Ja, so war sie, die wilde Gisi.«

Eine verträumte Miene legt sich auf das faltige Gesicht.

»Schade, dass sie den darauffolgenden Festspielsommer nicht mehr erlebte. Sie war in Salzburg nicht nur an Partys interessiert, sie verstand auch viel von Musik. 1976 gab es einen großartigen ›Idomeneo‹, mit Peter Schreier als Idamantes. Das hätte ihr gut gefallen. Sie mochte Mozartopern. Wir haben uns oft darüber unterhalten.«

Merana lädt den auskunftsfreudigen ehemaligen Portier auf einen Cognac ein. Der alte Mann befragt Merana nach seinen Lieblingsopern. Sie diskutieren beide noch ihre kontroversen Ansichten zu einer Don Giovanni Produktion der vergangenen Jahre.

Dann bedankt sich Merana für das Gespräch.

»Ich habe zu danken, Herr Kommissar. Mir bieten sich leider viel zu wenige Gelegenheiten, in alten Zeiten zu schwelgen. Ich habe diese Begegnung mit Ihnen sehr genossen. Richten Sie bitte der verehrten Frau Ploch meine besten Grüße aus. Ich küsse im Geiste ihre Hand.« Merana bezahlt die Rechnung, verabschiedet sich und verlässt das Café.

Um 16 Uhr läutet Carola Salmans Handy. Es meldet sich eine dunkle Männerstimme.

»Frau Chefinspektorin, hier spricht Revierinspektor Arnulf Dengler, PI Bahnhof. Wir haben eben bei einer routinemäßigen Kontrolle einen 21-jährigen Obdachlosen aufgegriffen. Der Mann hat, als er uns bemerkte, versucht, sich der Personenkontrolle mittels Flucht zu entziehen. Wir konnten seiner allerdings habhaft werden. Laut Auskunft des Mannes ist sein Name Bastian Hilding. Mangels Ausweispapieren konnten wir die Angaben bisher nicht überprüfen. Neben Substanzen, die möglicherweise unter

Verstoß gegen das Suchtmittelgesetz fallen, führt der Mann auch ein behördliches Dokument bei sich. Einen Reisepass, lautend auf den Namen Hans von Billborn.«

Carola Salman richtet sich wie elektrisiert auf.

»Hat der Mann ausgesagt, woher er den Pass hat?«

»Er behauptet, er habe ihn gefunden.«

»Lassen Sie sich diesen angeblichen Fundort zeigen. Überprüfen und dokumentieren Sie die Stelle. Dann bringen Sie Herrn Hilding bitte umgehend zu uns in die Polizeidirektion.«

»Wird gemacht, Frau Chefinspektorin.«

Carola wählt Otmars Nummer, unterrichtet ihn vom Anruf des Streifenkollegen.

»Hatte der Mann nur den Reisepass bei sich oder auch Billborns Brieftasche?«

»Davon hat der Revierinspektor nichts berichtet.«

»Gut. Wenn er bei uns eintrifft, können wir ihn selber befragen.«

Eine halbe Stunde später sitzt ihnen ein hohlwangiger Mann gegenüber. Dunkle Rillen unter den Augen, fettiges Haar, Anzeichen eines Fransenbartes am Kinn. Seine Hände zittern. Braunberger schiebt ihm einen Pappbecher mit Automatenkaffee hin. Gierig greift der Mann danach, trinkt, verschluckt sich, hustet, trinkt weiter, stellt den halbvollen Becher ab. Bis jetzt hat der zur Einvernahme überstellte Obdachlose kein einziges Wort gesprochen.

»Sie heißen also Bastian Hilding. Geburtsdatum? Gibt es eine Adresse, unter der Sie früher gemeldet waren?«

Keine Reaktion. Der Mann grinst ihn nur an. Der Abteilungsinspektor greift über den Tisch, nimmt mit einer schnellen Bewegung den Pappbecher an sich.

»He, was soll das?«

»Zu viel Kaffee schlägt sich auf die Ohren. Da hört man keine Fragen, die einem gestellt werden.«

»Ich beantworte hier überhaupt keine Fragen mehr. Ich gehe jetzt. Ich lasse mich von euch Bullenschweinen nicht terrorisieren.«

Braunberger schnüffelt. »Carola, riechst du hier irgendwo Schweine?«

»Nein, ich rieche nur den Angstschweiß eines bedauernswerten Junkies, der sich vor Angst gleich in die Hosen macht.«

Ihr Gegenüber schnellt vom Stuhl hoch, muss sich an der Tischplatte festhalten, um nicht zu schwanken.

»Hinsetzen!« Die Stimme des Abteilungsinspektors ist scharf wie eine frisch geschliffene Klinge. »*Wir* sagen dir, wenn wir hier fertig sind.«

Die Mundwinkel des Mannes zucken. Erneut greift er nach der Tischplatte, um nicht zur Seite zu kippen. Dann lässt er sich auf den Stuhl plumpsen. Die Chefinspektorin beugt sich vor, deutet auf das Foto des großen Mülleimers, der an einem Laternenpfahl hängt, und auf einen ausgebreiteten Plan. Das Gelände rings um den Hauptbahnhof ist darauf zu sehen.

»Sie behaupten also, den Reisepass in diesem Abfallkorb gefunden zu haben. Wann war das?«

Seine Zunge fährt über die spröden Lippen. »Da muss ich erst nachdenken. Was kriege ich, falls es mir einfällt?«

»Dann wickeln wir extra eine bunte Schleife um die Anklage wegen Raubmordes und überbringen sie dir persönlich, anstatt sie mit der Post zu schicken.«

Braunberger schiebt ihm den Kaffee wieder hin.

»*Was?*« Geistesabwesend greift der junge Mann nach dem Becher, trinkt. Auf seiner Stirn zeigen sich Schweißperlen. »Was heißt da Raubmord?«

Die Chefinspektorin blickt ihr Gegenüber mit gespielt freundlicher Miene an. Ihre Hände stecken in dünnen Plastikhandschuhen. Sie schlägt den Reisepass auf, deutet auf das Foto. »Dieser Mann wurde vor einer Woche tot im Mirabellgarten aufgefunden, mit Verletzungen am Kopf und Wasser in den Lungen. Brieftasche, Handy und Reisepass sind verschwunden. Sie wurden heute mit dem Reisepass des Ermordeten in der Tasche aufgegriffen. Zuvor haben Sie versucht zu fliehen. Und jetzt zählen Sie einmal zwei und zwei zusammen.«

Die Zunge zuckt mehrmals über die Lippen. Die Schweißperlen auf der Stirn werden größer. Braunberger greift unter den Tisch, zieht eine Mineralwasserflasche hervor. Er schraubt sie auf, reicht sie dem Mann. Der greift zitternd danach, trinkt in großen Schlucken.

»Ich habe mit dem Überfall nichts zu tun. Ich habe heute Mittag in dem Müllkübel nach Essensresten gesucht. Manchmal schmeißen die Leute halb verzehrte Sandwiches weg oder Süßigkeiten. Ich habe den Pass in der Tonne gefunden und eingeschoben.«

»Weil du ihn als pflichtbewusster Staatsbürger heute noch bei der nächsten Polizeiinspektion abgeben wolltest …«

»Genau.«

» … anstatt ihn an einen rumänischen Hehler zu verscherbeln, der dir ein paar Euro dafür gibt«, ergänzt die Chefinspektorin.

»He, das ist eine Unterstellung!«, brüllt der Mann.

Otmar Braunberger schüttelt missbilligend den Kopf. »Wenn du deinen Tonfall nicht auf der Stelle änderst, gibt es keine bunte Schleife bei Zustellung der Anklage.«

In den Augen des Junkies flackert es, erneut zucken die Mundwinkel. Dann knicken die angespannten Züge seines Gesichts ein wie Strohhalme. Ein zerknirschtes Häuflein Elend sitzt ihnen gegenüber. »Sorry.« Seine Stimme ist kaum zu vernehmen.

»Na sehen Sie, Herr Hilding, es geht ja.« Der Abteilungsinspektor schließt sein braunes Notizbuch. »Jetzt überprüfen wir einmal gemeinsam die Angaben zu Ihrer Person. Dann nehmen wir Ihnen einen Tropfen Speichel ab für die DNA-Probe.

Anschließend holen wir uns Sandwiches aus der Kantine. Und dann machen wir weiter.«

Wind ist aufgekommen. Als Merana durch den Wintergarten des ›Bazar‹ auf die Straße tritt, erfasst ihn eine Böe, wirbelt ihm feuchte Blätter gegen das Gesicht. Er stellt den Kragen der Jacke auf, zieht den Kopf ein. Sein Weg führt ihn am ›Hotel Sacher‹ vorbei. Nach wenigen Schritten erreicht er die Kreuzung, bleibt stehen. Er überlegt. Dann macht er kehrt. Der Hotelportier hält ihm die Tür auf. Im Foyer unterhalten sich zwei italienische Gäste mit einer Dame an der Rezeption. Leise Klaviermusik ist zu hören. Sie kommt aus der Hotelbar. Merana folgt den Klängen.

Er sieht sie in der Ecke sitzen, allein, ein Glas Rotwein vor sich. Ihr Blick ist ins Leere gerichtet. Der Barpianist beendet eben seine swingende Version von »Aux Champs Elysées«, spielt eine Überleitung. Gleich darauf setzen seine geschmeidigen Finger zu den ersten Akkorden von »My Way« an.

And now the end is near and so I face the final curtain. Merana singt innerlich mit, hört Sinatras Stimme in sich klingen.

»Guten Abend, Herr Merana.« Ihre Stimme ist leise. Die Augen blicken müde. Mit den Fingern dreht sie gedankenverloren an den Enden ihrer langen Haare. Im schwachen Glanz der Barbeleuchtung erinnert ihn die Farbe an die dunkle Rinde alter Kirschbäume. »Ich freue mich, Sie zu sehen. Darf ich Ihnen etwas bestellen?«

Er wählt ein Ginger Ale. Sie lässt ihr Haar aus, hebt das Weinglas, prostet ihm zu. »Auf das Leben!« Ihr Blick wirkt verloren, das Sprechen fällt ihr schwer. Der schwere Zungenschlag ist nicht zu überhören. »Entschuldigen Sie, ich trinke normalerweise wenig. Das ist schon mein drittes Glas.« Sie nippt am Wein, ihre Augen wandern zum Barpianisten, dann tasten sie sich wieder zurück. »Wie ist es, wenn man durch seinen Beruf ständig auf einem schwankenden Hochseil unterwegs ist und Gefahr läuft, sein Leben zu verlieren? Carola hat mir heute Mittag von dem Anschlag auf Sie berichtet.«

Ihr Blick ist der eines Kindes, das eine Geschichte erzählt bekommen will, weil es Angst vor der Dunkelheit hat.

»Der Eindruck täuscht. Ganz so gefährlich war meine Arbeit bisher auch wieder nicht.«

»Hängen Sie am Leben?«

Nein, ist er versucht zu sagen, *nicht mehr*. Doch er zögert. Etwas hat sich verändert in den letzten Tagen. Er kann es nicht benennen. Aber es hindert ihn daran, jetzt einfach Nein zu sagen. »Hängen *Sie* am Leben?«

Die Haut um ihren Mund beginnt zu zucken. Sie presst die Lippen fest aneinander. Dann nickt sie mit dem Kopf, langsam, aber heftig, als müsste sie sich selbst davon überzeugen. Ihre Augen füllen sich mit Wasser.

»Aber es droht, mir zu entgleiten.« Ihr Blick starrt wieder ins Leere. Tränenspuren schimmern auf der Haut der fein geschwungenen Jochbögen. Mit einem Ruck stellt sie das Glas ab. »Entschuldigen Sie, ich neige normalerweise nicht zu übergroßer Sentimentalität.« Ihre Hand wischt energisch über die Augen.

Yes, there were times, I'm sure you knew, when I bit off more than I could chew, hört Merana Frank Sinatra singen, obwohl der Mann am Klavier weiterhin nur die Melodie spielt.

»In der ersten Nacht war ich erschöpft, bin im Schlaf in ein tiefes Loch gefallen. Dann hatte ich viel zu erledigen. Das hat mich abgelenkt, hielt mich auf Trab. Mitarbeiter informieren. Die Verantwortung für Projekte, an denen mein Vater arbeitete, umverteilen. Trauerkarten verschicken. Über Telefon und Internet Absprachen mit dem Bestatter treffen. Aber jetzt sitze ich im Zimmer, stapfe bei stürmischem Herbstwind an der Salzach entlang, betrinke mich hier in der Bar und bekomme die Gedanken nicht mehr weg. Sie überschwemmen mich.«

Die Haut auf ihrer Stirn spannt sich. Die Augenbrauen bilden große Bögen. Ihr Blick ist durchdringend, fast flehend. *Verstehen Sie mich, Herr Kommissar,* scheint ihre Miene zu sagen. Ja, er versteht sie.

»Anderen mag es gleichgültig erscheinen, wenn sie bei tragischen Vorfällen nicht jedes Detail der Ursache kennen. Aber mir ist es nicht egal. Ständig dröhnen in mir dieselben Fragen. Wer hat meinem Vater das angetan? Und vor allem: WARUM?«

Ihre Finger umklammern das Glas. Wie die katzengesichtigen Affen den Rand der Vasen, ehe sie abstürzen. »Diese Ungewissheit frisst mich auf.« Ihre Stimme ist zum Flüstern geworden. Mit gesenktem Kopf starrt sie auf den Boden. Einige Haarsträhnen haben sich gelöst, hängen ihr über die Augen. Wie ein feines Netz, das dunkle Perlen versteckt. Sie beachtet es nicht. Minutenlang verharrt sie in dieser Haltung. Dann streckt sich ihr Oberkörper. Sie richtet sich auf. Ihre Bewegung erinnert an eine Ballettelevin, die sich um straffe Haltung bemüht. Sie führt das Glas an den Mund, trinkt.

»Carola hat mir heute von der Aussage eines Tagungsteilnehmers berichtet.« Sie strengt sich an, ihrer Stimme festen Klang zu verleihen. »Der Mann hat beim Galadiner in der Villa meinen Vater in einem heftigen Disput mit Egon Kreuzbirn beobachtet. Von welchen ›Codes‹ hier die Rede war, konnte ich Carola auch nicht mit Bestimmtheit sagen. Vielleicht meinte mein Vater ›Code of Conduct‹. Das ist eine branchenübliche Bezeichnung für gewisse Verhaltensregeln bei geschäftlichen Verhandlungen. Eine Art Verhaltenskodex, den Kreuzbirn schon des Öfteren unterlaufen hat. In einem Fall waren auch wir die Benachteiligten. Allein zu wissen, dass Kreuzbirn in der Nacht, in der mein Vater starb, eine heftige Auseinandersetzung mit ihm hatte, war für mich ein triftiger Grund, drauflosstürmen zu wollen, um ihn zur Rede zu stellen.«

Der Ausdruck von Traurigkeit in ihren Augen ist verschwunden, hat sich in sprühendes Funkeln verwandelt. »Am liebsten hätte ich Kreuzbirn mit beiden Händen einen Stoß gegen die Brust versetzt und ihn angebrüllt: *Was haben Sie meinem Vater angetan?*«

Sie faucht wie eine Wildkatze. Ihr Blick und das dunkle Haar erinnern Merana an einen schwarzen Panther.

»Aber Carola nahm mir den Sturm aus den Segeln. Kreuzbirn sei gar nicht in der Stadt, sagte sie. Er sei seit gestern Abend verschwunden und noch nicht wieder aufgetaucht.«

Ihre gestrafften Schultern entspannen sich. Ein schwaches Funkeln in ihrem Blick lässt noch den Panther erkennen. Merana weiß über das Verschwinden des Investors Bescheid. Er hat nach dem Besuch bei der Journalistin mit Otmar und Carola telefoniert, ließ sich von ihnen auf den aktuellen Stand der Ermittlungen bringen. Jennifer nimmt einen Schluck aus dem Weinglas, lehnt ihren Rücken an die Lederpolsterung. Allmählich löst sich die Wildkatze in ihren Augen auf. Ihr Blick wird weich. »Ich beneide Sie ein wenig um Ihre Carola.« Sie schaut ihn an. »Wenn Carola von Ihnen spricht, verändert sich der Klang ihrer Stimme. Ihre Augen bekommen einen Ausdruck von großer Klarheit. Gleichzeitig werden ihre Züge ganz weich. Ich spüre, dass es nicht die Liebe zwischen Mann und Frau ist, was Carola mit Ihnen verbindet. Es ist etwas anderes. Etwas Wunderbares. Freundschaft. Und absolute Loyalität.«

Es tut ihm gut, das aus ihrem Mund zu hören. Er kann jedes Wort bestätigen. Und er mag, wie sie ihn dabei anschaut. »Sind Sie verheiratet?«

Sie hält kurz inne, ehe sie antwortet.

»Ich war es. Bis vor drei Jahren.« Sie bändigt eine der Strähnen, die ihr über die Augen hängen, streicht entschlossen das Haar zurück. »Loyalität ist ein seltenes Gut. Im Wertecodex meines Mannes fehlte es.«

Der Wein ist ausgetrunken. Sie stellt das Glas ab. Ihr Blick ist nun fester als am Anfang der Begegnung. Auch der Zungenschlag hat sich gelöst. Sie greift nach ihrer Tasche, holt den Laptop daraus hervor. Sie schaltet ihn ein. Das Schwarz-Weiß-Foto erscheint auf dem Bildschirm.

Der Mann am Klavier hat zu einer neuen Melodie angesetzt. Merana erscheint das Lied bekannt, aber er kommt nicht dahinter, um welchen Song es sich handelt. Das Original klingt eine Spur härter, kommt ihm vor, rockiger. Die Version des Barpianisten ist sanfter.

Jennifers Blick ruht auf dem Laptop. Ihre Augen wandern über den Schirm. Der Schein des Screens bestrahlt ihr Gesicht, hüllt es in rätselhaftes Leuchten.

»Was hat meinen Vater in der Nacht veranlasst, sich dieses Bild anzuschauen?«, flüstert sie. »Was ist das Geheimnis dahinter?« Diese Frage stellt er sich auch. Immer wieder. Seit Tagen. Und er ist der Antwort keinen Schritt näher gekommen. Er blickt auf die Uhr. Es ist Zeit zu gehen. Er hat noch einen Termin mit dem Polizeidirektor. Er trinkt das Ginger Ale aus, steht auf. Sie sieht vom Bildschirm hoch. »Die Begegnung der beiden ist schon so lange her. Aber es gibt dieses Foto mit meinem Vater und Ihrer Mutter.« Sie schaut ihn lange an. Ihre dunklen Augen ruhen auf seinen. »Irgendwie sind wir beide dadurch auch miteinander verbunden, oder?«

Er antwortet nicht, nickt nur mit dem Kopf. Er beugt sich zu ihr herunter. Sie reicht ihm die Hand. Ihre Finger sind kalt. Aber ihr Blick, der immer noch auf ihn gerichtet ist, wärmt ihn.

Als er durch das Foyer schreitet und den Gruß des Empfangschefs erwidert, fällt ihm ein, welches Lied der Barpianist vorhin spielte. »Rolling in the Deep« von Adele. Er mag die Stimme dieser Powerfrau. Und diesen Song von ihr mag er ganz besonders.

There's a fire starting in my heart, reaching a fever pitch …

Er tritt hinaus auf den Gehsteig. Der Wind bläst nach wie vor heftig. Es ist dunkel geworden. Der Himmel zeigt sich pechschwarz. Er macht sich auf zu seinem Auto.

… and it's bringing me out the dark

Das Meeting am Abend ist nicht für das gesamte Ermittlerteam anberaumt. Nur die Leitungskräfte stimmen die Ergebnisse der vergangenen Stunden ab. Dafür reicht der kleine Sitzungsraum neben Carolas Büro.

»Wir haben einen möglichen Hinweis zu Shirvan Malik«, eröffnet Otmar Braunberger die Besprechung. »Zwei Personen wollen ihn am Montag gegen 15 Uhr am Linzer Hauptbahnhof erkannt haben. Wir haben die Aussagen einer Verkäuferin. Den Angaben zufolge hat sich Malik an ihrem Buffet Zigaretten und ein Sandwich besorgt. Auch ein Fahrdienstleiter gibt an, jemanden gesehen zu haben, der dem Mann auf dem Foto gleicht. Diese Person hat um 15.32 Uhr den Railjet in Richtung Westen genommen. Wir sind dabei, die Videoaufzeichnungen am Linzer Hauptbahnhof auszuwerten. Der Zug kam um 16.08 Uhr in Salzburg an. Wir überprüfen auch, ob Malik hier ausgestiegen ist.«

»Wir haben Billborns Reisepass untersucht«, setzt Thomas Brunner fort. »Die einzig brauchbaren Fingerabdrücke stammen von Bastian Hilding. Allerdings haben wir

Faserspuren von Papiertaschentüchern und Bananenschalen entdeckt. Das Dokument dürfte zumindest für gewisse Zeit tatsächlich in einem Abfallbehälter gelegen sein. Wir haben uns bei der Stadtverwaltung erkundigt. Der fragliche Papierkorb wurde zuletzt gestern Abend geleert. Falls jemand den Pass in diesem Mülleimer deponierte, dann muss das gestern Abend nach 18 Uhr passiert sein. Leider gibt es keine Überwachungskameras in der Nähe.«

Vielleicht stimmt die Version doch, die ihnen der obdachlose Junkie geliefert hat, überlegt die Chefinspektorin. Inzwischen haben sie seine persönlichen Daten überprüft. Der Mann heißt tatsächlich Bastian Hilding. Bis vor drei Jahren war er im Stadtteil Lehen bei seiner Mutter gemeldet. Seitdem lebt er auf der Straße. Zwei Eintragungen im Strafregister konnten sie ausmachen. Einmal hat er in einem Laden zwei Packungen Toastbrot und Handywertkarten mitgehen lassen. Das andere Mal führte er verbotene Substanzen mit. Dass der Mann sich je gewalttätig zeigte, konnten sie bis jetzt nicht nachweisen.

»Angenommen, der Junkie hat recht, dann stellen sich drei Fragen.« Die Chefinspektorin breitet den Umgebungsplan aus. »Wenn der Täter den Reisepass loswerden wollte, warum warf er ihn dann nicht einfach in der Nähe des Tatortes weg? Dort haben wir nichts gefunden.«

»Nein«, ergänzt der Chef der Tatortgruppe. »Wir haben fast vierzig Mülltonnen in der näheren Umgebung durchsucht. Da war nichts.«

»Warum also ausgerechnet diese Mülltonne? Die Antwort dürfte auf der Hand liegen.«

»Weil es dort keine Überwachungskameras gibt«, brummt der Abteilungsinspektor.

»Frage zwei. Warum taucht der Reisepass ausgerechnet jetzt auf, sechs Tage nach dem Überfall? Warum nicht schon früher?« Carola Salman blickt auf ihre zwei Kollegen.

»Vielleicht will der Täter genau das, was wir hier zelebrieren. Uns den Kopf zerbrechen«, antwortet Braunberger. »Verwirrung stiften kann nicht schaden. Womit wir zu Frage drei kommen: Was ist mit Brieftasche und Handy? Tauchen die auch noch auf? Will hier jemand mit uns eine Art Schnitzeljagd veranstalten?«

Es klopft an der Tür, Tamara Kelinic tritt ein.

»Entschuldigt bitte die Störung, aber ich habe Neuigkeiten zu Egon Kreuzbirn.«

»Ist er aufgetaucht?«

»Leider nein. Aber ich habe weitere Nachforschungen zu Kreuzbirns persönlichem und geschäftlichem Umfeld angestellt. Dabei haben mir auch die Kollegen vom EB 4 geholfen. Unsere Wirtschaftsspezialisten haben Folgendes herausgefunden: Kreuzbirns Firma steht kurz vor der totalen Pleite. Er ist hochverschuldet. Er steht bei zwei Geschäftspartnern in der Kreide. In deren Auftrag verhandelt er in Salzburg.«

»Und wenn er für seine Partner nicht bald ein lukratives Geschäft an Land zieht, dann ist der Ofen endgültig aus«, setzt die Chefinspektorin den Gedankengang fort. »Die Paracelsus-Software könnte ein derartiger Coup sein, mit der Aussicht auf riesige Gewinne. Danke, Tamara. Sehr gute Arbeit.«

Ein rosaroter Hauch zieht über das Gesicht der Praktikantin. »Ich habe noch etwas. Es gab in den vergangenen fünf Jahren zwei Anzeigen gegen Kreuzbirn wegen sexueller Belästigung. In einem Fall war sogar von versuchter Vergewaltigung die Rede. Beide Anzeigen wurden später zurückgezogen.«

»Warum?«, will die Chefinspektorin wissen.

»So weit bin ich leider noch nicht. Doch das bekomme ich schon noch heraus.«

»Vermutlich hat er die Frauen mit einem ordentlichen Batzen Geld bestochen«, knurrt Otmar Braunberger. »Er wäre nicht der Erste, der damit durchkommt.«

»Was sagt Kreuzbirns Sekretärin?« Carola Salman blickt zur jungen Mitarbeiterin.

»Zu den Anzeigen wegen sexueller Belästigung sagte sie gar nichts. Die Frage war ihr äußerst unangenehm. Das konnte ich deutlich spüren. Für Kreuzbirns bereits zweitägige Abwesenheit hat sie keine Erklärung. Dieses Verhalten ihres Chefs sei ihr völlig fremd. Zumindest am Handy war er bisher immer erreichbar gewesen.«

Erneut lobt die Chefinspektorin die junge Frau für deren Arbeit. Dann ist die Besprechung beendet. Carola kehrt in ihr Büro zurück, wählt die Nummer von Gudrun Taubner. Sie übermittelt der Staatsanwältin eine kurze Zusammenfassung des aktuellen Ermittlungsstandes.

»Was ist über deine inoffiziellen Kanäle bisher hereingekommen, Carola?«

»Nichts. Kein einziger Hinweis zu Kreuzbirns möglichem Aufenthalt.«

Eine kurze Pause entsteht, die Chefinspektorin wartet.

»Gut, wir zimmern uns eine Personenfahndung aus mehreren Faktoren zusammen. Erstens: Abgängigkeit. Da solltest du vielleicht die Sekretärin nochmals kontaktieren, dass sie ihren Chef offiziell als vermisst erklärt. Zweitens:

Wir brauchen ihn als wichtigen Zeugen. Drittens: Verdacht einer Straftat. Das ist die schwächste Stütze in unserem Gerüst, aber für alle drei Fälle zusammen bekomme ich schon die Unterschrift des Richters.«

»Danke, Gudrun. Genau so machen wir es.« Sie hofft, dass sie Kreuzbirn bald finden. Dann würden sie wohl auch einen Durchsuchungsbeschluss erhalten und seinen Gewehrschrank überprüfen können.

Merana wäre gern auf dem Platz zwischen Kirschlorbeerhecke und Gartentor stehen geblieben. Er hätte gerne erfühlt, wie sehr ihn die Bilder immer noch bedrängen. Der Rückblick auf Robertas Tod. Die Erinnerung an die vorvergangene Nacht, als das Mündungsfeuer des Heckenschützen am Waldrand aufblitzte. Aber die Kollegen des mobilen Einsatzkommandos bedrängen ihn, so schnell wie möglich den Schutz des Hauses aufzusuchen. Er hat dem Polizeipräsidenten versprochen, zumindest im Umkreis seines Hauses die Sicherheitsanweisungen der Spezialkräfte zu befolgen.

Er nimmt seinen Rucksack mit nach oben, verstaut die Bergschuhe im Regal.

Die Schwarz-Weiß-Fotografie lehnt noch an der Vase. Er zieht die Rose aus dem Wasser, ersetzt sie durch eine neue, die er vor einer halben Stunde auf dem Heimweg gekauft hat. Wieder war er lange in der Blumenhandlung, um die richtige auszuwählen. Er stellt sich unter die Dusche, zieht sich frische Kleidung an. Dann setzt er sich vor das Bild. Mozartmusik kommt aus den Lautsprechern. Er lehnt den Kopf zurück, schließt die Augen, lässt die Gedanken kreisen.

FREITAG, 30. OKTOBER

Flavio hat wirklich lange nachgedacht. Und vor zwei Wochen war ihm die rettende Idee gekommen. Er hat die Angelegenheit umgehend mit dem Großvater besprochen. Und der hat auch zugesagt, ihm bei der Lösung des Problems zu helfen. Doch dann war dem Papa vor zehn Tagen beim Verladen der 15 Monate alte Jungstier mit seinen knapp 280 Kilo auf den Fuß getrampelt. Die Rettung ist gekommen und hat den Papa ins Krankenhaus gebracht. Ein komplizierter Bruch der *ossa metatarsalia* liege hier vor, haben die Ärzte gesagt und den Papa gleich nach der Einlieferung operiert. Flavio hat den Namen im Internet gegoogelt und entdeckt, dass es sich dabei um die Mittelfußknochen handelt. Seine Schwester Thymiane, die in die vierte Klasse Gymnasium geht und schon zwei Jahre lang Latein hat, hatte keine Ahnung, was *ossa* bedeutet. Aber die hat auch nur ihren pinken Lipgloss im Hirn, und Schmusen mit Robin nach dem Turnunterricht am Nachmittag. Jedenfalls ist der Papa wegen der zertrümmerten *ossa* immer noch im Spital, und der Opa muss sich allein um den Hof kümmern. Deshalb hat er bisher keine freie Minute für die Lösung von Flavios Problem gefunden. Aber morgen ist schon Halloween und die Zeit wird knapp. Im vergangenen Jahr durfte Flavio das erste Mal mit den größeren Buben bei Anbruch der Dunkelheit im

Dorf von Haus zu Haus gehen. Sie haben an den Türen geläutet. Und jedes Mal, wenn wer öffnete, haben sie laut im Chor »Süßes oder Saures« gebrüllt. Ganz selten wurde die Tür wieder zugeknallt. Die meisten Leute haben ihnen Süßigkeiten gegeben. Eine nette Frau, die nichts Passendes eingekauft hatte, schenkte ihnen drei Euro. Aber an der vorletzten Tür verschränkte ein Mann die Arme und fragte laut: »Und was ist, wenn ich jetzt ›Saures‹ sage?« Und da sind sie dagestanden wie ein Haufen von Idioten. Auf so einen Fall waren sie nicht vorbereitet. Und der Oliver aus der Klasse über ihm, der sonst immer gern das Maul aufreißt und dauernd damit angibt, dass er schon Zigaretten geraucht hat, wusste auch nicht, was er sagen sollte. Der Mann an der Tür hat nur gelacht und ihnen dennoch eine Packung Gummibärli und zwei Überraschungseier geschenkt. Aber so eine Blamage will Flavio heuer nicht mehr erleben. Der Großvater war in seiner Jugend der Anführer der Krampuspass im Dorf. Er brummte, dass er für diese neumodischen Ami-Bräuche nichts übrighabe, aber seinen Enkel natürlich nicht im Stich lasse. Flavio hat sich noch im Vorjahr im Internet schlaugemacht, was zu tun sei, wenn die Leute an der Tür keine Süßigkeiten herausrücken, sondern sich für die Variante »Saures« entscheiden. Dann müsse man ihnen auch »Saures« geben, hieß es. Man könne solchen Leuten einen Streich spielen oder ihnen einfach spaßeshalber drohen. Das mit dem Drohen fand Flavio besser. Ihm fiel ein, dass ja auch die Krampusse, die erst im Dezember herumlaufen, gerne drohen. Und zum Zeichen ihres Unwillens die Rute heben. Da könnte er vielleicht den vom Großvater wenig geschätzten Ami-Brauch um eine neue Wendung bereichern, die aus dem heimischen Brauchtum kommt. Wenn das nächste Mal jemand spöttelt: »Und was ist, wenn ich Saures sage?«, dann will er ihm die Rute zeigen. Aber eine besondere Rute muss es sein. Eine aus Zweigen der Schwarzweide. Erstens hat die Rinde bei diesen Sträuchern eine besonders dunkle Färbung. Und zweitens passt *Schwarz* gut zu Halloween. Und der Großvater hat gesagt, er wisse einen speziellen Platz, wo die allerschönsten Schwarzweiden wachsen. Er hat in den vergangenen Tagen den bescheuerten Jungstier fast stündlich verflucht, und einmal auch den Papa, weil er nicht aufgepasst hatte. Wegen diesem saublöden Unfall würde er morgen ohne Rute dastehen, weil der Großvater andauernd was Dringendes zu erledigen hat. Die Mama hätte ihm schon geholfen, aber die hatte keine Ahnung, wo die Schwarzweiden wachsen. Um 11 Uhr ist er aus dem Schulhaus gestürmt und wie ein Wilder nach Hause geradelt. Gott sei Dank war heute früher Schluss, weil die Religionslehrerin erkrankt war. Er hat das Mountainbike in den Schuppen gestellt, und plötzlich – was für ein Wunder – hört er den Großvater rufen: »Komm, steig ein. Ich habe jetzt eine halbe Stunde Zeit.« Er reißt die Hintertür des alten Opel auf und klettert auf die Rückbank. Sie fahren am Dorf vorbei und der Großvater biegt in den Wald ab. Nach zehn Minuten halten sie am Forstweg. Er klettert aus dem Auto. Obwohl er schon voller Erwartung ist, was diese besonderen Schwarzweiden auszeichnet, die der Großvater kennt, prüft er dennoch gewohnheitsmäßig mit einem schnellen Blick den Boden. Das macht er immer so. Erst gestern hat er auf dem Kirchplatz ein 50-Cent-Stück entdeckt. Und in der Woche davor zwei Glasmurmeln. Die hat er sofort seiner Fundstückesammlung einverleibt. Auch heute zahlt sich der kurze Kontrollblick aus. Die Kastanie kann er für seinen Spielzeugbauernhof brauchen, und das silbrige Etwas am Wegrand schiebt er auch ein. Dann folgt er dem Großvater. »Wir müssen da hinunter.« Das Gelände ist leicht abschüssig. Er hört schon das Rauschen des Baches. Aus der Ferne erkennt er zwei große Sträucher, deren Zweige über dem Wasser hängen. Er läuft voraus, umkurvt eine Fichte und bremst abrupt ab. Er brüllt: »Opa!«, dreht sich um und fuchtelt mit den Armen.

Der Großvater kommt näher. »Meiner Seel!«, ruft er. Zwischen den Steinen am Bachrand liegt ein Mann mit glasigem Blick. Neben dem Auge klafft ein großes Loch. Auch auf der Brust ist ein dunkler Fleck zu sehen. »Himmelherrgottsakrament!«, flucht der Großvater. »Wir müssen sofort den Trattinger Michi anrufen.« Der Trattinger Michi ist der Kommandant vom Polizeiposten. Den kennt Flavio vom Verkehrsunterricht in der Schule. Der Großvater nestelt das Handy aus der Hosentasche. Flavio schaut sich das Gesicht an. Er hat den Mann noch nie gesehen, also keiner aus der Gegend. Er betrachtet die dunklen Stellen an Kopf und Brust. Unfall war das sicher keiner, überlegt er. Bei den CSI-Folgen, die er manchmal sehen darf, schauen so die Schusswunden aus. Er weiß auch, dass gleich die Polizei kommen und alles absperren wird. Am Tatort darf nichts verändert werden. Er schaut zum Großvater. »Opa, können wir noch schnell ein paar Zweige abschneiden, bevor die Kripo eintrifft? Nachher ist es zu spät. Und dann stehe ich morgen bei Halloween wieder ohne Rute da.«

Der Großvater nickt. Er langt in den Hosensack und holt das Taschenmesser heraus.

Er ist früh aufgestanden. Zum ersten Mal seit Tagen schmerzt das Bein nicht mehr.

In einer Anwandlung von Euphorie greift er zu den Laufschuhen, stellt sie aber gleich wieder weg. Die Kollegen der Einsatztruppe würden ihn nicht alleine seine Runde ziehen lassen. Auf schwerbewaffneten Begleitschutz beim morgendlichen Joggen kann er verzichten. Er setzt sich eine halbe Stunde auf den Hometrainer. Anschließend duscht er. Er versorgt sich mit einem frisch gebrühten Espresso aus der Küche, begibt sich ins Wohnzimmer. Er tauscht das Wasser in der Vase. Morgenlicht fällt schräg durch das Fenster, bringt die spiralförmigen Blütenblätter der Rose zum Glänzen. Er nippt am Kaffee, versenkt sich in das Bild.

Wenn Ihre Mutter auf dem Bild ist, und auch mein Vater … Wer hat dann das Foto geschossen? Diese Frage war aufgrund der letzten Ereignisse in den Hintergrund gerückt, jetzt drängt sie sich wieder nach vorn. Er hat gestern bei seinem Kurzbesuch im Präsidium Carola gebeten, ihm eine Datei mit sämtlichen Informationen zum aktuellen Ermittlungsstand zusammenzustellen. Er nimmt den Laptop. Er findet den Link im Posteingang, öffnet ihn. Als Erstes holt er sich alle Namen auf den Schirm. Von den Referenten des Paracelsuskongresses kennt er keinen einzigen. Nur zwei kommen aus Salzburg. Er checkt das Geburtsdatum. Beide Teilnehmer sind unter vierzig, scheiden als mögliche Fotografen somit aus. Aus der Reihe der Vorstandsmitglieder sind ihm neben Karol Blandenburg zwei weitere Namen geläufig. Schatzmeister Ottokar Donnerfels, im Zivilberuf Bankdirektor, und Schriftführerin Juna Valenta, Professorin am Institut für Zeitgeschichte. Er sondert all jene Beteiligten aus, die aufgrund des Alters für die Fotoaufnahme nicht in Frage kommen. Zwölf Namen bleiben über. Ist es einer aus dieser Personengruppe, der im Sommer 1975 im Salzburger Mirabellgarten durch den Sucher der Kamera blickte und die Szene festhielt? Sein Blick wandert zur Fotografie an der Vase. Das Handy läutet. Es ist Jutta Ploch.

»Hallo, Merana. Wie war deine Begegnung mit dem anekdotenträchtigen Faktotum des ›Goldenen Hirschen‹?«

»Falls du einen Telefonjoker brauchst zur Frage, wer 1975 bei der Così fan tutte Premiere der Salzburger Festspiele der zweite Statist von links im ersten Akt war, ich bin gerüstet.«

Ihr Lachen gurrt aus dem Handylautsprecher.

»Ich soll dir schöne Grüße ausrichten. Herr Altenstatt küsst im Geiste deine Hand.«

»Danke, ich küsse zurück. Auch geistig. Du fährst doch so gerne in den Lungau, mein Lieber. Du kannst dir vorsorglich einmal die Preise im ›Mesnerhaus‹ anschauen. Drei Hauben und eine Jubelkritik in der aktuellen Falstaff-Ausgabe scheinen mir passend für unser Dinner. Dafür bekommst du von mir noch eine Information, die dich kein Extra-Dessert kosten wird. Ist im Preis inbegriffen. Ich habe gestern noch ein wenig recherchiert und bin im Archiv auf eine Meldung aus einer Pinzgauer Regionalzeitung gestoßen. Da werden im Zusammenhang mit dem Tod von Gisela Rissenkamp zwei Namen genannt. Doktor Dominik Hebenbaum, der war damals Amtsarzt. Und August Dreller, seines Zeichens Kommandant des Gendarmeriepostens.«

»Stand in der Meldung auch etwas über Todeszeitpunkt und Todesursache?«

»Nein, der Bericht erschien erst Ende September und bezieht sich in erster Linie auf einen Ball der örtlichen Landjugend. Ich zitiere: ›Links auf dem Bild Herzerlkönigin Veronika Zappenspitz, flankiert von Gemeindearzt Doktor Dominik Hebenbaum und Postenkommandant August Dreller, die sich beide erst kürzlich durch engagierten Einsatz im bedauerlichen Todesfall Gisela Rissenkamp auszeichneten.‹ Und wenn ich mir das Foto so anschaue, dann grenzt zumindest der Blick des Herrn Amtsarztes in das Dekolleté der Herzerlkönigin an den Tatbestand sexueller Belästigung.«

August Dreller? An den Namen kann er sich flüchtig aus seiner Kindheit erinnern. Der Name des Arztes sagt ihm nichts.

»Danke, Jutta, ich werde dem weiter nachgehen.«

Er erreicht Gabriel Wegner am Handy. Der alte Mann atmet schwer. Er steigt gerade zusammen mit zwei Kameraden vom Gerlospass hinauf zum Salzachgeier. Die erste Skitour der heurigen Saison. »Der Doktor Hebenbaum ist schon lange tot. Der war damals schon an die sechzig. Aber der Gustl ist noch fit. Der züchtet seit seiner Pensionierung Waldschafe. Ich sage ihm, er soll dich zurückrufen. Wenn du das nächste Mal im Pinzgau bist, dann musst du unbedingt mit uns da herauf, Martin.

Die Tour ist nicht schwer und der Ausblick grandios. Ein Geschenk Gottes.«

Er bedankt sich für die Hilfe. Dann öffnet er die Balkontür, tritt hinaus. In der Ferne ist eines der Einsatzfahrzeuge des Sonderkommandos zu erkennen. Es fährt langsam die Straße entlang. Die Äste der Obstbäume im Garten schimmern silbrig, als wären sie mit feinen Glassplittern überzogen. Der Raureif aus der vergangenen Nacht kündigt den nahenden Winter an. Übermorgen ist Allerheiligen. Die Großmutter wird wie immer am Nachmittag am Grab ihrer Tochter stehen, den Segen des Pfarrers entgegennehmen. Er hat sich nie für die Aufmärsche am Friedhof zu Allerheiligen erwärmen können. Das Getue an den Gräbern samt Brimborium des Priesters war ihm schon in der Kindheit mehr als befremdlich. Vielleicht wird er dennoch übermorgen in den Pinzgau fahren, sich an die Seite der Großmutter stellen. Die Toten brauchen keine Rituale, die Hinterbliebenen manchmal schon.

Carola Salman und Otmar Braunberger lenken den Wagen Richtung Norden. Die Chefinspektorin hat noch schnell die dicke Jacke aus ihrem Privatauto geholt. Die Außentemperaturen sind frostig. Die Meldung ist um 12.30 Uhr eingelangt. *Männliche Leiche, keine Papiere, Alter Ende fünfzig, Anzeichen von Gewaltverbrechen.* Sie haben die Tatortgruppe davon in Kenntnis gesetzt und Frau Doktor Plankowitz verständigt. Staatsanwältin Taubner ist in einer Verhandlung. Sie würde nicht zum Tatort kommen, sich später von der Chefinspektorin informieren lassen. Sie fahren durch Itzling, nehmen die B 156. Sie waren schon am Dienstag auf dieser Strecke unterwegs. Diesmal führt sie ihr Weg nicht bis Bürmoos. Kurz vor Oberndorf halten sie sich rechts, nehmen die

Nussdorfer Landesstraße. Nach zehn Minuten biegen sie erneut ab, fahren auf den Wald zu. Die Ansammlung der Polizeifahrzeuge ist nicht zu übersehen. Ein Kollege in Uniform begrüßt sie und geht voraus. Am Wegrand zwischen den Bäumen sehen sie einen älteren Mann und einen kleinen Jungen. Der Bub hält frisch geschnittene Zweige in den Händen. Er umklammert das Bündel, als gälte es, galaktische Lichtschwerter vor unbefugtem Zugriff durch Außerirdische zu schützen.

Sie finden Thomas Brunner mit seinen Leuten am Bachbett. Sie warten auf Eleonore Plankowitz. Die Gerichtsmedizinerin wird in wenigen Minuten eintreffen. Carola und Otmar lassen sich Schutzkleidung geben, nähern sich langsam. Um am unmittelbaren Fundort keine Spuren zu zerstören, bleiben sie drei Meter vor der Leiche stehen. Sie werfen einen Blick auf das entstellte Gesicht des Toten.

»Auch das noch!«, entfährt es dem Abteilungsinspektor. Carola Salman zieht das Handy aus der Tasche. »Ich rufe Martin an.«

Jennifer hält neben der Eiche mit den weit ausladenden Ästen inne. Sie ist überrascht. Auf der klobigen Halbkugel vor ihr kleben dicke Streifen. Ärger steigt in ihr hoch. Jemand hat dem Zwerg mit dem Spaten Schokolade auf den verbeulten Schädel geschmiert. Sie öffnet ihre Umhängetasche und zieht zwei Papiertücher hervor. Sorgfältig entfernt sie den Dreck. Der verwitterte kleine Kerl hat schon an der hässlichen Knolle auf der steinernen Glatze schwer zu tragen. Da braucht es keine zusätzliche Verunstaltung durch braune Schmiere. Sie blickt sich um, entdeckt nur eine alte Dame. Die steht neben dem kauzigen Zwerg, der ein Huhn hält. Sie grüßt mit einem Kopfnicken. Der freundlichen Frau traut Jennifer die Schokoladenattacke nicht zu. Sie wirft die schmutzigen Tücher in eine Mülltonne. Die wilden Gestalten zwischen den uralten Bäumen haben es ihr seit der ersten Begegnung angetan. Seit ihr Merana spätnachts zum ersten Mal die Anlage zeigte, ist sie fast jeden Tag hergekommen, hat nach und nach das gesamte Areal erkundet. Die geheimnisvolle Aura des Mirabellgartens zieht sie an. Auch wenn es sie schmerzt, den Platz am Springbrunnen aufzusuchen, findet sie sich dennoch dort ein. Hier fühlt sie sich ihrem toten Vater am nächsten. Sie hat sich in den vergangenen Tagen immer wieder an den Beckenrand gesetzt, sich viele wunderbare Begebenheiten in Erinnerung gerufen, die sie mit ihrem Daddy verbinden. Manchmal genießt sie den unvergleichlichen Blick auf die Altstadt. Ihr wird schmerzlich bewusst, dass sie Momente wie diese nie mehr mit ihrem Vater teilen kann. Das gesamte Gartenareal strahlt eine Faszination aus, die sie tief berührt. Sie hat sich in ihrem Leben immer nach Harmonie gesehnt. In der Familie, in ihren verschiedenen Beziehungen, in der täglichen Auseinandersetzung im Geschäftsleben. Und zugleich war sie immer bestrebt, der schwer fassbaren dunklen Seite in ihrem Innern Raum zu gewähren. Ohne das gelegentliche Zulassen des Anarchischen, Ungestalteten, Ausschweifenden würde sie ersticken. Dieser Garten ist wie ein Spiegel ihrer Seele. In ihm ist beides. Die makellosen Formen der Blumenrabatten, die einhellige Symmetrie der Architektur erfreuen das Auge. Das Gleichgewicht an Formen und Farben befriedigt den Wunsch nach Ausgewogenheit. Und zugleich lechzt Jennifers Herz nach dem Abgründigen, brennt ihr Verlangen nach dem Unausgewogenen, dem Ungezügelten. Sie erkennt es in der ungestümen Wildheit des geflügelten Pferdes auf dem Pegasusbrunnen. Sie spürt es im Erschaudern, wenn die toten Augen der eingemauerten Masken sie in ihren Bann ziehen. Sie findet es in den wulstigen Lippen, den verzerrten Gesichtern, den grotesk schiefen Leibern der steinernen Gnome. Besonders hingezogen fühlt sie sich zur Zwergin mit der Obstschürze. Diese kleine Dame vermittelt beide Seiten, Wildheit und Harmonie. Die gedrungene Gestalt und das grob geraffte Kleid zeichnen sie als rätselhaftes, erdverbundenes Zwergenwesen aus, als Abkömmling ungeschlachter Verwandter. Aber ihr Antlitz zeugt von nahezu überirdischer Schönheit. Das Gesicht eines jungen Mädchens schaut einen an. Die ebenmäßige Nase, der feine Mund, die großen Augen sind von makelloser Harmonie. Auch heute lässt Jennifer sich von der aparten Erscheinung der kleinen Dame berühren. Sie wirft ihr eine Kusshand zu, streicht dem Zwerg mit dem Nockentopf über die Krempe seines breiten Hutes und steigt die Stufen hinunter zum Wasserparterre.

Aus den schmiedeeisernen Gitterstäben des Rosengartens starrt ihr ein Gesicht nach. Die Gestalt im Lodenmantel weiß inzwischen, wer die Frau ist, die mit langsamen Schritten über den Kiesweg auf den großen Springbrunnen zugeht. Hans von Billborns Tochter. Heute ist sie offenbar nicht in Begleitung des Kommissars. Warum ist Billborns Tochter immer noch hier? Droht auch von ihr Gefahr? Die Gestalt verlässt den Rosengarten, um bessere Sicht auf die Bänke im Bereich des Brunnens zu haben.

Als Jennifer sich dem Beckenrand nähert, läutet ihr Handy. Das Display zeigt eine unbekannte Nummer.

»Guten Tag, Frau von Billborn, hier spricht Staatsanwältin Gudrun Taubner. Ich darf Ihnen mitteilen, dass die Gerichtsmedizin ihre Arbeit abgeschlossen hat. Wir können den Leichnam Ihres Vaters morgen Vormittag freigeben. Wenn Sie mich heute Nachmittag im Büro aufsuchen, können wir die notwendigen Unterlagen ausstellen. Passt Ihnen 16 Uhr?«

»Ja. Hat sich aus den Untersuchungen noch etwas ergeben?«

»Frau Doktor Plankowitz ist tatsächlich auf etwas gestoßen. Über Einzelheiten kann ich Ihnen bei noch laufenden Ermittlungen leider nichts sagen.«

Sie bedankt sich und beendet das Gespräch. Dann wählt sie die Nummer des Bestatters in Hamburg, bespricht mit ihm die Überstellung des Leichnams. Sie setzt sich auf die Bank, denkt nach. Was hat wohl die Gerichtsmedizinerin entdeckt? Sie wird später versuchen, Carola zu erreichen. Die Chefinspektorin würde sich vielleicht nicht hinter ihren Vorschriften verstecken.

»Heute haben wir ganz frische Rosen aus Italien bekommen, Herr Kommissar. Da sind wirklich wunderschöne dabei.« Das rundliche Gesicht der Verkäuferin glänzt. Das Blau ihrer Augen überstrahlt sogar die Farbe der Lilien, die gleich neben dem Eingang stehen. Merana bedankt sich. Er braucht heute keine Rose. Die von gestern macht noch einen frischen Eindruck. Er wählt einen der fertig gebundenen Blumensträuße und verlässt das Geschäft. Zwanzig Minuten später hält er vor dem Haus seiner Nachbarn.

Er läutet. Beate Strückler öffnet die Tür, zeigt sich überrascht von seinem Besuch. Sie bedankt sich für die Blumen und bittet ihn herein. Das Haus macht einen geräumigen Eindruck, ist aber kleiner als jenes der Zahnärztin, in dem er wohnt. Sie führt ihn in ein helles Wohnzimmer. Hinter der Fensterfront erstrecken sich eine Terrasse und ein kleiner Garten.

»Möchten Sie einen Kaffee?«

»Gerne.«

»Milch und Zucker?«

»Nein, schwarz und stark, wenn es geht.«

Es geht. Sie verschwindet in der Küche, schaltet die Espressomaschine ein. Er setzt sich an den Tisch im Essbereich des Wohnzimmers. Von den Bildern an der Wand schauen ihn Hunde mit treuherzigem Blick an. Auf der gegenüberliegenden Seite hängt ein Aquarell. Es zeigt einen Leuchtturm an einer Steilküste. Die weichen Konturen der Felsen gehen direkt in die Wogen der Brandung über. Beate Strückler kommt aus der Küche, stellt ihm einen doppelten Espresso hin. Dazu reicht sie ihm ein Stück Mohnstrudel.

»Hat mein Mann selbst gemacht. Er ist der bessere Zuckerbäcker in unserem Haushalt. Dafür bin ich für italienische Küche und Hausmannskost zuständig.«

Sie setzt sich zu ihm, tupft einen Spritzer geschäumte Milch in ihren Kaffee.

»Wie geht es Wendy?«

»Gut, Gott sei Dank.« Auch ihre Augen sind blau, bemerkt Merana. Im Wettbewerb des Augenleuchtens könnte es die Nachbarin durchaus mit der Blumenverkäuferin aufnehmen. Sie holt ihr Handy aus der Küche und zeigt ihm Aufnahmen. Wendy ist darauf zu sehen, auf zwei Bildern auch zusammen mit dem Tierarzt. Der weiße Verband der Hündin erinnert Merana an seinen eigenen Klinikaufenthalt.

»Morgen darf sie heim.« Wieder strahlen die Augen der Frau. »Ich bin noch gar nicht dazu gekommen, mich bei Ihnen zu bedanken. Wenn Sie mich nicht umgerissen hätten, wäre ich wohl nicht so glimpflich davongekommen. Womöglich hätte mich auch eine Kugel getroffen so wie die arme Wendy.«

Der Ausdruck von Fröhlichkeit über den guten Zustand ihrer Hündin ist einer besorgten Miene gewichen. »Gibt es schon eine Spur, wer hinter diesem feigen Anschlag auf Sie steckt, Herr Merana?«

»Spuren gibt es einige, aber leider noch kein brauchbares Ergebnis. Ich hoffe, Sie machen sich keine Sorgen, dass der Attentäter wiederkommt.«

»Man kann ja leider nie vorhersehen, was passiert. Ich bin jedenfalls froh, dass Ihre Kollegen immer noch die Gegend absichern. Das gibt einem zumindest ein gutes Gefühl.«

Er kostet vom Mohnstrudel. Der Geschmack ist hervorragend. Er muss seinen Nachbarn einmal mit der Großmutter zusammenbringen. Zum Rezepteaustauschen.

Sie schaut auf ihre Kaffeetasse.

»Ich habe ein wenig nachgedacht. Als mich Ihre Kollegen in der Nacht und am nächsten Tag befragt haben, da war ich noch viel zu aufgebracht wegen Wendys Verletzung. Aber heute früh ist mir etwas eingefallen. Ich habe jemanden gesehen, der vorne an der Straße stand und auf Ihr Haus blickte.«

»Wann war das?«

»Am Montag. Ich bin gerade vom Einkaufen heimgekommen, habe die Sachen aus dem Auto geräumt. Da sah ich am Straßenrand eine Person neben einem Wagen stehen.«

»Mann oder Frau?«

»Das weiß ich nicht. Die Entfernung war zu groß, es begann auch schon zu dämmern. Und es war auch nur für ein paar Sekunden. Dann ist die Person eingestiegen und weggefahren.«

»Konnten Sie das Auto erkennen?«

Sie lächelt verlegen.

»Mit Autos habe ich es nicht so. Es war eher klein, die Farbe leicht bräunlich.«

»Ist Ihnen an der Kleidung etwas aufgefallen?«

»Die Person trug einen Umhang, der fast bis zum Boden reichte. Auf dem Kopf trug sie eine Art Haube.«

Batman! War die Person, die seine Nachbarin beobachtete, dieselbe, die auch der afrikanische Taxifahrer in der Nacht von Billborns Ermordung gesehen hat?

Sie plaudern noch ein wenig über Hunde. Beate Strückler entpuppt sich als große Hundefreundin. Ihren ersten Beagle bekam sie, als sie neun war. Seitdem hatte sie immer Hunde. Sie nimmt ihm das Versprechen ab, bald wieder einmal vorbeizukommen. Dann bedankt er sich für Kaffee und Kuchen und verabschiedet sich. Kaum hat Beate Strückler die Haustür hinter ihm geschlossen, läutet sein Handy. Es ist Carola, ihre Stimme klingt angespannt.

»Hallo, Martin. Die Liste der Verdächtigen, die möglicherweise am Dienstagabend auf dich geschossen haben, ist um eine Person kürzer geworden. Der Mann liegt tot im Wald in der Nähe von Nußdorf.«

»Wer ist es?«

»Egon Kreuzbirn.«

Bei den CSI-Folgen, die er manchmal anschauen darf, tragen die Einsatzkräfte am Tatort immer hellgrüne Overalls. Aber hier haben sich die Spezialisten, nachdem sie ausgestiegen sind, weiße Schutzkleidung übergestreift. Die silbernen Koffer, die sie aus den Autos holen, sehen aber genauso aus wie im Fernsehen. Was ihn ein wenig wundert, ist das Tempo dieser Leute. Die gehen die Sache offenbar gemütlich an. Im Fernsehen passiert immer alles viel rasanter. Ruckzuck, und schon hat einer eine ganz seltene Käferlarve im Hals des Toten gefunden. Ruckzuck, schon wird im Labor analysiert, dass der Käfer in dieser Gegend gar nicht vorkommt. Ruckzuck, eine Weltkarte blitzt auf, mit blauen Markierungen, die anzeigen, wo der Käfer überall zu Hause ist. Ruckzuck, schon stürmen bewaffnete FBI-Agenten ein abgelegenes Haus, schnappen sich den käferzüchtenden Bösewicht. Gott sei Dank ging es beim Trattinger Michi nicht ruckzuck. Er hat über zwanzig Minuten gebraucht, bis er im Waldstück ankam. Somit blieb dem Großvater und ihm genug Zeit, die schönsten Zweige an den beiden Schwarzweidenbüschen auszusuchen und mit dem Taschenmesser abzuschneiden. Er war neugierig, wie diese Frau Doktor Plankowitz aussah, von der alle redeten. Fast eine Viertelstunde sind die Männer in den weißen Kitteln herumgestanden und haben gewartet. Als die Gerichtsmedizinerin endlich eintraf, war er allerdings enttäuscht. Die kleine Frau mit der Brille und den leicht vorstehenden Zähnen sah überhaupt nicht so aus wie die Rechtsmedizinerinnen im Fernsehen. Die glichen eher den

Damen in den Modejournalen, die die Mama manchmal durchblättert. Er würde in der Schule einiges zu erzählen haben. Er würde sich viel Zeit lassen mit seinem Bericht. Das Beste würde er überhaupt erst in der Zehnerpause schildern. Da sind auch die aus den anderen Klassen dabei. Der Oliver aus der Vierten würde die allergrößten Augen machen. Eine Leiche mit zwei Einschusslöchern hat überhaupt noch nie jemand gefunden. Dagegen zählt heimliches Rauchen hinter dem Pfarrhof gar nichts. Ihm ist kalt. Er steht jetzt schon fast eine Stunde im Wald herum. Vor kurzem sind zwei Leute eingetroffen, ein Mann und eine Frau, die hier offenbar das Sagen haben. Im Gegensatz zur Gerichtsärztin könnte die Frau locker bei den CSI-Folgen mitspielen. Die würde auch in den Modejournalen der Mama keine schlechte Figur machen. Der Mann erinnert ihn eher an den Dicken aus den »Rosenheim Cops«. Hergebracht hat die beiden der Trattinger Michi. Die Frau unterhält sich mit der Gerichtsmedizinerin. Der Dicke steht neben dem Opa und macht sich Notizen. Dann verabschiedet er sich vom Großvater und winkt zu ihm herüber. Er kann nicht zurückwinken, sonst fallen ihm die Weidenzweige aus der Hand. Er nickt nur mit dem Kopf. Der Großvater kommt zurück. Sie steigen ins Auto und können endlich abfahren. Die Mama weiß schon Bescheid, der Großvater hat sie vom Wald aus angerufen. Seine Schwester platzt vor Neugierde und nervt ihn mit ihrer Fragerei. Er soll ihr genau schildern, wie alles war. Ausgerechnet sie! Sonst interessiert sie auch nur Schminke und Schmusen. Es kümmert sie nie, was er macht. Nur ab und zu macht sie blöde Bemerkungen, dass er ständig gefundenes Zeug anschleppe, das keiner braucht. Der würde er überhaupt nichts erzählen. Mit dem Großvater macht er aus, dass er schnell seine Spaghetti mit Tomatensauce essen würde. Dann könnten sie gleich anfangen, die Halloween-Krampus-Rute zu binden. Der Großvater ist wegen dem Leichenfund und der langen Warterei mit seiner Arbeit im Rückstand. Dennoch verspricht er, sich die Zeit noch zu nehmen. Irgendwie geht sich immer alles aus, sagt er, und verschwindet in der Werkstatt. Er muss dringend das verzogene Blatt für das Rindenmesser nachschleifen. Die Spaghetti schmecken heute anders als sonst. Die Mama hat kein Faschiertes in die Tomatensauce gegeben, sondern kleine Zucchinistücke. Seine Begeisterung hält sich in Grenzen. Nach dem Essen läuft er schnell in sein Zimmer. Er holt die Kastanie aus der Hosentasche und platziert sie in seinem Bauernhof zwischen Pferdestall und Mühle. Das silbrige Etwas kommt auf das Fundschätze-Regal zu den Murmeln. An der Zimmertür dreht er nochmals um. Eine Szene aus der letzten CSI-Folge fällt ihm ein. Er geht zurück zum Regal, steckt das Silberding wieder ein. Dann läuft er hinunter und sucht den Großvater. »Wir müssen das Rutenbinden leider verschieben, Opa. Ich muss noch einmal zurück zum Tatort.« Er erklärt es ihm. Der Großvater holt den Opel aus der Garage und sie fahren los. Das letzte Stück zum Bach dürfen sie nur in Begleitung des Trattinger Michi zurücklegen. Er übergibt das glänzende Metallding der Frau, die auch in einer CSI-Folge mitspielen könnte. Dann zeigt er ihr, wo er das Ding gefunden hat. Sie bedankt sich und streicht ihm mit der Hand übers Haar. Das mag er normalerweise nicht, aber von dieser Frau gefällt ihm das.

Die Chefinspektorin übergibt das winzige Metallstück einem der Tatortleute. Der steckt es in Plastik und beschriftet den Beutel.

»Ich bin fertig, Carola.« Die Gerichtsmedizinerin kommt auf sie zu. Die Chefinspektorin winkt auch Thomas Brunner herbei. »Was könnt ihr mir sagen?«

»Kaffeesudlesen?«, grinst die Ärztin. Noch dazu ohne Cappuccinobrühe im Pappbecher. »Ohne Temperaturverlaufsdaten der letzten Tage kann ich es wirklich nur grob schätzen. Ganz sicher lag der Tote hier schon mehr als einen Tag. Ich tippe auf 50 bis 60 Stunden.«

Carola rechnet im Kopf nach. Demnach wäre Kreuzbirn zwischen Dienstagabend und Mittwochfrüh erschossen worden.

»Außer den beiden Schusswunden habe ich sonst keine gröberen Verletzungen erkennen können.«

»Thomas?«

»Der Boden ist gefroren. Das dürfte auch in den letzten Tagen so gewesen sein. Die Bäume stehen dicht, da kommt wenig Sonne durch. Das macht die Suche nach Spuren schwieriger. Wir haben oben am Weg kleine dunkle Flecken entdeckt. Das könnte Blut sein. Wir sind noch mitten in der Arbeit.«

»Hat der Tote ein Handy dabei?«

»Nein. Vermutlich hat es der Täter mitgenommen.«

»Kümmerst du dich um den Netzbetreiber? Wir brauchen dringend eine Aufzeichnung der letzten Anrufe und Nachrichten.«

»Wird gemacht.«

Der Tatortgruppenchef kehrt zu seinen Leuten zurück. Eleonore Plankowitz verabschiedet sich.

»Hast du Martin erreicht, Carola?« Braunberger steht hinter ihr, schreibt in seinem Notizbuch, dann steckt er es weg.

»Ja.«

»Kommt er her?«

»Nein. Aber er hat versprochen, bei der Teamsitzung am Abend dabei zu sein.«

»Gut.«

»Es wäre beruhigend, wenn wir herausfinden, dass Kreuzbirn der geheimnisvolle Heckenschütze war. Dann müssten wir uns wenigstens um das Leben von Martin keine Sorgen mehr machen.«

»Ja, dann bliebe nur mehr die klitzekleine Frage übrig, wer dem zwielichtigen Herrn Investor das Licht ausgeblasen hat.«

Um halb fünf erreicht Merana ein Anruf aus dem Pinzgau. »Griaß di, Martin. Da spricht der Gustl Dreller. Der Gabriel Wegner hat mir erzählt, du interessierst dich für die alte Geschichte mit der verrückten Gisela Rissenkamp.« Die Stimme des Mannes klingt heiser. Im Hintergrund ist Schafblöken zu hören.

»Danke, dass du anrufst, Gustl. Die wenigen alten Zeitungsartikel zu diesem Vorfall waren leider nicht sehr ergiebig. Zum Beispiel geht aus den Berichten nicht das genaue Todesdatum hervor. Wann ist die Rissenkamp gestorben?«

»Das kann ich dir leider auch nicht sagen. Ich weiß nur mehr, wann wir sie gefunden haben. Das war am 11. September. Ich kann mich deshalb so genau erinnern, weil meine Frau und ich da den fünften Hochzeitstag hatten.

Gestorben ist sie sicher früher. Erstens hat man das gerochen und zweitens hat das auch der Doktor Hebenbaum bei seinem Eintreffen festgestellt.«

Der Gendarmerieposten sei am Morgen des 11. September vom Landeskommando verständigt worden, berichtet der alte Mann. Die Familie habe sich gemeldet. Frau Rissenkamp werde vermisst. Sie hätte am 8. September aus dem Pinzgau abreisen sollen. Man habe sie zu einer Geburtstagsfeier am 10. September am Familiensitz in Bochum erwartet. Sie sei dort nicht aufgetaucht.

»Ich bin dann gleich hinauf zur Hütte und habe sie gefunden. Vorschriftsmäßig wurde von mir der Amtsarzt verständigt.«

»Was war die Todesursache?«

Einige Sekunden lang ist nur das Blöken der Schafe zu vernehmen.

»Soweit ich mich erinnern kann, war die offizielle Todesursache Genickbruch und Schädelfraktur infolge eines Unfalls. Die Hütte war sehr geräumig, hatte ein Obergeschoss. Zu diesem gelangte man über eine steile Stiege. Am Fuß der Treppe habe ich sie gefunden.«

»Und was war die inoffizielle Todesursache?«

Erneut melden sich nur die Schafe aus der Ferne. Dann redet der alte Mann weiter.

»Also man kann es ja heutzutage ruhig sagen, denn die Angelegenheit ist schon so lange her. Von Rufschädigung kann man auch nicht mehr reden. Im Inneren der Hütte lagen überall leere Flaschen herum, hauptsächlich Champagner und Wodka. Einige verdächtige Brieferl mit weißem Pulver habe ich auch sichergestellt. Ich habe alles ordnungsgemäß gemeldet. Am nächsten Morgen hatten wir hohen Besuch. Der Landesgendarmeriekommandant erschien höchstpersönlich, zusammen mit einem Herrn aus der Familie Rissenkamp. Ab diesem Zeitpunkt hatten wir nichts mehr mit der Sache zu tun.«

»Hast du eine Abschrift des offiziellen Aktes bekommen?«

»Nein. Aber ich denke, das Ergebnis wäre ohnehin spindeldürr gewesen.«

Merana bedankt sich. Er verspricht, er werde sich bei nächster Gelegenheit mit einer Essenseinladung revanchieren. Dann wählt er die Nummer des Polizeiarchivs, nennt sein Anliegen.

»1975? Das wird schwierig. Digital sind die Akten erst rückwirkend ab Mitte der 1980er-Jahre erfasst. Aber ich werde mich für Sie in den Untergrund begeben, Herr Kollege, und nachschauen, was ich im Keller finde.«

»Verdammt! Wo nehme ich nur die Leute her?« Der Polizeipräsident lässt die Faust auf den Tisch knallen. Der kleine Knochenmann hebt zwei Zentimeter von der Unterlage ab und kippt zur Seite. Kerner blafft ins Telefon, die Sekretärin möge augenblicklich den Pressesprecher herbestellen. Er muss mit Gebhard Breitner die genaue Formulierung der Meldungen festlegen, die an die Medien weitergereicht werden können. Jetzt haben sie schon drei unaufgeklärte Fälle innerhalb von acht Tagen! Ein Attentat auf einen Polizeibeamten und zwei Morde. Dass einer der Morde vielleicht nur ein Raubüberfall mit tödlichem Ausgang ist, macht die Sache auch nicht besser. Er öffnet die Datei mit der Übersicht der Diensteinteilungen. Ermittlungsbereich 10 kann er vergessen. Die Kollegen, die für

Menschenhandel/Schlepperei zuständig sind, jammern selbst dauernd über viel zu wenig Personal. Das gleiche gilt für EB 9 – Suchtmittelkriminalität. Seit dieser amerikanische Filmproduzent mit seinen abscheulichen Sexualvergehen gegen Frauen aufgeflogen ist und sich durch Aktionen wie »MeToo« immer mehr Betroffene auch hierzulande melden, ist der EB 3 – Sittlichkeitsdelikte – heillos überfordert. Trotz einer zumindest geringen Personalaufstockung vor drei Monaten brauchen die jeden Mann und jede Frau. Also ist auch von denen nichts zu erwarten.

Er probiert es bei EB 5 und EB 8, Betrug und Brand. Ihm ist nicht erinnerlich, dass in letzter Zeit irgendein größeres Gebäude abgefackelt wurde. Er hat Glück. Der »Betrug« kann einen Kollegen entbehren, die »Zündler« sogar zwei. Immerhin ein Anfang.

Carola setzt Otmar vor der Bundespolizeidirektion ab, dann fährt sie weiter in die Weiserstraße. Das Büro der Staatsanwaltschaft liegt in der Nähe des Hauptbahnhofes. Sie stellt das Auto auf dem Parkplatz ab und eilt auf den Eingang zu. Eine dunkelhaarige Frau kommt aus dem Gebäude.

»Hallo, Jennifer.«

Die Angesprochene bleibt stehen. »Guten Tag, Carola. Wie geht es Ihnen?«

»Stressig. Waren Sie bei der Staatsanwältin?«

»Ja, der Leichnam meines Vaters wurde für morgen freigegeben. Frau Doktor Taubner sagte mir, die Gerichtsmedizin habe bei der Untersuchung noch etwas entdeckt. Mehr wollte sie mir nicht mitteilen. Können Sie mir dazu etwas sagen?«

Carola fasst die Frau sanft am Arm. »Leider auch nicht. Ich muss selbst erst mit Frau Doktor Plankowitz reden. Lassen Sie uns noch telefonieren, bevor Sie nach Hamburg zurückkehren. Vielleicht weiß ich dann mehr.«

»Frau Doktor Taubner hatte sehr wenig Zeit für mich, sie wirkte sehr angespannt. Ist etwas passiert?«

Carola zögert. Sie hat es eilig. »Ja, wir haben einen weiteren Toten. Es wird ohnehin bald in allen Zeitungen stehen. Es ist jemand, den Sie kennen. Egon Kreuzbirn.« Jennifer erschrickt. »Kreuzbirn? Wo haben Sie ihn gefunden?«

»Etwa 25 Kilometer nördlich der Stadt.«

»Wie ist er gestorben?«

»Dazu darf ich Ihnen wirklich nichts sagen, Jennifer.« Sie schickt sich an zu gehen, wendet sich nochmals um. »Wie oft haben Sie Kreuzbirn getroffen, seit Sie in Salzburg sind?«

»Nur einmal. Das war am Montag im Anschluss an den Festakt.«

»Ist Ihnen an seinem Verhalten etwas Besonderes aufgefallen?«

»Nein, er war wie immer. Arrogant und zugleich von einer schmierigen Zudringlichkeit, die ich nicht ausstehen kann.«

»Um die Paracelsus-App kann Kreuzbirn jetzt jedenfalls nicht mehr mitbieten.«

»Nein.« Jennnifers Antwort kommt leise. Zwei Interessenten am Geschäft mit der Software sind tot. Einer davon ist ihr Daddy.

»Entschuldigen Sie, ich muss jetzt wirklich dringend zur Staatsanwältin. Sie erwartet meinen Bericht zu Kreuzbirns

Tod.« Jennifer schaut der Chefinspektorin nach, dann wendet sie sich zum Gehen. Zwei Konkurrenten um die Software sind übrig geblieben. Aber sie selbst kann anstelle ihres Vaters auch noch mitbieten. Ein wenig Zeit bleibt ihr, bis sie Salzburg verlässt.

Merana schwankt zwischen einem Assam Tee aus Nordindien, dessen malzigen Geschmack er besonders schätzt, und der Kräutermischung aus dem Pongau. Erich Trochers Komposition aus Goldmelisse, Ringelblume und Hopfen hat ihm letzthin sehr zugesagt. Schließlich siegt die Vorstellung von Malzduft. Wenig später atmet er das süßliche Aroma des Tees aus Assam ein. Es ist noch nicht einmal eine Woche her, seit er die Rehaklinik in der Südsteiermark verließ. Und seitdem haben sich die Ereignisse überschlagen. War es tatsächlich erst am vergangenen Sonntag, als er Jennifer zusammen mit Carola vom Flughafen abholte? Sind wirklich erst drei Tage vergangen, seit er mit ihr im Mirabellgarten saß und sie ihn bat, von Wolf Dietrich und den Anfängen des Schlosses zu erzählen? Zuvor hatte sie ihn mit der Frage überrascht, wer vor vierzig Jahren die Aufnahme gemacht hatte. Und gestern sind sie in der Bar des Hotels zusammen gewesen. Der Pianist spielte »My Way«. Sie hat ihm anvertraut, dass die ungeklärten Fragen zum Tod ihres Vaters ihr zusetzten. *Diese Ungewissheit frisst mich auf.* Und sie hat immer wieder das alte Schwarz-Weiß-Foto betrachtet, auf dem ihr Vater und seine Mutter abgebildet sind. *Irgendwie sind wir beide dadurch auch miteinander verbunden, oder?* Kennt er sie tatsächlich erst seit wenigen Tagen? Ihm kommt es vor, als wären sie einander schon vor Jahren begegnet. Er lässt die vergangenen Tage weiterhin Revue passieren. Er hat es endlich geschafft, die Stelle aufzusuchen, an der seine Mutter starb. Eine Fahrtzeit von nicht einmal drei Stunden. Aber ihm kommt es vor, als wäre er an einen weit entfernten Punkt gereist. An einen Ort, der für ihn bisher weiter weg lag als das Ende des Universums. Davor wurden Kugeln abgefeuert. Mündungsfeuer aus dem Wald verfehlte ihn nur um Haaresbreite. Er fand sich an derselben Stelle wieder wie Roberta, die damals in ihrem Blut lag. Neben ihm kauerten die zitternde Nachbarin und ihr zu Tode erschrockener Mann. Ein neuer Eindruck taucht in seiner Erinnerung auf. Carola saß mit ihm die halbe Nacht auf der Couch. Er hat geredet, eine schwer verriegelte Tür in seinem Herzen geöffnet und sie hat ihm zugehört. Er hat in ihren klugen Augen gelesen. *Ich lasse es auch oft zu, dass ich mich schuldig fühle.* Er hat endlich die Großmutter gefragt, wie es ihr ergangen ist, als ihre Tochter nicht mehr vom Berg zurückkam und wenig später in ein schwarzes Loch versenkt wurde. Zuvor hat er mit zwei alten Pinzgauern Vogelbeerschnaps getrunken und sich auf dem Heimweg nach jedem zehnten Schritt umgedreht. In seiner Brust pochte die Angst, der Heckenschütze lauere in der Dunkelheit. Auch jetzt zittern seine Hände, wenn er daran denkt. Am Anfang der sich überschlagenden Vorfälle stand ein Bild. Carola und Otmar haben es ihm gezeigt. Und damit vierzig Jahre aus der Versenkung geholt. Der Mann auf dem Bild ist tot. Mit ihm beginnt die Kette der Ereignisse. Jetzt liegt ein zweiter Toter auf einer Bahre in der Gerichtsmedizin. Er fragt sich, wie die einzelnen Begebenheiten zusammenpassen. Noch immer steht er hilflos im Nebel vor einer 2.000 Meter hohen Wand. Er findet keine Ritze, um wenigstens einen Zentimeter voranzukommen. Sein Schädel pocht. Immer dieselben Fragen schwirren ihm durch den Kopf. Er steht auf, begibt sich in die Küche, um sich eine weitere Kanne Tee zu brauen. Als er zurückkehrt, läutet das Handy.

»Herr Kommissar, guten Abend. Hier ist Buchegger vom Archiv. Ich habe den Eintrag gefunden, den Sie suchen. Ich scanne das Dokument ein und maile es Ihnen zu.«

Er bedankt sich beim hilfsbereiten Kollegen. Dann aktiviert er den Laptop und loggt sich in den Bürorechner ein. Er findet das Dokument im Posteingang. ›Todesfall Gisela Rissenkamp‹. Das Resultat ist noch magerer als spindeldürr. ›Todeszeitpunkt: unbekannt‹. ›Zeitpunkt des Auffindens der Leiche: 11.09.1975, 10.15 Uhr durch GrInsp. A. Dreller‹. ›Todesursache: Bruch des 2. Halswirbels, Schädelfraktur‹. ›Fremdeinwirkung: keine‹. Das ist alles. Kein Wort von leeren Flaschen, Briefchen mit weißem Pulver, Orgienspuren, möglicher Anwesenheit von Liebhabern. Er schließt die Datei und schaut auf die Uhr. Kurz nach halb acht. Es ist höchste Zeit, ins Präsidium aufzubrechen.

Im großen Sitzungszimmer summt es wie in einem Wespennest. Knapp dreißig Personen befinden sich im Raum. Der Lärm verstummt schlagartig, als Merana hereinkommt. Wie schon beim letzten Mal erheben sich einige von den Plätzen.

»Entschuldigt bitte die Verspätung.«

Der Polizeipräsident steht neben Carola Salman an der zentralen Ermittlungstafel.

»Es freut uns, dass Kommissar Merana heute an der Besprechung teilnimmt. Und wir nehmen uns gerne die Zeit, dass jeder Einzelne ihn persönlich begrüßen kann.« Sein breites Gesicht ist ein einziges Grinsen. Merana atmet durch. Er hätte sich lieber ohne großes Aufsehen in die letzte Reihe gesetzt. Jetzt kommt er dem Händeschütteln nicht mehr aus, dem er sich beim letzten Mal durch vorzeitiges Verlassen des Raumes entzogen hat. Er kennt jeden aus dem für die Ermittlungen zusammengestellten Team. Fünf Kollegen haben mit ihm vor einer halben Ewigkeit den Dienst bei der Salzburger Kripo begonnen. Einige andere haben unter seiner Führung ihre ersten kriminalpolizeilichen Schritte gemacht. Mit den meisten verbindet ihn mehr als nur Kollegialität. Sie begegnen ihm mit Herzlichkeit. Das Händeschütteln und Schulterklopfen will kein Ende nehmen. Als Letzte kommt eine brünette Frau mit violetter Strähne im Haar auf ihn zu. Er erinnert sich an Tamara Kelinic. Die Ausbildungspraktikantin ist ihm bereits am Sonntag wegen ihrer engagierten Art aufgefallen. »Hallo, Herr Kommissar. Ich freue mich sehr, dass Sie zurück sind. Ich hoffe, viel von Ihnen lernen zu können.« Ihr Lächeln ist offen, der Händedruck fest. Er denkt an den Umschlag im Büro des Polizeipräsidenten, sagt aber nichts. Dann kann er sich endlich hinsetzen.

»Liebe Kolleginnen und Kollegen«, beginnt Hofrat Kerner, »ich danke euch für den bisherigen Einsatz. Ich weiß, dass ihr mit Volldampf weiterarbeiten werdet. Wer sein Überstundenkontingent für diesen Monat schon ausgeschöpft hat, möge sich bitte im Anschluss bei mir melden. Wir regeln das. Wir brauchen jeden Mann, jede Frau, wenn möglich rund um die Uhr. Drei Kapitalverbrechen wurden innerhalb einer Woche verübt: der Mord an Hans von Billborn, der Mordversuch an unserem Kollegen Merana und der Mord an Egon Kreuzbirn, dessen Leiche heute Mittag entdeckt wurde. Wir werden mit gewohnter Entschlossenheit und Professionalität die Hintergründe zu allen drei Fällen aufklären! Und zwar rasch! Ich übergebe das Wort an die Chefinspektorin.« Wenn er jetzt noch die Hacken zusammenschlägt, dann passt der Auftritt zum Tonfall. Merana kann sich eine spöttische Miene nicht verkneifen. Er hat sich in all den Jahren der Zusammenarbeit mehr als einmal über seinen Vorgesetzten geärgert. Über dessen bisweilen aufgeplusterte Art im Umgang mit Untergebenen. Über dessen gelegentliche Versuche, sich in die Untersuchungsarbeit einzumischen. Denn dem Herrn Hofrat ist sehr daran gelegen, bei einflussreichen Persönlichkeiten nicht anzuecken. Ein allzu aufdringliches Ermitteln in diesen Kreisen würde möglicherweise seiner Karriere schaden. Aber bei all den Fehlern kann man Günther Kerner eines nicht vorwerfen: Mangelnde Loyalität. Merana erinnert sich an die handgeschriebene Karte, die ihm sein Chef auf dem Nachttisch im Krankenhaus hinterließ, weil er bei dessen Besuch in tiefem Schlaf lag. ›Die Salzburger Polizei wird nicht ihren besten Mann ziehen lassen. Ich will keinen Freund verlieren. Wir stehen neben dir.‹

Die Stimme der Chefinspektorin klingt gefasst. »Ich freue mich, dass wir uns verstärken konnten und begrüße die neu Hinzugekommenen im Team. Inzwischen ist so viel Verwirrendes und Widersprüchliches bei den Ereignissen der letzten Tage aufgetaucht, dass wir am besten ganz von vorne anfangen.«

Im Raum ist es still. Alle blicken auf Carola Salman. Stünde Merana vor dem Team, würde er es genauso halten wie Carola. Sie ersucht Thomas Brunner zu beginnen. Das Licht im Raum wird schwächer. Auf dem Screen neben der großen Ermittlungstafel erscheint das Titelblatt des Tagungsfolders.

»Beginnen wir mit dem Kongress des Paracelsusforums. Diese Veranstaltung ist der Grund, warum beide Opfer, Hans von Billborn und Egon Kreuzbirn, sich in Salzburg zeigten. Die Umgebung des Kongresses ist das zentrale Umfeld, in dem sie sich in den vergangenen Tagen bewegten. Als Hauptakteure waren insgesamt 23 Personen an der mehrtägigen Konferenz beteiligt: Fünf Vorstandsmitglieder, zwölf Referenten, zwei Software-Anbieter und vier Ehrengäste, zugleich Interessenten an der Spezial-App. Wir lassen vorerst einmal das Kongresshaus-Service-Personal, die anwesenden Journalisten und die rund 1.000 Zuhörer beiseite und konzentrieren uns auf die Kerngruppe. Ihr findet alle die ausführlichen Biografien in euren Unterlagen.

Zur Erinnerung wollen wir nochmals im Schnelldurchgang die Namen aller 23 Personen auflisten, mit Foto und Stichworten zu den Lebensläufen. Vielleicht haben wir in den bisherigen Ermittlungen etwas übersehen. Vielleicht stoßt ihr aber erst bei der nochmaligen Befragung auf Details, die uns zu Querverbindungen führen, die uns weiterbringen. Beginnen wir mit dem Vorstand.«

Über das Titelblatt des Prospekts blendet sich das Gesicht des Forumsvorsitzenden.

»Professor Karol Blandenburg, Jahrgang 1952, Musikstudium an der Hochschule Mozarteum, 12 Jahre Konzertpianist, danach vor allem als Lehrender tätig. Karrierestufen: Vizerektor der Uni, Nationalratsabgeordneter, Expertenrat des Landeshauptmannes, Aufsichtsrat diverser Kultureinrichtungen, seit zehn Jahren Präsident des Internationalen Paracelsusforums Salzburg.«

Einige blättern in den Unterlagen, unterstreichen mit Markierungsstiften Details der biografischen Angaben. Auf der Leinwand erscheint ein neues Gesicht.

»Rautgunde Hella, Vizepräsidentin des Forums, Jahrgang 1949, Wirtschaftsstudium in Wien, Paris und Madrid. Unterrichtete 15 Jahre lang an der berühmten Harvard University in den USA. Bekleidete später diverse Managementposten bei internationalen Konzernen. Mit ihrer Pensionierung 2004 Rückkehr nach Salzburg. Engagiert sich in zwei Vereinen, die Obdachlose betreuen. Besitzerin einer Jagdlizenz.«

Das Gesicht der grauhaarigen Dame mit dem entschlossenen Blick verschwindet.

Ein glatzköpfiger Mann grinst von der Leinwand.

»Ottokar Donnerfels, Schatzmeister des Forums, war Blandenburgs Vorgänger als Präsident, Jahrgang 1960, Bankdirektor …«

Merana klinkt sich kurz aus. Er hat das Gefühl, Blei laste auf seinen Schultern. Er ist müde. Außerdem kennt er Ottokar Donnerfels. Sie waren beide vor Jahren auf einem Seminar für Führungskräfte in den Tiroler Bergen. Auch die Historikerin Juna Valenta ist ihm bekannt. Bei Herwig Zadrafell notiert er sich, dass der Wirtschaftsexperte zehn Jahre lang für dasselbe Firmen-Konsortium tätig war wie Melina Trötzler. Bei Achim Dräuner hält er fest, dass der Mann einen Waffenschein hat. Dann sind die Biografien der Vorstandsmitglieder abgehakt. Die Reihe der Paracelsus-Referenten wird mit Heribert Gundelstift eröffnet, Kunsthistoriker aus der Schweiz. Er hat seit 15 Jahren eine Professur an der Universität in Zürich.

So wie alle anderen macht auch Merana sich hin und wieder eine Notiz. Er versucht, das schlimmer werdende Brummen in seinem Schädel zu vertreiben und sich auf Namen, Gesichter und Details zu konzentrieren. Nach einer halben Stunde gelangen sie ans Ende der Reihe. Zwei Namen aus der Gruppe der 23 Personen sind übrig geblieben: Hans von Billborn und Egon Kreuzbirn, die beiden Toten.

»Zehn Minuten Kaffeepause«, erlöst die Chefinspektorin die Runde. »Danach machen wir weiter.« Allgemeines Aufatmen. Augenblicklich setzt das Wespengeschwirre wieder ein. Otmar Braunberger öffnet eines der Fenster. Kalte Herbstluft zieht herein. Einige fröstelt. Sie verlassen den Raum, um sich Jacken zu holen. Andere stellen sich nahe ans Fenster, genießen die erquickende Frischluft.

Merana holt sich einen Kaffee. Eine Kollegin im Langarmpulli macht Kniebeugen. Eine zweite schließt sich an. Dann geht es weiter.

»Wir haben uns vorhin aus dem Umfeld der Tagung noch einmal alle wichtigen Personen in Erinnerung gerufen. Ich gebe zu bedenken: Das sind lediglich alle möglichen Hauptakteure, die wir bisher kennen. Vielleicht tauchen im Zuge der Ermittlungen noch weitere Kandidaten auf. Lasst uns nun gemeinsam anhand der Zeittafel ein Ablaufdiagramm erarbeiten. Wir beginnen mit dem Montag.«

Auf der Leinwand erscheint ein Schriftzug: ›Montag, 19. Oktober, Anreise Hans von Billborn.‹

»Das spätere Opfer Hans von Billborn kommt bereits am Montagabend nach Salzburg. Er trifft um 20 Uhr ein und bezieht ein Zimmer im Hotel Sacher. Die Paracelsus-Veranstaltung wird erst am nächsten Tag eröffnet, mit einem Festakt um 19 Uhr im Kongresshaus.«

Meranas Stift fährt hastig über den Notizblock. ›Was machte HvB von Montagabend bis Dienstagabend?‹, notiert er. Die Tagung wurde am Dienstag erst um 19 Uhr eröffnet. Billborn hatte den ganzen Tag zur Verfügung. Hat er versucht, alte Bekannte aus der Zeit vor vierzig Jahren zu treffen? Kontaktierte er sogar jene Person, die möglicherweise die Aufnahme im Mirabellgarten machte?

»Am Mittwoch um 10 Uhr beginnen die Vorträge und Podiumsdiskussionen. Die Veranstaltung dauert an diesem Tag bis 20 Uhr. Am Abend kommen zwei weitere Teilnehmer in Salzburg an, Melina Trötzler und Carsten Klangberg. Frau Trötzler wohnt im Sacher, Herr Klangberg im Hilton.«

Wieder macht sich Merana eine Notiz. ›Hilton liegt am Makartplatz, direkt am Eingang zum Mirabellgarten.‹

»Im Gegensatz zu den anderen drei Ehrengästen, die sich nur wegen der Präsentation der Software einfinden, interessierte sich Hans von Billborn für alle Vorträge des Kongresses. Wir kommen zum Donnerstag. Am Vormittag ging es bei den Referaten um Forschungsergebnisse zu neu aufgetauchten Details aus dem Leben von Paracelsus. Der Nachmittag war dem Blick in die Zukunft gewidmet. Welche möglichen Auswirkungen haben

Paracelsus' Lehren für die Gegenwart und für künftige Generationen? Im Rahmen dieser Diskussion wurde auch die Paracelsus-App vorgestellt. Hier treten erstmals die Software-Entwickler Judith Birkwart und Fernando Müller in Erscheinung. Anwesend sind alle vier Interessenten: Melina Trötzler, Carsten Klangberg, Hans von Billborn und Egon Kreuzbirn. Am Abend steigt das Galadiner im Haus der Blandenburgs. Inklusive der Gastgeber und des Cateringpersonals sind 31 Personen anwesend. Einige der Herrschaften haben auch ihre Begleitung mitgebracht. Gegen 1 Uhr bricht der größte Teil der Gäste auf, darunter auch Hans von Billborn. Melina Trötzler, die sich mit ihm ein Taxi teilt, berichtet später, ihr sei während der Taxifahrt ein sonderbares Verhalten an Billborn aufgefallen. Er wirkte abwesend, als würde ihn etwas sehr beschäftigen. Einen auffälligen Stimmungsumschwung des Unternehmers während des Abends konnte bei unserer Befragung niemand aus der Gesellschaft bestätigen. Allein Oswald Tarutschner, einer der Referenten, gab an, auf dem Weg zur Toilette einen kurzen Disput zwischen Billborn und Kreuzbirn beobachtet zu haben. Er maß dem wenig Bedeutung bei. Es fanden sich auch sonst keine weiteren Zeugen für diese Auseinandersetzung.«

»Wann hat Kreuzbirn die Gesellschaft verlassen?« Die Frage kommt von Gregor Veitsch, Ermittlungsbereich Brand. Er wurde dem Team am Nachmittag zugeteilt.

Noch ehe die Chefinspektorin in ihren Unterlagen nachsehen kann, meldet sich Tamara Kelinic zu Wort. »Um 0.35 Uhr. Er war mit dem eigenen Wagen da und fuhr, laut eigener Aussage, direkt nach Hause.«

»Was machte Melina Trötzler nach der Ankunft im Hotel?«, erkundigt sich Hubert Astknopf, Ermittlungsbereich Betrug. Die neu zugeteilten Kollegen hatten noch wenig Gelegenheit, sich in die umfangreichen Ermittlungsunterlagen einzulesen.

»Sie ging gleich auf ihr Zimmer. Nach eigenen Angaben hat sie das Hotel in der Nacht nicht mehr verlassen.«

›M.Trötzler. Gelegenheit für unbemerktes Weggehen, ca. 2.30 Uhr, Nachtportier Toilette‹, notierte Merana.

»Gegen halb drei verlässt Hans von Billborn nochmals das Hotel«, setzt die Chefinspektorin fort. »Er wird von einem Zeugen, dem Taxilenker Simba Debesa, beobachtet, wie er in Richtung Mirabellgarten verschwindet. Um 5.15 Uhr wird Billborns Leiche von einem Jogger im Becken des großen Springbrunnens tot aufgefunden.«

Es folgen die Details der bisherigen Ermittlungen vom Tatort. Die Kopfwunden werden gezeigt. Dazu ein Bild des Gehstock-Modells. Die Ergebnisse der forensischen Untersuchung werden wiederholt. Wasser in der Lunge. Tod durch Ertrinken.

»Ich darf den Untersuchungsbericht der Gerichtsmedizin um ein wichtiges Detail ergänzen. Frau Doktor Plankowitz ist es gelungen, durch ein aufwändiges Verfahren eine Substanz zu ermitteln, die sie im Verdauungstrakt des Toten lokalisieren konnte.

Wie ihr wisst, landet beim Ertrinken ein Teil des Wassers im Magen, der Rest in der Lunge.«

Thomas Brunner betätigt die Laptopmaus. Auf der Leinwand erscheint ein Gebilde, das an einen Spulwurm erinnert. Die hundertfache Vergrößerung eines millimetergroßen Fadens.

»Dieser winzige Faserteil ist ein Stück Wolle. Da kein einziges Kleidungsstück des Toten aus Wolle bestand, muss die Faser von der Kleidung des Täters stammen. Frau Doktor Plankowitz ist der Ansicht, es handelt sich bei der entdeckten Faser um gewalkte Wolle.«

»Also Loden?«, wirft eine Kollegin ein. Revierinspektorin Silvana Brauer trägt in ihrer Freizeit gerne Tracht.

»Ja, oder jede andere Form von Tuch«, bestätigt die Chefinspektorin. »Der Schwerverletzte hat sich gewiss gewehrt. Beim Versuch, Billborns Kopf unterzutauchen, ist garantiert auch die Kleidung des Mörders mit Wasser in Berührung gekommen.«

»Ich nehme an, es wurde auch die Kleidung des obdachlosen Junkies untersucht. Allerdings finde ich dazu nichts im Bericht.« Gregor Veitsch blättert in den Unterlagen.

»Danke der Abteilung Brand für den Hinweis«, antwortet Otmar Braunberger anstelle von Carola Salman. »Werden wir umgehend ergänzen. Wir haben am Schlafplatz des Obdachlosen eine Jacke sichergestellt. Das Kleidungsstück ist allerdings Strickware, keine gewalkte Wolle.«

Die Chefinspektorin übernimmt wieder.

»Wir haben am Tatort nur den Toten vorgefunden. Verschwunden sind offensichtlich der Gehstock, vermutlich die Tatwaffe für die Schläge, weiters die Brieftasche, das Handy und der Reisepass. Dieser tauchte am Donnerstag auf. Der vorhin schon erwähnte Obdachlose wurde gegen 16 Uhr von einer Streife kontrolliert. Unter seinen Habseligkeiten fand sich auch Hans von Billborns Reisepass. Bastian Hilding behauptet, das Dokument in einer Mülltonne gefunden zu haben. Wenn der Obdachlose die Wahrheit sagt, stellt sich die Frage: Warum deponiert der

Täter den Pass ausgerechnet in einer Mülltonne an einem stark frequentierten Platz? Und was ist mit Handy und Brieftasche?«

»Was passiert mit dem Junkie?«, will Hubert Astknopf wissen.

»Bis auf Weiteres bleibt er in Gewahrsam. Er ist für uns nach wie vor ein möglicher Tatverdächtiger. Die Untersuchungen sind noch lange nicht abgeschlossen.«

Carola wirft einen kurzen Blick zu Merana, ehe sie fortfährt.

»Wir kommen zum nächsten gravierenden Datum in unserer Verlaufsanalyse, zum vergangenen Dienstag. Kurz nach 21 Uhr wird vor dem Wohnhaus in Aigen ein Attentat auf Kommissar Martin Merana verübt.« Einige im Raum drehen unwillkürlich den Kopf nach hinten. Merana sitzt in der letzten Reihe.

»Ob dieser versuchte Anschlag mit den beiden anderen Fällen in Verbindung steht, konnte bislang noch nicht geklärt werden. Die Ursache für den Mordversuch an Kollegen Merana könnte auch woanders liegen. Thomas und Otmar bitte.«

Der Chef der Tatortgruppe zeigt Bilder vom Abend des Anschlags. Der Spielzeuggeländewagen ist zu sehen. Dazu die Einschusslöcher an den Mauerteilen.

Auch ein Foto der verletzten Hündin befindet sich unter den Aufnahmen. Brunner erläutert die Darstellung der Reifenspuren. »Es ist uns gelungen, den Abdruck des extrem breiten Autoreifens zuzuordnen. Er stammt vom SUV eines Mitarbeiters der städtischen Wasserwerke. Er hat am Nachmittag eine nahegelegene Pumpenanlage kontrolliert. Für die Tatzeit am Abend hat er ein Alibi. Bei zwei weiteren Abdrücken konnten wir die Hersteller der Reifen ermitteln. Es handelt sich leider um weit verbreitete handelsübliche Produkte. Daraus Rückschlüsse auf bestimmte Autotypen und deren Besitzer zu ziehen, ist nahezu unmöglich. Wir versuchen es dennoch.«

Dann ist Otmar Braunberger an der Reihe. Er zeigt die Fotos von Eldar Sunscha und Shirvan Malik, erläutert die Hintergründe und die Verbindung zu Kommissar Merana. Erkundigungen in diese Richtung hätten bislang nichts Brauchbares ergeben. Merana hört zu. Er hat den Eindruck, sein langjähriger Mitarbeiter und Freund rede von jemand Fremdem, dem das alles passiert ist.

»Bleiben wir noch bei Dienstagabend«, übernimmt die Chefinspektorin wieder. »Egon Kreuzbirn ist tagsüber geschäftlich unterwegs. Den Termin bei seinen Partnern in München haben wir überprüft. Abends kommt er zurück. Wann er genau in seinem Haus eintraf, wissen wir nicht. Der Wagen stand jedenfalls am nächsten Tag in der Garage. Egon Kreuzbirn bleibt verschwunden. Bis seine Leiche heute am späten Vormittag in einem Waldstück in der Nähe von Nußdorf gefunden wird.«

Die Leinwand zeigt Bilder vom Tatort. Thomas Brunner liefert dazu die entsprechenden Erklärungen. »Laut Aussage von Doktor Plankowitz dürfte der Tote an die 60 Stunden am Bachrand gelegen sein. Wir können also die Tatzeit zwischen Dienstagabend und Mittwochfrüh eingrenzen. Wir sind ziemlich sicher, dass der erweiterte Fundort auch der Tatort ist. Getötet wurde Kreuzbirn etwas oberhalb des Baches. Wir haben am Weg Blutspuren entdeckt. Es gibt zwei große Wunden an der Leiche. Der erste Schuss traf Kreuzbirn in die Brust. Aus einer

Entfernung von zwei bis drei Metern. Er brach zusammen. Der Täter wollte vermutlich auf Nummer sicher gehen und hat seinem Opfer noch zusätzlich in die Schläfe geschossen. Für diesen zweiten Schuss hat der Schütze die Waffe an Kreuzbirns Kopf angesetzt. Die Schmauchspuren verdeutlichen das. Dann zog der Täter den Leichnam rund 15 Meter über den abschüssigen Waldboden und setzte ihn am Bachrand ab. An dieser Position kann der Tote vom Weg aus nicht gesehen werden. Ob Kreuzbirn ein Handy bei sich hatte, wissen wir nicht. Es wurde jedenfalls keines bei ihm gefunden.«

»Gibt es Zeugen zum Vorfall?«, fragt eine Kollegin aus dem Team.

Die Chefinspektorin verneint. »Aber wir stehen auch erst am Anfang der Untersuchung. Die Gegend rund um Nußdorf zu durchkämmen und nach möglichen Zeugen zu suchen wird eine der Hauptaufgaben ab morgen früh sein.«

Hubert Astknopf hebt die Hand. »Ich fasse zusammen. Es gab vier Interessenten an der Software. Zwei davon sind tot, Billborn und Kreuzbirn. Ich frage mich, wo waren Melina Trötzler und Carsten Klangberg am Dienstagabend?«

»Klangberg flog am Montagnachmittag von Salzburg direkt nach Stockholm«, antwortet Braunberger. »Mit Melina Trötzler habe ich am Dienstag telefoniert. Sie befand sich zu diesem Zeitpunkt in Zürich. Wir werden aufgrund der neuen Tatsachen beide Angaben nochmals überprüfen.«

Tamara Kelinic meldet sich. »Ich habe mich intensiv mit Egon Kreuzbirns Vergangenheit beschäftigt. Auf den ersten Blick ist kein stichhaltiges Motiv für das Attentat auf Kommissar Merana ersichtlich. Dennoch ist es theoretisch möglich, dass Kreuzbirn hinter dem Anschlag steckt. Auch wenn er jetzt tot ist, würde ich ihn als möglichen Heckenschützen nicht ganz ausschließen.«

»Das machen wir auch nicht«, entgegnet der Chef der Tatortgruppe. »Wir haben heute bei der Hausdurchsuchung drei Waffen beschlagnahmt, zwei Jagdgewehre und eine Repetierbüchse für Sportschützen. Die ballistischen Auswertungen laufen.«

Carola blickt zu Merana. Er versteht die stumme Frage in ihren Augen. Er nickt.

»Ich möchte noch etwas hinzufügen.« Die Aufmerksamkeit richtet sich wieder auf die Chefinspektorin. »Schon am Beginn der Ermittlung sind wir auf ein Detail gestoßen, dessen Bedeutung für den Fall wir nicht einordnen können. Es ist ein Foto, das eine persönliche Verbindung zu Kommissar Merana aufweist.« Sie gibt Thomas Brunner ein Zeichen, der betätigt die Maus. Auf dem Screen flimmert die Schwarz-Weiß-Aufnahme.

»Dieses Bild wurde vor über vierzig Jahren im Salzburger Mirabellgarten aufgenommen. Es zeigt Hans von Billborn und Martins Mutter, Rosalinde Merana.«

Leichte Unruhe kommt auf. Ein Raunen zieht durch das Sitzungszimmer. Einige blicken kurz nach hinten in die letzte Reihe.

»Wir haben die Aufnahme in Billborns Laptop entdeckt. Dieses Foto hat Billborn sich angeschaut, bevor er gegen halb drei Uhr das Hotel verließ.«

»Vielleicht geht es nur um einen Moment von Sentimentalität«, meint die Praktikantin. »Der alte Mann erinnert sich an alte Zeiten und macht sich auf zu dem Platz, an dem die Begegnung stattfand. Mein Opa kann auch oft nachts nicht schlafen. Dann geistert er durch den Garten und spricht mit der Oma, obwohl die schon seit 15 Jahren tot ist.« Einige lachen, es wird geflüstert. Offenbar wissen auch andere im Raum von skurrilen Begebenheiten seniler Bettflucht zu erzählen. Meranas angespannte Haltung lässt nach. Seine Augen ruhen auf dem Gesamtensemble.

Mit dem hinzugefügten Schwarz-Weiß-Foto sind die bisher aufgetauchten Puzzleteile dieses undurchschaubaren Falles nun komplett. Hinweise des aktuellen Untersuchungsstandes hängen an den beiden Ermittlungstafeln. Die Umgebungsskizze von Meranas Haus, Bilder von Wendy, des Geländewagens, der Einschusslöcher an den Mauern. Grafiken der Reifenabdrücke. Porträts aller Tagungsteilnehmer. Aufnahmen von den beiden Leichenfundorten. Vergrößerungen der Wunden, Einstellungen von den Toten aus verschiedenen Perspektiven. Die meisten Dokumente künden von Vernichtung. Und daneben, großformatig, alles überstrahlend, prangt auf der riesigen Leinwand ein für die Nachwelt festgehaltener Moment purer Lebensfreude. Ein lachender junger Mann mit Meranas ausgelassen fröhlicher Mutter. Merana weiß inzwischen viel über das Bild. Aber er weiß nicht, ob die darauf abgebildete Szene etwas mit den schrecklichen Ereignissen zu tun hat, deren Spuren ringsum zu sehen sind. Gregor Veitsch meldet sich erneut zu Wort.

»Darf ich einen weiteren Denkanstoß liefern? Billborn und Kreuzbirn waren Konkurrenten um das Software-Geschäft. Wir haben eine Zeugenaussage zu einem Disput. Kreuzbirns Geschäftsmethoden waren alles andere als sauber. Stellen wir uns einmal vor, Kreuzbirn hat tatsächlich Billborn getötet. Und nehmen wir weiters an, jemand will den toten Hans von Billborn rächen und bringt deshalb dessen Mörder um. Wer hätte Veranlassung dazu?« Er wühlt in den Blättern. »Ich habe irgendwo in den Unterlagen gelesen … ah, da steht es … Es gibt eine Tochter. Jennifer. Die ist derzeit in Salzburg, eingetroffen am Sonntagabend. Vielleicht mag es weit hergeholt sein, aber die Frage ist dennoch zu stellen: Wurde das Alibi der Dame für die infrage kommende Zeit des Mordes an Egon Kreuzbirn überprüft?«

»Bis heute Mittag gab es keinen Grund dafür«, erläutert Braunberger. »Die Überprüfung steht für morgen ganz oben auf der To-do-Liste.«

Was haben Sie meinem Vater angetan? Jennifer, die am liebsten drauflosgestürmt wäre. Jennifer, die Kreuzbirn gegen die Brust stoßen will. Meranas Kopfweh wird stärker. Er hofft, das Meeting geht dem Ende zu. Er möchte nicht wieder vorzeitig den Raum verlassen.

»Wenn sich allerdings herausstellt, dass es nicht die Rache der Tochter war, und Frau von Billborn als Kreuzbirns Mörderin ausfällt, dann stehen wir wieder vor der Frage: Wurden beide Männer von ein und derselben Person getötet? Und wenn ja, warum? Ich kann keinen plausiblen Grund für die Taten erkennen.« Tamara Kelinic ist aufgestanden, nähert sich den Ermittlungstafeln, als müsste sie alle Details nochmals in sich aufsaugen. Sie wendet sich direkt an die Chefinspektorin.

»Abgesehen vom fehlenden Motiv … Hat sich an den Plätzen irgendein Detail gefunden, das eine nachvollziehbare Verbindung zwischen den Tatorten herstellt?«

»Ja, möglicherweise. Erinnert euch an die Wollfaser vom Tatort Mirabellgarten. Sie stammt vermutlich von der Kleidung des Täters.« Sie bittet Brunner um die nächste Darstellung. Auf dem Screen erscheint ein silberfärbiges Ringgebilde mit einer Einkerbung. »Das ist die Vergrößerung eines Metallstücks. Das Objekt hat einen Durchmesser von vier Millimetern. Es wurde auf dem Weg oberhalb des Bachbettes gefunden.«

»Das könnte von einer kleinen Kette stammen«, bemerkt Revierinspektorin Brauer.

»Oder von einem Kleidungsstück«, setzt Carola Salman hinzu. »Es könnte Teil der Verzierung oder des Verschlusses sein. Wir werden weitere Nachforschungen anstellen. Vielleicht entdecken wir eine Verbindung zur Wollfaser.«

»Das übernehme ich. Ich habe gute Kontakte zu einigen Schneiderwerkstätten. Die arbeiten auch mit Silbermaterialien.«

»Danke, Silvana.« Carola Salman blickt auf die Uhr. »Wir sind bald am Ende des Meetings. Wir legen nochmals zehn Minuten Pause ein. Danach verteilen wir die weiteren Aufgaben für die kommenden Tage.«

Merana bedauert, nicht den Behälter mit den Assam-Blättern mitgenommen zu haben. Dann könnte er sich jetzt in der Mannschaftsküche einen Tee mit belebender Wirkung brauen. Einen weiteren Espresso will er seinem Magen nicht zumuten. Er gibt Carola Bescheid und verlässt das Gebäude. Es ist kalt. Ein Blick nach oben zeigt ihm, dass der Himmel von Wolken überzogen ist. Er wendet sich nach rechts und hält auf die Frohnburg zu. Die Rückseite des herrschaftlichen Gebäudes schimmert in der Ferne. Er passiert das Anwesen, das einst als Schauplatz für den Sound-of-Music-Film diente, und biegt in die Hellbrunner Allee ein. Die rasche Gangart und die schneidend kalte Luft tun ihm gut. Das Pochen im Kopf lässt nach. Bevor die breite Allee den Blick auf das Areal von Schloss Hellbrunn freigibt, kehrt er um. Im Sitzungszimmer sind nur mehr die Führungskräfte des Ermittlerteams anzutreffen, alle anderen sind bereits weg. Thomas Brunner sitzt am Laptop. Die Aufmerksamkeit der Chefinspektorin und des Abteilungsinspektors gilt den Objekten auf den Ermittlungstafeln.

»Was beschäftigt euch im Augenblick?« Merana setzt sich zu ihnen.

»Mich beschäftigt die Frage der unterschiedlichen Tatorte. Zwei liegen in der Stadt, der Mirabellgarten und dein Haus in Aigen. Auch der Kongress wurde in der Stadt veranstaltet. Der dritte Tatort liegt außerhalb, weit von der Stadt entfernt.« Mit einer Raschheit, die man dem korpulenten Mann gar nicht zutraut, springt der Abteilungsinspektor plötzlich auf, klatscht sich mit der flachen Hand gegen die Stirn.

»Jetzt weiß ich, was mir die ganze Zeit über im Kopf herumschwirrt. Ich hatte schon heute Mittag bei der Hinfahrt das Gefühl eines Déjà-vus. Ich habe dann aber nicht mehr darauf geachtet, weil wir ja dieses Mal früher die Straße verließen.« Er tritt nach vorn. »Thomas, wirf uns bitte den erweiterten Umgebungsplan zum heutigen Tatort auf den Screen.«

Ein Ausschnitt der Landkarte erscheint.

»Carola und ich waren am Dienstag schon in dieselbe Richtung unterwegs. Aber heute sind wir kurz vor Oberndorf rechts abgebogen.« Er greift zum Laserpointer, kennzeichnet eine Stelle auf der Karte. »Hier ist das Waldstück bei Nußdorf, in dem wir den toten Egon Kreuzbirn gefunden haben. Bei der Fahrt am Dienstag sind wir nicht abgebogen, sondern auf der Straße geblieben. Wir hatten ein anderes Ziel. Es liegt ganz in der Nähe, zwischen Oberndorf und Bürmoos, genau hier.«

Der Lichtstrahl markiert eine bestimmte Stelle.

»Das Haus der Familie Birkwart«, erläutert die Chefinspektorin. »Dort wohnen derzeit die Softwarespezialisten Judith und Fernando, die beide mit dem ermordeten Kreuzbirn zu tun hatten.«

»Das Anwesen gehörte früher Judiths Großvater, dem hoch angesehenen Herrn Landesjägermeister. In einem Haus, von dessen Wänden einen ausgestopfte Tiere angrinsen, gibt es sicher auch Waffen, mit denen besagte Tiere ins Jenseits befördert wurden. Mit diesen Waffen kann man auch auf Menschen schießen.«

Carola Salman studiert neugierig den Plan. »Befindet sich der dritte Tatort deshalb so weit außerhalb der Stadt, weil die Lage für den möglichen Täter an dieser Stelle viel günstiger ist? Weil die Entfernung vom Waldstück bei Nußdorf bis zum Haus der Birkwarts nicht einmal fünf Kilometer beträgt?«

»Wir werden morgen nochmals hinfahren, um es herauszufinden, Carola. Jetzt kennen wir zumindest schon den Weg.«

Ein feines »Pling« erklingt. Brunners Laptop hat eine neue Mitteilung im Posteingang empfangen. Der Technikerchef öffnet die Datei, liest die Nachricht. Ein Ausruf des Erstaunens ist zu vernehmen. Er wendet sich den anderen zu. »Die Ergebnisse der Verbindungsüberprüfung von Kreuzbirns Handy sind eingetroffen. Wir haben uns die Daten vom Provider übermitteln lassen. Am Tag seines Todes erhielt Kreuzbirn zwei SMS-Nachrichten von einem Wertkarten-Telefon. Um 12.34 Uhr ist diese Nachricht eingegangen.«

Seine Finger huschen über die Laptoptasten. Auf dem großen Screen vor ihnen erscheint der Schriftzug der Nachricht.

›Es sieht gut aus. Ich melde mich am Abend.‹

»Und so lautet die zweite Nachricht, übermittelt um 21.46 Uhr.«

›In 20 Minuten vor Ihrem Haus.‹

»Wo wohnte Kreuzbirn?«, fragt Merana.

»In der Schwarzstraße.« Brunner wirft den Plan auf die Leinwand, markiert die Stelle.

Keiner spricht es aus, aber alle im Raum denken dasselbe. Kreuzbirns Haus liegt neben der Christuskirche. Quer über die Straße befindet sich der Westeingang zu einem der beliebtesten Plätze in Salzburg. Der Tote aus dem Waldstück bei Nußdorf wohnte direkt neben dem Ort, an dem man die erste Leiche fand. Im Mirabellgarten. Der Kreis schließt sich.

Merana kann lange nicht einschlafen. Die Gischt der Wahrnehmungen schäumt durch seinen Kopf. Wogen aus Bildern, Einsichten, Worten, Spuren, Hinweisen, Skizzen durchfluten seine Gedanken. Gesagtes, Gehörtes, Erahntes, Verlorenes prescht in einem unaufhaltsamen Strudel vorbei. Und zugleich hat er den Eindruck, der Wirbel hindert ihn daran, eine Winzigkeit festzuhalten, ein unbedeutsames Detail, das schwer auszumachen ist. Wie das Schillern einer Muschelschale am Meeresgrund, deren Form man nicht erfassen kann, weil noch im selben Augenblick die nächste Welle das Bild überschwemmt. Aber da ist etwas. Er weiß es.

SAMSTAG, 31. OKTOBER

Er erwacht um sieben. Und mit ihm erwacht die Unruhe. Wie eine große schwarze Spinne kriecht sie aus dem Nest, krabbelt die Arme hoch, kratzt an seinem Nacken, beißt sich in seinem Innern fest, frisst sich durch bis in die Eingeweide. Sie versprüht ihr Gift in seinem Körper. Er fühlt sich gelähmt und zugleich rastlos. Er wälzt sich aus dem Bett, reißt das alte T-Shirt vom Leib. Er durchwühlt den Kasten nach einem frischen, findet keines, knallt die Tür zu. Er hebt hilflos die Arme, betrachtet die Handflächen, als hätte er sie noch nie gesehen. Dann lässt er sie wieder sinken. Was macht er hier? Nichts hat er geschafft bisher! Er stelzt mit steifen Beinen hinüber ins Wohnzimmer. Für einen Moment überflackert Wut die Unruhe. Seine Hand holt aus, um das Schwarz-Weiß-Foto vom Couchtisch zu fegen. Der Kopf der roten Rose, der wie eine schützende Sonne darüber wacht, hindert ihn daran. Er starrt auf das Bild, sinkt auf die Couch. Seine Beine gehorchen ihm nicht mehr. Wie ein feines Beben beginnt das Zittern in den Unterschenkeln, erfasst die Knie, läuft weiter über die Oberschenkel. Er fühlt sich müde, unsagbar müde. Der Kopf sackt nach unten.

Was hat er erreicht in den letzten Tagen? Nichts! Nur sinnlos seine Zeit vergeudet!

Als bräuchte er eine Bestätigung, drischt er die Fäuste auf die Oberschenkel, bis das Zittern nachlässt, hastet zum Laptop, hämmert die Fingerkuppen auf die Tasten. Die Datei, die ihm Jutta geschickt hat, springt auf. Vor ihm erscheint der uralte Zeitungsbericht. Die Frau in der Abendrobe. Dieselbe Frau im roten Minikleid auf dem Klavier. Was soll das alles? Wozu stöbert er seit Tagen in all den Sachen?

Sinnlose Mühe! Er lässt sich stundenlang von einem neunzigjährigen Relikt volllabern. Er lässt sich zuschütten mit uralten Anekdoten, die keiner mehr braucht. Curd Jürgens, Senta Berger, Gisela Rissenkamp. Societypartys. Premierengeknalle. Alles Nonsens! Es bringt ihn keinen Schritt weiter. Er steht immer noch vor einer riesigen Wand. Seine Füße sind aus Blei. Sein Kopf ist wie gelähmt. Nur die Spinne in ihm scharrt rastlos. Seine Hand klappt den Laptop zu. Er bewegt die Füße wie ein ferngesteuerter Zombie. Die Unruhe lässt ihn über den Teppich pflügen, treibt ihn in die Küche, führt ihn zurück zur Couch. Minutenlang steht er einfach da. Die Spinne in ihm nagt. Seine Schultern schmerzen. Dann sackt er in die Hocke, setzt sich langsam auf den Boden. Seine Hände schwitzen, zugleich fröstelt ihn. Robertas Tod hat ihn in die Knie gezwungen. Das blanke Entsetzen darüber, dass er danach fast zum Mörder geworden wäre, hat ihm den Boden unter den Beinen zertrümmert. Mühselig hat er sich ein Gerüst zurechtgezimmert. Wie einen Galgen, an dessen Schlinge er sich in die Höhe ziehen konnte. Er hat nach Festigkeit gesucht. Und die Aussicht, dass er sich selbst bestrafen kann, hat ihm Halt gegeben. Der aus den Scherben seiner Verfehlungen mühsam zuammengekittete Entschluss, alles hinzuschmeißen, hat ihn gestützt. Und dann die nächste Erschütterung! Carola und Otmar brachten ihm das alte Bild. Und öffneten dadurch eine Schleuse. Wie altes Gerümpel, das ein entfesselter Wildbach über die Ufer schwemmt, sind ihm die Scherben der Vergangenheit entgegengebrandet. Er hat sich hineingebohrt in die Frage, was dieses Bild bedeutet. Er hat den Kokon der Klinik verlassen, um dem Leben Antworten abzupressen. Und alles ringsum geriet in Bewegung. Er hat keine Antworten. Dafür hat er zwei Tote, zwei ausgelöschte Leben. Und dazu einen riesigen Raum mit Tafeln voller Hinweise, die alle nichts bringen. Er hatte vor, alles hinzuschmeißen, und hat es nicht getan. Sein Entschluss, kein Polizist mehr zu sein, war fertig geformt. Und er hat sich nicht daran gehalten! Stattdessen hat er angefangen zu graben, nach Antworten zu suchen. Er hat zum Polizeipräsidenten nicht gesagt: Schick ihn ab, den Brief! Auf der Stelle! Warum nicht? Er hebt die Arme. Wieder betrachtet er seine Hände, als gehörten sie jemand anderem. Er wehrt sich gegen die Erkenntnis, baut Mauern auf. Dann lässt er die Arme sinken. Er hat nicht darauf bestanden, dass der Polizeichef das Schreiben noch in der nächsten Sekunde abschickt, weil er es im Grunde gar nicht will. Nicht diesen Brief. Vielleicht einen anderen. Er hat sich oft gefragt, wozu er sein Leben noch braucht. Allem ein Ende zu setzen, erschien ihm als beruhigende Lösung. Und dann blitzte das Mündungsfeuer am Waldrand. Schüsse fegten durch die Nacht, hätten ihn töten können. Und er war glücklich, dass ihn die Kugeln verfehlten! Dass er sein Leben noch hat. Dass er weiterwühlen kann! Dass ihm weiterhin vergönnt ist, sich in den Mirabellgarten zu setzen, um den Ausblick auf die Stadt zu genießen. Wieder sinkt ihm der Kopf nach unten. Die Nacht des Attentats fällt ihm ein. Carola saß hier auf der Couch.

Ich hätte nie einen anderen Chef akzeptiert als dich.

Er atmet schwer, hört sich selbst zu, wie die Luft langsam aus seiner verschrammten Lunge kriecht. Sein Kopf ruckt nach oben. Er steht auf, zieht die Rose aus der Vase, legt sie auf den Tisch. Dann trägt er die Vase in die Küche. Er schüttet das abgestandene Wasser in den Ausguss. Langsam lässt er neues Wasser in die Vase fließen. Er kehrt zurück ins Wohnzimmer, nimmt die Rose und steckt sie zurück. Er schaut sie an. Sie hatte frisches Wasser dringend nötig, um weiterhin zu blühen. Dann lehnt er das Bild wieder an den Rand der Vase.

Er wird nicht aufhören zu wühlen. Er will wissen, warum zwei Tote im Leichenschauhaus liegen. Er will demjenigen ins Gesicht schauen, der versucht hat, ihm eine Kugel in den Kopf zu jagen. Und er will nicht von der Frage ablassen, warum das alte Bild nach vierzig Jahren wieder auftauchte. Er fühlt sich erschöpft. Aber seine Beine zittern nicht mehr. Das Ziehen in den Schultern hat nachgelassen.

Das Handy läutet. Er schaut auf das Display. ›Jennifer‹. Ein Knoten formt sich in seinem Bauch. Er hält das für Angst. Er wischt über das Display.

»Guten Morgen.«

»Guten Morgen, Herr Merana. Ich hoffe, ich habe Sie nicht geweckt.«

In seinem Blickfeld schimmert die rote Rosensonne über dem Bild zweier junger Menschen.

»Nein, Sie stören nicht. Ich bin schon länger auf.«

»Ich will Ihnen nur sagen, dass die Staatsanwaltschaft den Leichnam freigegeben hat. Mein Vater wird heute Abend mit dem Bestattungswagen nach Hamburg überstellt.«

»Ich bin froh, dass das lange Warten für Sie ein Ende hat.«

»Ja, ich auch.«

Eine Pause entsteht. Er weiß nicht, was er sagen soll.

»Ich fliege morgen mit der Frühmaschine um 9 Uhr.«

»Ich kann mir vorstellen, dass Sie froh sind, endlich nach Hause zu kommen.«

»Ja …«

Wieder macht sie eine Pause. Er sollte ihr vielleicht einen guten Flug wünschen und das Gespräch beenden.

»Herr Merana, ich weiß, Sie haben viel zu tun. Möchten Sie dennoch heute Abend mit mir in der Hotelbar ein Glas Wein zum Abschied trinken?«

Irgendwie sind wir beide dadurch auch miteinander verbunden, oder?

»Ich glaube, das lässt sich einrichten.«

»Vielleicht so gegen 8 Uhr, wenn Ihnen das recht ist.«

Es ist ihm recht. Er beendet das Gespräch. Der Knoten löst sich, dennoch bleibt eine sonderbare Empfindung. Angst ist das nicht. Er weiß nicht genau, was es ist. Aber es fühlt sich warm an. Dann ist die Spinne wieder da. Die Unruhe scharrt weiter in ihm. Sie ist schwächer geworden, aber sie treibt ihn immer noch. Er wird Antworten finden. Er ist ein guter Polizist. Das war er immer schon.

»Belügt die doch glatt einen Abteilungsinspektor!«

Carola Salman bleibt in der offenen Tür stehen, schaut verwundert auf den kopfschüttelnden Kollegen. »Wer?«

Braunberger deutet auf den freien Stuhl, nippt an seinem Tee. Die Chefinspektorin setzt sich.

»Die gute Frau Trötzler! Ich fasse es nicht!« Er bricht die frische Brioche entzwei, reicht Carola die Hälfte. »Stell dir vor, die war doch tatsächlich am Dienstag noch in Salzburg und nicht bereits in Zürich, wie sie mir am Telefon vorflunkerte! Der Astknopf vom Betrug hat es herausgefunden. Er hat es mir eben am Telefon berichtet.«

»Warum hat die Trötzler gelogen?«

»Weil niemand wissen durfte, dass sie noch in Salzburg war. Schon gar nicht ihr Mann.«

»Bettgeschichte? Seitensprung? One-Night-Stand oder von Dauer?«

Er grinst, verzehrt ein Stück des Gebäcks. »Wie intensiv das Verhältnis ist, entzieht sich leider meiner Kenntnis. Aber ich kenne zumindest dank der unermüdlichen Nachforschung des Kollegen Astknopf den Namen des Lovers. Paracelsusforum-Vorstandsmitglied Herwig Zadrafell.«

»Ah, wenn ich dessen Biografie richtig im Kopf habe, dann hat er für dasselbe Konsortium gearbeitet, für das jetzt auch Melina Trötzler tätig ist.«

»Vermutlich kennen sie sich auch von dort. Vielleicht geht die Geschichte schon länger.«

»Wenn sie allerdings am Dienstagabend zu Herrn Zadrafell ins Bett hüpfte, dann hat sie zumindest für die Tatzeit ein Alibi.«

»Oder sie waren es beide.« Das letzte Stück Brioche verschwindet im Mund des Abteilungsinspektors.

»Jaja, auf die Grundsolidität der Schweizerinnen ist auch kein Verlass mehr! Vielleicht sollten wir auch an Frau Trötzlers Aussage zweifeln, dass sie nach der Rückkehr ins Sacher das Hotel tatsächlich nicht mehr verlassen hat.«

»Wir vertrauen da ganz auf die Verbissenheit des Kollegen Astknopf. Der wird das alles herausfinden.«

Er stellt die leere Teetasse weg. »Können wir?«

»Ja.«

Dieses Mal trägt Camelia Birkwart kein Wollkleid, sondern einen dunklen Rock und eine Trachtenjacke. Sie ist erstaunt über das Auftauchen der beiden Polizisten.

»Grüß Gott, wollen Sie noch etwas von uns?«

»Wir möchten uns nur mit Ihnen und den beiden jungen Leuten nochmals unterhalten.«

Ihr Blick wirkt verunsichert. Schon zum zweiten Mal Polizei im Haus, das irritiert sie offenbar. Sie geht voraus, bittet die Beamten wie beim letzten Mal in die Stube.

»Ich hole Judith und Fernando.« Sie verlässt den Raum. Braunberger hat Erkundigungen über die Familie eingeholt. Camelia Birkwart ist Witwe. Ihr Mann starb vor zwei Jahren bei einem Autounfall. Sie selbst war Lehrerin, ist seit zehn Jahren in Pension. Die Hausfrau erscheint in Begleitung der beiden jungen Leute. Sie nehmen am großen Tisch Platz.

»Haben Sie Waffen im Haus, Frau Birkwart?«

»Ja, unten im Keller. Die Jagdgewehre sind vorschriftsmäßig verwahrt.«

Sie würden sich einen richterlichen Beschluss besorgen, falls es nötig ist. »Sie haben sicherlich mitbekommen, dass es inzwischen ein zweites Gewaltverbrechen gab. Egon Kreuzbirn wurde gestern tot aufgefunden. Man hat ihn erschossen.« Ein Schniefen ist zu hören. Judith lehnt sich an Fernando, vergräbt das Gesicht an der Schulter ihres Freundes.

»Nimmt Sie der Tod von Egon Kreuzbirn sehr her, Judith?« Carola Salmans Tonfall ist freundlich. Dennoch ist ein Lauern in ihrer Haltung spürbar.

»Nein, ich kannte ihn ja kaum. Außerdem war er ein Widerling … auch wenn man über Tote nichts Schlechtes sagen soll. Aber ich meine, es gab vier Interessenten, und jetzt sind zwei davon tot. Ich hoffe, diese furchtbaren Verbrechen haben nichts mit unserer Software zu tun.«

»Wie kommen Sie darauf?«

Sie zuckt nur hilflos mit den Schultern. »Vielleicht sollten wir die Paracelsus-App gar nicht an die Öffentlichkeit bringen. Die Software bringt nur Unglück.«

»Aber nein, Judith«, protestiert Fernando. »Du bist nur ganz durcheinander. Wir ziehen das durch, wie geplant.«

In ihren Augen blitzt kurz ein Ausdruck des Widerwillens auf.

»Sie haben uns beim letzten Mal geschildert, Herr Kreuzbirn hätte Ihnen gegenüber anzügliche Bemerkungen gemacht. War da vielleicht noch mehr, was er sich herausgenommen hat? Schlimmeres als zotige Andeutungen?«

Sie zögert mit der Antwort. Sie schließt den halb geöffneten Mund, schüttelt den Kopf. Carola Salman überlegt, ob sie nachhaken soll. Sie belässt es dabei, stellt die nächste Frage.

»Wo waren Sie beide am Dienstagabend?«

»Zu Hause«, antwortet Fernando. »Wir haben gearbeitet, an einem neuen Programm gefeilt.«

»Und Sie, Frau Birkwart?«

»Ich war auch zu Hause.«

Der erstaunte Blick der beiden jungen Leute entgeht den Polizisten nicht.

»Sind Sie sich sicher?« Braunberger fixiert die Hausfrau.

»Warum sollte ich nicht zu Hause gewesen sein?« Ihre Stimme wird lauter. Der Abteilungsinspektor beugt sich vor. »Frau Birkwart, wir kriegen es sowieso heraus …«

Sie steht auf, streicht das Tischtuch glatt. »Sie bringen mich ganz durcheinander mit Ihrer Fragerei …« Sie nimmt wieder Platz, versucht, den Eindruck zu erwecken, als denke sie nach. »Ah … Ich hatte ganz vergessen, dass am Dienstag unsere Bridgerunde war. Wir treffen uns zweimal im Monat. Jedes Mal ist eine andere Freundin an der Reihe.«

»Wer war dieses Mal Gastgeberin?«

»Irmgard Glaser, die hat mit mir am selben Gymnasium unterrichtet.«

»Adresse?«

»Direkt am Kirchplatz in Berndorf. Die genaue Hausnummer weiß ich leider nicht.«

Braunberger schreibt eine Notiz in sein Buch.

»Wann sind Sie heimgekommen?«

Ihre Augen wandern unruhig zwischen den beiden Beamten hin und her. Sie lässt sich Zeit mit der Antwort. »Das muss so kurz nach elf gewesen sein.«

Braunberger denkt nach. »Auf dem Weg von Berndorf nach Hause haben Sie doch sicher die Nussdorfer Landesstraße genommen?«

»Äh … ja.«

»Da sind Sie auch an dem Waldstück vorbeigefahren, in dem wir den Ermordeten fanden. Ist Ihnen irgendetwas aufgefallen?«

»Nein.« Ihre Antwort kommt schnell.

»Sind Sie ganz sicher, Frau Birkwart? Vielleicht sollten Sie nochmals in Ruhe darüber nachdenken.«

»Ich bin ganz sicher.«

Er hört das Bellen, als er vom Rad steigt. Er hat frisches Brot aus der Bäckerei besorgt. Merana stellt das Rad ab, macht ein paar Schritte in Richtung Gartentor, um freie Sicht zu haben. Vor dem Haus der Nachbarn steht ein heller Kombi. Er steigt wieder in den Sattel, fährt hinüber.

»Hallo, Herr Merana. Na, was sagen Sie zu unserer Prinzessin?« Freude strahlt aus den Gesichtern der Nachbarsleute. Er reicht ihnen die Hand. Die Hecktür des Kombi ist hochgeklappt. Wendy liegt in einem großen Korbgestell. Sie hat den Kopf gehoben, begrüßt ihn mit einem Bellen.

Merana tritt näher. Er krault die Hündin vorsichtig am Hals. »Na, meine Retterin, wie geht es dir?« Die Irish Red Setter Dame lässt ein wohliges Grummeln vernehmen. An der rechten Schulter wurde ein Teil der Behaarung abrasiert. Ein großes Heftpflaster klebt auf der Haut. Um die Hüfte ist ein breiter Verband gewickelt. »Kann sie schon wieder gehen?«

Joachim Strückler lacht. »Das hätte sie gerne. Das weiße Zeug um ihren Leib taugt ihr gar nicht. Doch da wird sich unsere Prinzessin noch etwas gedulden müssen, bis sie wieder herumtollen darf.«

»Kann ich helfen, sie ins Haus zu tragen?«

Die Nachbarin wehrt ab.

»Kein Problem, Herr Merana, das schaffen mein Mann und ich schon alleine.«

»Kann ich meiner Retterin irgendetwas Gutes tun? Einen

besonderen Leckerbissen besorgen oder ein bestimmtes Spielzeug?«

Beate Strückler lächelt. »Wenn Sie Wendy wirklich eine Freude machen wollen, dann besuchen Sie uns doch in den nächsten Tagen und spielen mit ihr ›Fang den Knochen‹. Das geht so: Wendy lauert in der Ecke. Sie werfen den Plastikknochen. Unsere Prinzessin schnappt ihn mit dem Maul. Dann lässt sie ihn auf den Boden fallen. Sie heben den Knochen auf, treten ein paar Schritte zurück und werfen ihn erneut. Wenn es nach Wendy geht, kann das stundenlang so dahingehen. Dieses Spiel wird sie trotz ihrer Verletzung schaffen. Das geht auch im Liegen.«

Er verspricht, bald einmal vorbeizukommen. Dann fährt er zurück, nimmt den Papiersack und bringt das Brot in die Küche. Er schaltet die Espressomaschine ein, lässt den Kaffee in eine Tasse rinnen. Die Brotscheiben bestreicht er mit Butter. Nach dem Frühstück setzt er sich an den Laptop. Er öffnet die Datei mit den alten Zeitungsberichten, die Jutta ihm übermittelt hat, druckt die Bilder aus, legt sie neben die Schwarz-Weiß-Fotografie auf den Boden. Er setzt sich auf die Couch. Seine Augen streifen langsam über die Aufnahmen.

Die Besprechung ist für 16 Uhr angesetzt. Nicht alle aus dem Team nehmen teil, einige Kollegen sind noch unterwegs. Sie würden sich melden, falls sich bei ihren Nachforschungen etwas Neues ergibt. Die Ergebnisse der Sitzung würden sie später im Protokoll nachlesen können.

»Es haben sich heute Vormittag zwei Obdachlose gemeldet, die dem Junkie für die Tatzeit ein Alibi geben. Er wäre mit ihnen zusammen gewesen«, berichtet Silvana Brauer.

»Der Mord an Hans von Billborn ist über eine Woche her.« Otmar Braunberger bläht mit gespieltem Erstaunen die Nüstern. »Und die beiden wissen ganz genau, dass es ausgerechnet die Nacht von Donnerstag auf Freitag war, wo Bastian Hilding mit ihnen herumlungerte?«

»Zumindest behaupten sie es.«

»Na, vielleicht haben die Herren Obdachlosen das Treffen in ihrem Terminkalender eingetragen.«

»Was ist mit Billborns Brieftasche und Handy?«, will die Chefinspektorin wissen. »Gibt es einen Hinweis?« Sie schaut in die Runde. Allgemeines Kopfschütteln.

»Kollege Astknopf, was hast du herausgefunden?«

Der Angesprochene zieht das Sakko aus, hängt es über die Stuhllehne. »Melina Trötzler gibt an, am Dienstag ab 21 Uhr bei ihrem Liebhaber in der Wohnung gewesen zu sein. Sie hätten gemeinsam die Nacht verbracht. Herwig Zadrafell behauptet dasselbe.«

»Gibt es dafür Zeugen? Hat eine aufmerksame Nachbarin die beiden beobachtet?«

»Leider nein, zumindest habe ich noch keine gefunden. Aber sollten die beiden nicht die Wahrheit sagen, kriege ich das raus. Wir vom Betrug kennen uns mit Lügnern aus.«

»Davon sind wir alle überzeugt, Herr Kollege.«

Dann ist Otmar Braunberger an der Reihe. Er hat zwei Leute aus dem Ermittlerteam auf die Spur des Tschetschenen angesetzt. »Es gibt keinen Hinweis, dass Malik nach seiner Abreise vom Linzer Hauptbahnhof in Salzburg ausgestiegen wäre. Er kann es dennoch getan haben. Wir suchen weiter nach ihm.«

Thomas Brunner berichtet über die Arbeit aus der Technikergruppe. Im Waldstück bei Nußdorf wurden an einem in die Fahrbahn ragenden Ast winzige Lackspuren sichergestellt. »Gemäß festgestelltem Schichtaufbau und der Farbstruktur könnten die Splitter zu einem Ford Fiesta passen. Wir warten noch auf die Ergebnisse der Infrarotspektrumaufnahme, um ganz sicherzugehen.«

Die Chefinspektorin berichtet den anderen von der Begegnung mit der Familie Birkwart. Sie erwähnt auch das Zögern von Judith bei der Frage, ob Egon Kreuzbirn zudringlich geworden wäre

»Silvana, verfolg diese Angelegenheit bitte weiter. Vielleicht finden wir jemanden, der Judith Birkwart mit Kreuzbirn beobachtet hat. Hör dich bei den Frauen unter den Tagungsreferenten und des Vorstandgremiums um. Möglicherweise hat noch jemand üble Erfahrungen mit dem aufdringlichen Geschäftsmann gemacht.«

Dann beenden sie die Sitzung. Keiner hat es ausgesprochen, aber die meisten haben es gedacht. Die Untersuchungen laufen zäh. Sie treten auch nach Tagen immer noch auf der Stelle. Carola spürt ihren Ärger. Sie weiß aus Erfahrung, dass polizeiliche Ermittlung bisweilen eines verlangt: Geduld! Eine Eigenschaft, die nicht zu Carolas hervorstechenden Tugenden gehört. Sie zieht sich mit Otmar Braunberger in dessen Büro zurück. Es gilt, das gemeinsame Vorgehen für die nächsten Tage festzulegen. Braunbergers Handy läutet. Der Anruf kommt von Tamara Kelinic. Er hat sie beauftragt, Camelia Birkwarts Angaben zu überprüfen. Er stellt das Handy auf laut.

»Hallo, Otmar, ich fahre eben aus Nußdorf zurück. Frau Glaser hat die Angaben von Camelia Birkwart bestätigt. Sie sagte, die beiden wären kurz nach halb elf aufgebrochen.«

»Die beiden?«

»Ja, das hat mich auch gewundert, deshalb habe ich nachgefragt. Camelia Birkwart hat eine Spielerin aus der Bridgerunde im Auto mitgenommen. Ich habe auch den Namen und die Telefonnummer.«

Braunberger notiert sich die Angaben. Dann beendet er das Gespräch.

»Schon wieder eine, die einem Abteilungsinspektor gegenüber nicht ganz die Wahrheit gesagt hat.«

»Camelia Birkwart würde wohl entgegnen, wir hätten sie auch nicht danach gefragt, ob sie alleine im Auto war.«

»Wenn sie nichts zu verbergen hat, dann hätte sie es erwähnt.«

Braunberger wählt die Nummer. Die Stimme einer älteren Dame meldet sich.

»Hirzner …«

»Guten Tag, Frau Hirzner. Da spricht Abteilungsinspektor Otmar Braunberger, Kriminalpolizei Salzburg. Es geht nur um eine Routinebefragung. Frau Glaser aus Berndorf sagte uns, Sie wären am Dienstagabend bei ihr zu Gast gewesen.«

»Ja, das stimmt. Wir hatten unsere Bridgerunde.«

»Wie sind Sie nach Hause gekommen?«

»Eine Freundin hat mich im Auto mitgenommen, Frau Camelia Birkwart. Die kennen Sie vielleicht. Ihr Vater war Landesjägermeister.«

»Sind Sie bei der Heimfahrt auch am großen Waldstück in der Nähe von Nußdorf vorbeigekommen?«

»Wo man am Donnerstag diese Leiche fand?« Die Stimme schwillt an, bekommt einen Hauch von Dramatik. »Ich habe darüber in der Zeitung gelesen! Was ist denn da passiert, Herr Abteilungsinspektor? Das ist ja alles so furchtbar. Man traut sich ja abends gar nicht mehr aus dem Haus.«

Braunberger ignoriert die Frage.

»Ist Ihnen auf diesem Abschnitt irgendetwas Ungewöhnliches aufgefallen?«

»Nein, was sollte mir aufgefallen sein?«

»Waren auch andere Autos unterwegs?«

»Ich glaube nicht. Vielleicht eines oder zwei. Die Strecke ist ja nachts nicht stark befahren.«

»Sollte Ihnen noch etwas einfallen, Frau Hirzner, dann melden Sie sich bitte.«

Er gibt ihr die Nummer des Journaldienstes. Die Kollegen würden den Anruf weiterleiten.

Die Chefinspektorin verschränkt die Hände hinter dem Nacken.

»Warum hat Camelia Birkwart nicht angegeben, dass sie auf der Rückfahrt jemanden mit im Auto hatte?«

»Vielleicht hat sie es nur vergessen.«

»Das glaube ich nicht.« Der Abteilungsinspektor ist ganz ihrer Meinung. Er glaubt es auch nicht.

Carola Salman blickt auf die Uhr. Es ist höchste Zeit, nach Hause zu fahren. Sie hat Hedwig versprochen, rechtzeitig heimzukommen. Die Kleine liebt es, wenn zu Halloween an der Tür geläutet wird und draußen eine Schar gruselig gekleideter Kinder steht. Carola hat extra einen großen Sack mit Süßigkeiten eingekauft.

Merana liegt auf dem Boden. Noch immer nagt die Spinne in ihm. Seit Stunden kreisen die Gedanken durch seinen Kopf. Er hat vergeblich versucht, die Muschelschale am

Meeresgrund auszumachen. Vielleicht irrt er sich auch. Vielleicht ist das Schemenhafte, nach dem er zu greifen sucht, nur das Gespinst einer Sinnestäuschung. Vielleicht existiert das eine winzige Detail gar nicht, das er kurz zu erspähen vermeinte. Er ist seine eigenen Wege nochmals Schritt für Schritt durchgegangen, hat die Erkundigungen der vergangenen Tage minutiös analysiert. Er hat sich die Einzelheiten der Mordermittlung immer und immer wieder ins Gedächtnis gerufen, die Fotos, die Skizzen, die Aussagen. Er hat die vermeintliche Winzigkeit, die ihn beschäftigt, nicht gefunden. Die Müdigkeit hängt an seinen Schultern wie ein Umhang aus Granit. Mit Mühe stemmt er sich hoch, kommt auf die Beine. Er reißt die Balkontür auf. Er braucht Luft. Er muss hinaus ins Freie. Er will dorthin zurück, wo alles begonnen hat.

Er schließt die Balkontür. Er holt das Auto aus der Garage und fährt in die Stadt.

Die weiße Säule vibriert in der Luft. Mit spielerischer Grazie tanzen die Millionen Tropfen der großen Fontäne vor dem Panorama der Stadt. Vor über vierzig Jahren treffen einander an diesem Brunnen zwei junge Menschen. Sie sind verliebt. Sie reichen sich die Hände, tänzeln um den Brunnen, küssen sich. Der Wind treibt die feine Gischt über den Rand des Beckens, benetzt die steinernen Statuen. Auch auf dem Sockel turtelt ein junges Paar. Der Mann lupft die Geliebte graziös über die Schulter. Die fröhliche Pose amüsiert die jungen Leute am Brunnen. Mit gleichem Schwung befreit der Mann seine Angebetete von der Last des Bodens, stemmt sie jauchzend hoch in den Himmel. Der Moment von Glückseligkeit wird im Bild festgehalten. Wie so oft in den letzten Tagen hält Merana die Aufnahme in den Händen, stellt sich die Szene von damals vor. Gleichzeitig denkt er an den alten Mann aus der Gegenwart. An dieser Stelle wurde er getötet, nachdem er sich zuvor beim Betrachten des Fotos in die Vergangenheit versetzte. Merana steht ganz nah am Brunnen. Das Trommeln des herniederprasselnden Wassers übertönt die Geräusche der Umgebung. Ins Tosen der Fontäne mischt sich ein helles Perlen. Er kann nicht orten, woher es kommt. Vielleicht flirrt Musik aus einem geöffneten Fenster der nahen Hochschule Mozarteum bis in den Garten. Auch das Stimmengesumme rings um Merana wird vom Wasserrauschen zugedeckt. Für Hans von Billborn wurde der tanzende Strahl an diesem Ort des unbeschwerten Vergnügens zur Todesfontäne. Schwarze Wolkenkrusten hängen über der Festung. Langsam greift die Dämmerung nach der Stadt, wirft ihr Schattengeflecht auch über den Mirabellgarten. Noch immer zirpen im Getrommel des Wassers helle Klänge. Merana setzt sich auf die Bank. Er vertieft sich in den zauberhaften Anblick der sprudelnden Säule. Ihr dichtes Schimmern setzt sich gegen das dunkel werdende Firmament ab. Seine Augen ruhen auf der schäumenden Gischt. In der nächsten Sekunde bricht die Säule ein, das Wasser verschwindet. Verdutzt springt Merana auf. Wo eben noch die perlende Lanze in den Himmel stach, ist nichts mehr. Leere! Er wendet sich um. Hinter sich erkennt er einen Mitarbeiter des Gartenamtes. Der Mann trägt ein Namensschild am Overall.

»Was ist passiert?«

Der Gärtner zeigt ein feines Schmunzeln.

»Winterpause. Heute ist der 31. Oktober. Wir drehen das Wasser ab. Die große Fontäne legt sich schlafen, ehe sie im Frühjahr erneut erwacht.«

Merana schaut wieder auf das Becken. Etwas ist anders. Die Umgebung hat sich verändert. Nicht nur das Bild der Säule ist verschwunden, auch das Dröhnen der fallenden Gischt ist verstummt. Meranas Herzschlag setzt für eine Sekunde aus. Mein Gott, das ist es. Die plötzliche Erkenntnis lässt ihn für einen Moment zittern. Er setzt sich nieder. Es gibt tatsächlich etwas, was den Bogen vom Damals ins Heute spannt. Ein unbedeutendes Detail. Er kann es nicht einordnen in all die tausend Puzzleteile. Aber es existiert. Er hat es nicht als Bild vor Augen. Er hört es. Die Stille, die nach dem plötzlichen Ersterben der prasselnden Fontäne eintrat, gibt es frei. Er schaut auf die Zeitanzeige des Handys. 16.30 Uhr. Er müsste anzutreffen sein. Er braucht für die Strecke zum nahen ›Café Bazar‹ keine drei Minuten. Bei jedem Schritt pocht ein und dieselbe Frage in seinem Kopf. Hat das Entdeckte etwas zu bedeuten? Er vermag keinen Sinn darin zu erkennen. Aber er setzt seinen Weg unbeirrt fort. Der Tisch in der Fensterecke ist unbesetzt. Merana sieht sich um. »Suchen Sie den Herrn Altenstatt?« Neben ihm steht einer der Zahlkellner.

»Ja.«

»Der kommt heute leider nicht. Er laboriert an einer Verkühlung.«

»Danke.« Er zieht das Handy aus der Tasche, ruft Jutta Ploch an. Er lässt sich die Nummer geben, tippt sie ein. Es dauert lange, bis sich eine leicht krächzende Stimme meldet.

»Hallo?«

»Guten Abend, Herr Altenstatt. Hier spricht Martin Merana.«

»Herr Kommissar, was verschafft mir das Vergnügen Ihres Anrufes? Wollen Sie mit mir wieder in alten Festspielerinnerungen schwelgen?«

»Ich habe nur eine Frage an Sie. Sie haben mir von Gisela Rissenkamps zahlreichen Liebschaften erzählt.«

»Ja, die Gute war in ihrem Männerverschleiß wirklich unersättlich.«

»Können Sie sich noch erinnern, wie der Barpianist hieß?«

»Selbstverständlich. Immerhin wurde aus ihm eine bedeutende Persönlichkeit.« Er nennt den Namen. Merana bedankt sich, plumpst auf einen der Stühle. Es war nur ein Versuch, ein fast hilfloses Tasten nach einer verlorenen Münze im Nebel. Nun hat er zu dem schemenhaft winzigen Detail auch ein Gesicht. Ihm ist immer noch nicht klar, was dieser unmaßgeblich kleine Splitter im Gesamtgefüge des Mosaiks für eine Rolle spielen könnte.

»Darf ich Ihnen etwas bringen?« Ein sympathisch slawischer Akzent begleitet die Frage der Kellnerin.

»Ja, einen doppelten Espresso.« Und im Abdrehen ruft er ihr noch hinterher: »Und einen großen Grappa, bitte.«

Als er in die Straße einbiegt, klingt ihm Kinderlärm entgegen. Eine Gruppe kleiner Gestalten in Gespenstermasken stürmt auf ihn zu. »Süßes oder Saures!« Er pflegt nicht mit einem Sack voller Süßigkeiten durch die Gegend zu laufen, auch nicht zu Halloween. Die kleine Rackerbande umzingelt ihn. Er befreit sich mit einem Fünf-Euro-Schein aus dieser Lage. Der wilde Haufen bricht in begeistertes

Gejohle aus. Dann machen sich die kleinen Schreckgestalten davon, um an der nächsten Wohnungstür zu klingeln. Er setzt seinen Weg fort. Unter seinen Schritten flüstert das Laub. Zwischen den lichten Baumstämmen ist in der Ferne der dunkle Spiegel des Weihers zu erkennen. Wie eine große Postkarte schwimmt die beleuchtete Fassade des Schlosses auf dem Wasser. Er steigt die Stufen zum Eingang hinauf, läutet an der Glocke. Das Erste, das ihm beim Anblick der kleinen dunkelhaarigen Frau ins Auge sticht, ist die große Knollennase. Darüber funkeln zwei freundliche Augen. Er zeigt seinen Dienstausweis, nennt sein Anliegen. Sie werde ihn sofort anmelden, meint die Frau. Er entgegnet, er ziehe es vor, ohne Anmeldung den Hausherrn zu sprechen. Auch die Jacke lässt er sich nicht abnehmen, er bringt sie selbst zur Garderobe. Die Kleiderablage ist aus hellem Holz. Neben dem Schirmständer steht eine hohe Vase mit Schilfgras. Auf einem Bügel hängt eine Pelerine, daneben eine helle Joppe und ein dunkler Lodenmantel. Er lässt sich von der Haushälterin zum Arbeitszimmer führen. Er klopft an, tritt ein. Ein großer Raum mit Flügeltür zum Garten, registriert sein rascher Blick. Fotografien an den Wänden. Gediegenes Mobiliar, zwei Bücherregale, ein Wappen aus Holz, daneben zwei Säbel, am Biedermeierecktisch steht ein Schachbrett mit Figuren. Der Mann hinter dem Schreibtisch blickt verdutzt von seinen Unterlagen auf. Auf dem Tisch thront eine schwere Stehuhr in Segelschiffgestalt.

»Herr Kommissar Merana, das nenne ich aber eine Überraschung! Haben wir einen Termin?«

»Guten Abend, Herr Professor. Ich bin so frei, Ihnen meine Aufwartung zu machen.«

Er geht forsch auf ihn zu, gibt ihm die Hand. Unsicherheit ist im Blick des anderen zu erkennen. »Was verschafft mir das Vergnügen Ihres Besuches?«

»Wer weiß, ob es ein Vergnügen wird.« Der Mann am Schreibtisch zuckt zusammen. Merana lässt ihn nicht aus den Augen.

»Ich verstehe Sie nicht so recht.«

Er hat keine Ahnung, wohin sein Versuch führen wird. Aber er macht weiter. Die wachsende Befangenheit in Blandenburgs Miene bestärkt ihn. Er greift in die Sakkotasche. Seine Stimme wird eisig. »Sie erinnern sich gewiss noch an den Spätsommer 1975.« Er drischt mit der flachen Hand das erste Bild auf die Schreibtischplatte. »Und Sie erinnern sich gewiss auch an die Frau im roten Kleid.«

Er blickt Blandenburg direkt ins Gesicht. Er zählt auf die Erfahrung aus Hunderten Verhören, aus unzähligen Konfrontationen dieser Art. Er weiß, was er von seinem Gegenüber zu halten hat. Dieser Mann bemüht sich, den Ausdruck von Empörung in seine Miene zu legen. Aber auf dem Grund seiner Augen flackert Angst.

»Was erlauben Sie sich, in diesem Tonfall mit mir …«

Merana lässt ihn nicht ausreden. Sein Finger sticht auf das Bild. »Und den Mann am Klavier kennen Sie auch. Das sind Sie!«

Noch einmal versucht Karol Blandenburg eine Gegenwehr. »Wenn Sie nicht augenblicklich …«

Es knallt erneut. Ein zweites Bild landet samt Meranas Faust auf dem Tisch. »Dieses Foto stammt auch aus dem Sommer 1975. Es zeigt meine Mutter und Hans von Billborn!« Schrecken ist dem anderen plötzlich ins Gesicht gemeißelt. Seine Haut wird weiß wie Kalk. Meranas Finger landet auf dem ersten Bild. »Diese Frau starb im September 1975 auf einem Berg im Pinzgau.« Sein Finger zuckt weiter, sticht auf die andere Aufnahme. »Diese Frau starb ebenfalls im September 1975. Auf demselben Berg! Im selben Zeitraum!« Der Finger schnellt weiter. »Dieser Mann kommt vierzig Jahre später nach Salzburg. Er sieht sich das alte Bild an. Und wenige Stunden später ist auch er tot.« Er reißt den Zeigefinger hoch, lässt ihn wie einen Dolch auf Blandenburg zuschnellen. »Der Einzige auf diesen Bildern, der noch lebt, sind Sie!«

Die Augen des Hausherrn zeigen blankes Entsetzen. Erneut setzt er zu einer Erwiderung an. Aus seinem Mund kommt nur Stammeln.

»Ich weiß nicht, was Sie ... verlassen Sie auf der Stelle ...« Er versucht, sich aus dem Stuhl zu erheben. Merana packt ihn an den Schultern, presst ihm mit aller Kraft die Daumen gegen die Schultergelenke, drückt ihn zurück. Blandenburg schreit auf. Die Umstände, die zum Tod der drei Menschen führten, sind für Merana noch nicht klar. Er weiß auch nicht, ob sein Gegenüber tatsächlich darin verstrickt ist. Aber er wird jetzt keinen Rückzieher machen. »Mich werden Sie nicht mehr los, Herr Professor. Ich werde nicht aufhören, zu graben und zu wühlen, bis ich jedes Detail der Wahrheit kenne. Und dann gnade Ihnen Gott!« Blandenburg versucht wieder, sich aus dem Stuhl hochzudrücken. Aber Meranas Hände halten ihn wie Klammern aus Stahl. Das vor Entsetzen geweitete Gesicht ist keine Armlänge von ihm entfernt. Ein neuer Ausdruck mischt sich in Blandenburgs Miene. Überraschung. Seine Augen starren über Meranas Schulter hinweg. Merana lässt ihn los, wirbelt herum. In der offenen

Eingangstür ist eine Frau zu erkennen. Sie richtet eine Pistole auf ihn. Merana ist verblüfft. Vor ihm steht die Stille Ruth. Sie setzt sich langsam in Bewegung.

»Das hat der andere auch gesagt. Ich werde nicht aufhören, zu graben und zu wühlen …«

Sie hebt den Arm.

»Nein!« Blandenburg ist vom Stuhl hochgeschnellt, steht plötzlich neben ihm.

»Es ist genug, Ruth …!« Er stürzt auf seine Frau zu.

»Geh aus dem Weg!«

Sie zuckt mit dem Arm in Richtung Merana.

»Nein!«

Sie schießt. Der Professor ist in die Schussbahn geraten, schreit auf, wird zurückgerissen.

»Karol!!!« Die Frau kreischt. Meranas Hand hat schon das Segelschiff ergriffen. Er schleudert die schwere Stehuhr in ihre Richtung. Sie versucht auszuweichen. Gleichzeitig drückt sie ab. Die Kugel verfehlt ihn knapp. Die Fensterscheibe an der Verandatür zersplittert. Dann ist er bei ihr, kickt ihr mit der Fußspitze die Pistole aus der Hand. Sie schnellt nach vorn, gibt ihm einen Stoß. Er ist überrascht von der Kraft der Frau. Er taumelt. Die Pistole ist außerhalb des Blickfeldes. Sie zerrt einen der Säbel von der Wand, stürmt mit gezückter Spitze auf ihn zu. Er reißt das Schachbrett hoch, wehrt den Stoß ab. Sie gerät ins Wanken. Er packt den Biedermeiertisch, drischt ihn gegen den Kopf der Frau. Sie sackt in die Knie. Der Hausherr liegt wimmernd auf dem Boden, hält sich die blutende Schulter. Merana packt den Säbel. »Keine Bewegung!«

Ruth Blandenburg versucht, sich in die Höhe zu stemmen. Er tritt ihr mit voller Kraft gegen den Oberkörper. Die Wucht des Stoßes reißt sie um.

»Liegenbleiben! Wenn Sie sich noch einmal bewegen, stoße ich zu.«

Das entsetzte Gesicht der Haushälterin erscheint in der Tür.

»Kümmern Sie sich um den Professor! Holen Sie ein Handtuch!« Er fischt sein Handy aus der Tasche, wählt die Nummer von Carola.

SONNTAG, 1. NOVEMBER

Das Licht im Raum flackert. Die Leuchtstoffröhre wehrt sich gegen den Ausfall. Sie verliert. Der Türbereich des Vernehmungszimmers bleibt schal. Die zweite Deckenlampe hält durch, schickt ihr Licht auf Hinterkopf und Rücken der großgewachsenen Frau, die auf dem Stuhl sitzt. Wie ein überdimensionaler Kegel fällt ihr Schatten auf den Tisch, zieht sich fort bis zum fleckigen Teppichboden. Neben dem Eingang ist eine Beamtin in Uniform postiert. Sie hat abwechselnd die Frau am Tisch und die wabernde Neonröhre beobachtet. Die Tür öffnet sich. Kommissar Merana und die Chefinspektorin kommen herein. Sie setzen sich Ruth Blandenburg gegenüber, stellen ihr eine geöffnete Mineralwasserflasche und einen Becher hin.

»Wie geht es meinem Mann? Ich will sofort zu ihm ins Krankenhaus!«

Sie schiebt demonstrativ Becher und Plastikflasche beiseite.

»Später.« Merana eröffnet die Einvernahme. »Je schneller Sie unsere Fragen beantworten, desto eher bringen wir Sie hin.«

Sie beugt sich entschlossen nach vorn. Ein unwillkürliches Stöhnen entfährt ihr. Sie fasst sich mit der Hand an die rechte Seite.

»Sie haben mir die Rippe gebrochen.« Ihre Stimme klingt gequetscht. Sie versucht, den Schmerz zu verbergen. Ihre Finger streichen sacht über den Stützverband.

»Laut Notarzt ist sie nur geprellt«, erwidert Merana. »Ich habe Ihnen nur die Rippe verletzt. Sie haben versucht, mich zu erschießen.« Er bemüht sich, seiner Stimme einen ruhigen, wenn auch festen Klang zu verleihen.

Sie lehnt sich vorsichtig zurück.

»Und Sie haben zwei Menschen getötet.«

Um ihre Mundwinkel zuckt es. »Wo sind Ihre Beweise?«

Merana und Carola wechseln einen Blick.

»Wir waren nicht untätig in den letzten drei Stunden«, lässt sich die Chefinspektorin vernehmen. »Wir haben vorhin mit Ihrer Schwester gesprochen. Wir haben ihr klargemacht, dass wir sie wegen Beihilfe belangen werden. Und dass sie dann für ein paar Jahre ihre Tochter Judith nur mehr im Besucherraum des Gefängnisses zu sehen bekommt. Schließlich gab sie zu, am Dienstag auf der Heimfahrt Ihr Auto erkannt zu haben. Sie sind kurz vor elf Uhr aus Richtung Waldstück auf die Nussdorfer Landesstraße eingebogen.«

»Dieses Aas!« Ruth Blandenburgs Stimme ist ein Zischen. »Sie ist mir immer schon in den Rücken gefallen.«

»Ihre Schwester kennt Sie gut. Sie hat uns angekündigt, dass Sie genau so reagieren werden. Sie würden dann auch ins Treffen führen, dass Ihre Schwester Papas Liebling war und Sie immer nur zu kurz gekommen wären.«

»Ich war die ausgezeichnete Jägerin! Sie konnte nicht einmal ein Reh waidgerecht aufbrechen. Aber sie hat das Haus bekommen.« Sie schluckt. Die faltige Haut über ihrem Adamsapfel spannt sich. Der Knorpel zuckt. »Es ist mir egal, was sie sagt.«

Sie warten, beobachten die Reaktionen der Frau, die ihnen gegenübersitzt. Das strähnige Haar ist dünn, hängt wie matte Seide bis zu den Schultern. Ihre stahlgrauen Augen sind nach oben gerichtet, fixieren einen Punkt an der Decke. Nach einer Weile senkt sie den Blick. Sie hat die Finger verschränkt, presst sie aneinander. Die kantigen Knöchelkuppen wirken blutleer.

»Möchten Sie etwas anderes trinken, Frau Blandenburg? Sollen wir Ihnen einen Tee bringen?« Die Frau am Tisch lässt nur ein verächtliches Schnauben hören. Ruth Blandenburg hat in der Villa noch mehrmals versucht, sich Meranas Anweisungen zu widersetzen. Doch er gab ihr zu verstehen, dass er seine Fäuste und notfalls auch die Stichwaffe einsetzen würde, wenn sie nicht auf dem Boden liegen bliebe. Seine Dienstpistole hatte er im Wagen gelassen. Er hat sie aus den Augenwinkeln kontrolliert, während er der Haushälterin half, die Wunde des Angeschossenen notdürftig zu versorgen. Sieben Minuten nach dem Anruf war der Notarzt mit dem Rettungsteam zur Stelle. Kurz darauf erschienen Carola und Otmar mit der Tatorttruppe. Das Notarztteam kümmerte sich auch um die angeschlagene Frau. Merana hatte sie mit dem Tisch an der rechten Schläfe getroffen. Die lange blutige Schramme behandelten die Mediziner mit Salbe und Heftpflaster. Die Haut über der geprellten Rippe wurde zunächst mit Coldpacks gekühlt, um die Ausbreitung des Hämatoms einzudämmen. Dann legte man ihr einen Stützverband an. Der Arzt erklärte, dass keine weitere Behandlung nötig und Frau Blandenburg ohne Einschränkung vernehmungsfähig sei.

»Dieses verdammte Bild …« Ihr Murmeln ist kaum zu vernehmen. Der Körper wirkt versteift. Sie macht keine Regung. Nur die zusammengepressten Finger schaben ab und zu aneinander. Merana schlägt die mitgebrachte Mappe auf. Er entnimmt das Schwarz-Weiß-Foto, breitet es vor ihr aus.

»Meinen Sie dieses Bild?«

Ihr Kopf ruckt irritiert hoch, als wäre sie aus einer vorübergehenden Abwesenheit gerissen worden.

»Was?« Dann bemerkt sie, was vor ihr auf dem Tisch liegt.

»Wer soll das sein?«

»Das ist Hans von Billborn, zusammen mit meiner Mutter.«

Sie hält kurz inne. Hinter ihrer Stirn arbeitet es. »Noch nie gesehen.«

Sie schiebt die Fotografie mit einer fahrigen Bewegung beiseite. Merana zieht die Aufnahme zu sich heran, steckt sie aber nicht in die Mappe zurück.

»Dann meinten Sie vielleicht dieses Bild?« Carola holt aus ihrer Tasche ein gerahmtes Farbfoto.

Die Augen der Frau weiten sich erstaunt. »Wo haben Sie das her?« In ihrem Gesicht funkelt es. Sie will Carola das Foto aus der Hand reißen. Doch die zieht es schnell zurück.

»Wir haben es gefunden, in Ihrer Schlafzimmerkommode, verborgen unter der Wäsche.« Sie legt das gerahmte Farbbild vor sich auf den Tisch. »Sie beschäftigen in Ihrem Haushalt eine Frau aus der Ukraine ohne Aufenthaltsbewilligung. Wir haben Anjuta vor die Wahl gestellt: Entweder sie sitzt übermorgen in einem Flugzeug, das sie zurück in ihre Heimat bringt. Oder sie kooperiert. Wenn sie die Fragen zu unserer Zufriedenheit beantwortet, werden wir eventuell über die fehlende Bewilligung hinwegsehen.«

Die Chefinspektorin hält das Farbbild hoch. »Anjuta hat sich ohnehin schon gewundert, wohin dieses Bild verschwunden ist. Immerhin wäre es ja Ihr Lieblingsbild. Es hing nicht mehr unter den anderen Erinnerungsfotos im Arbeitszimmer.«

Carola schiebt es zu Ruth Blandenburg hinüber. »Also, was ist das für ein Bild?«

Die Frau greift danach, hebt es hoch. Für einen Moment werden ihre Züge weich. In ihrem faltigen Gesicht ist das Lächeln der jungen Frau zu erkennen, die auf dem Bild zu sehen ist. Sie schmiegt sich an einen braungebrannten jungen Mann, der ihr den Arm um die Hüfte legt. Beide stehen neben einem bunt bemalten VW-Campingbus. Auf der Vorderseite des Autos prangt ein riesiges schwarzes Peace-Zeichen. Im Hintergrund glänzt das Meer im Sonnenlicht.

»Und? Was ist mit dem Bild?«, drängt Carola.

Sie schaut auf. »Das ist aus einem anderen Leben. Da war die Welt noch in Ordnung …«

Die beiden Ermittler warten. Aber die Frau am Tisch schweigt, die Augen auf das gerahmte Foto geheftet.

Merana erhebt sich. »Wir werden das Gespräch beenden. Wir fahren ins Krankenhaus, warten, bis Ihr Mann aus der Narkose erwacht, und befragen ihn. Ich bin sicher, er wird uns die nötigen Antworten geben.«

Er streckt fordernd die Hand nach dem Bild aus.

»Lassen Sie ihn in Ruhe!« Sie zischt ihn an. Ihr Blick ist hasserfüllt.

Merana hat immer noch die Hand ausgestreckt. »Ich warte …«

Sie schnauft tief durch. Das Atmen fällt ihr sichtlich schwer. Die geprellte Rippe schmerzt. Sie platziert das Bild auf dem Tisch, hält es mit den Händen fest.

»Das ist aus dem Sommer 1974. Karol und ich waren vier Wochen in Griechenland. Es war unser erster gemeinsamer Urlaub.« Wieder wird ihr Blick für einen Moment sanft.

»Waren Sie damals schon verheiratet?«

Sie schüttelt die grauen Haare.

Merana nimmt wieder Platz. Er zieht aus der Mappe das Bild von Rissenkamp in der Hotelbar.

»Festspielsommer 1975. Ich bin sicher, Sie kennen die Frau auf diesem Foto, Gisela Rissenkamp. Ihr Mann, Frau Blandenburg, war damals Student, hat als Barpianist gejobbt. Wir haben einen Zeugen, der bestätigt, dass Ihr Mann zu dieser Zeit ein Verhältnis mit Frau Rissenkamp hatte.«

»Verhältnis? Quatsch!« Ihr Zornausbruch kommt überraschend. »Diese Schlampe hat ihn verhext! Sie hat ihn in ihre Dreckshütte gelockt, irgendwo in den Bergen.«

Sie schnaubt widerwillig.

»Ihr Ehemann sieht auch heute noch sehr gut aus, Frau Blandenburg.« Carola spricht betont langsam. Ihre Augen hat sie auf das Gesicht der Frau gerichtet, prüft jede ihrer Reaktionen. »Als junger Mann war er eine besonders attraktive Erscheinung.

Es wundert mich nicht, dass eine leidenschaftliche Frau wie Gisela Rissenkamp mit ihm ins Bett wollte. Ich kann mir gut vorstellen, dass ihr Mann zu dieser Zeit auch noch mit anderen Frauen ein Verhältnis hatte.«

»Hören Sie auf!« Ihre Stimme ist ein Fauchen. Erstmals zeigt sich ein Glitzern in ihren Augen, Spuren von Tränen. Trauer? Wut? »Ja, er hat sich in diesem Sommer durch die Betten von einigen Schlampen gewühlt. Was geht Sie das an?«

Carola wartet, ehe sie die nächste Frage stellt. »Im Sommer davor waren Sie noch gemeinsam in Griechenland. In diesem Sommer vögelte er mit anderen Frauen herum. Hat er mit Ihnen Schluss gemacht?«

Sie gibt keine Antwort. Sie funkelt die Chefinspektorin weiterhin böse an. Dann beugt sie sich vor. Ihre Stimme ist ein Zischen.

»Aber er ist zu mir gekommen in dieser Nacht!« Wie zur Bestätigung klopft sie sich mit dem Finger auf die Brust. »Er hat keine dieser billigen Drecksweiber aufgesucht! Er kam zu MIR!!! Er war völlig am Boden zerstört. Ich habe ihm geholfen. Verstehen Sie? ICH!!!« Das Fauchen weicht einem milderen Tonfall. »Ich kenne Karol seit der Volksschule. Er war damals schon der Beliebteste in der Klasse. Aber er war leider immer schon schwach. Er wollte sogar zur Polizei gehen. Ich sagte ihm, er solle nicht sein Leben zerstören.«

»Nur seines oder auch Ihres?«, wirft Merana ein. Sie wischt seine Bemerkung mit einer gereizten Bewegung beiseite.

»Alles, was er heute ist, ist er durch mich geworden. Ich habe erkannt, dass seine Laufbahn als Pianist zu bröckeln beginnt. Ich habe ihm vor Augen geführt, welche neuen Ziele es anzustreben gilt: Professur an der Hochschule, Ausweitung der politischen Seilschaften, Karriere im Parlament, neue Posten in diversen Aufsichtsräten. Mein Mann kann das. Er muss nur richtig gelenkt werden. Sie haben nie erlebt, wie charmant er sein kann. Seine Wirkung auf andere ist phänomenal. Er steht gern immer im Mittelpunkt.«

»Und was haben Sie davon?«

Ruth Blandenburg blickt irritiert auf die Chefinspektorin, als hätte sie die Frage nicht verstanden.

»Ich liebe meinen Mann. Ja, er wollte mich damals im Sommer 1975 verlassen, aber er ist zu mir zurückgekommen. Und wir haben seitdem alles gemeinsam durchgestanden. Ich wollte nie an der Bühnenrampe stehen. Mir reicht der Platz im Hintergrund. Wenn mein Ehemann in Gesellschaft aufblüht, Witz und Charme versprüht, fühle ich mich auch gut. Und es lief all die Jahre über bestens. Bis dieser Hans von Billborn auftauchte. Wir hatten großes Galadinner bei uns, ein Fest, bei dem alle sich wohlfühlten. Mein Mann war gerade im Arbeitszimmer, um etwas auszudrucken, als Billborn aufbrach. Er wollte sich von meinem Mann verabschieden. Ich brachte ihn hinüber zu Karol. Und dann entdeckte Billborn dieses Bild an der Wand!« Sie macht eine Pause. Sie atmet schwer. Ihre Stimme wird leise.

»Er sagte, er hätte dieses Auto schon einmal gesehen. Das aufgemalte Peace-Zeichen habe er sich eingeprägt. Der Wagen sei damals in einem Höllentempo unterwegs gewesen, hätte ihn fast in den Straßengraben gedrängt. Und dann fragte er meinen Mann auf den Kopf zu, was er am 7. September 1975 im Grüningtal im Pinzgau gemacht habe.«

Sie beißt sich auf die Lippen. Das Heftpflaster über ihrem Auge schimmert im Neonlicht.

»Ich habe sofort bemerkt, wie meinem Mann die Farbe aus dem Gesicht wich. Karol war noch nie ein guter Lügner. Man hat förmlich gerochen, dass am Gestammel meines Mannes etwas verdächtig klingt. Mir wurde schlagartig klar, dass dieser Mann mit seiner Fragerei nicht lockerlassen wird.« Ihr letzter Satz ist geflüstert, kaum zu verstehen.

»Und dann haben Sie beschlossen, ihn umzubringen.«

Sie sagt nichts. Ihre Nase saugt langsam Luft ein. Zwei Sekunden später lässt sie den Atem durch den Mund wieder nach draußen strömen, begleitet von einem flachen Keuchen. Das macht sie mehrmals, immer im gleichen Rhythmus. Sie ist völlig auf ihr Tun konzentriert, als wäre sie ganz allein im Raum. Einatmen, kurz verharren, ausatmen.

»Frau Blandenburg, wir betreiben hier keine Spielchen. Wir führen eine Mordermittlung.« In Meranas Stimme klingt Ungeduld. »Wenn Sie nicht mehr weiterreden wollen, dann lassen wir Sie in die Zelle bringen. Wir sind nicht allein auf Ihre Aussage angewiesen. Es genügt uns, wenn Ihr Mann alles zugibt.«

»Halten Sie ihn da raus!« Sie brüllt ihn an, springt auf. Ihr Gesicht ist wutverzerrt. Die Beamtin an der Tür setzt sich in Bewegung. Merana hält sie mit einem Handzeichen zurück. Er widersteht dem hasserfüllten Blick der Frau. Sekundenlang starren sie einander an. Merana mit stoisch erzwungener Ruhe, sie mit dem wilden Ausdruck einer sprungbereiten Raubkatze. Dann lässt sie sich langsam zurücksinken.

»Das steht Karol nicht durch! Also lassen Sie ihn bitte in Ruhe. Er hat nichts getan.« Erneut folgt ein tiefes Ausatmen. Sie legt beide Handflächen auf die Tischplatte. Sie fährt im nüchternen Tonfall fort, als schildere sie einen Vorfall, an dem sie gar nicht beteiligt ist. »Nachdem Billborn weg war, drängte ich darauf, dass auch der Rest der Gäste allmählich aufbrach. Danach nahm ich das Auto, parkte in der Schwarzstraße. Ich stellte mich in einen Hauseingang gegenüber dem Sacher. Ich hatte keinen bestimmten Plan. Ich überlegte, ob ich Billborn eventuell unter irgendeinem Vorwand in seinem Zimmer aufsuchen sollte. Völlig unvermutet sah ich ihn plötzlich aus dem Hotel kommen. Er hielt auf das Landestheater zu. Ich folgte ihm. Ich wartete hinter einer der Säulen, neugierig, was er vorhatte. Ich war überrascht, als er zum Mirabellgarten abbog. Ich sah niemanden auf der Straße. Das letzte Taxi vom Standplatz war eben abgefahren. Ich folgte ihm. Meine Verwunderung wuchs, als er sich auf eine Bank am Brunnenbecken niederließ. Er schien eine der vier großen Figurengruppen zu fixieren. Ich kam langsam näher. Er war nicht sonderlich erstaunt, mich zu sehen. *Können Sie auch nicht schlafen, Frau Blandenburg?* Er erzählte mir, er wäre schon einmal an diesem Platz gewesen. Das sei über vierzig Jahre her. Dann berichtete er mir von diesem Sommer. Er lernte damals eine junge Frau kennen. Er hatte sich in sie verliebt. Sie trafen sich oft im Mirabellgarten. Er wollte sie zu Hause im Pinzgau besuchen, genau an jenem Sonntag, als sie bei einem Bergunfall ums Leben kam. Er habe noch versucht, ihr ins Grüningtal zu folgen. Vom Unfall habe er erst später erfahren. Die Trauer über diesen Verlust habe immer in ihm geschlummert. Als er auf dem Bild das Auto mit dem Peace-Zeichen sah, sei alles wieder aufgebrochen. Ich fragte ihn, was er nun vorhabe. Es war dunkel im Mirabellgarten, dicker Nebel nahm einem die Sicht. Ich konnte seine Augen nicht sehen, nur seine Stimme vernehmen. Er sei über die seltsame Reaktion meines Mannes irritiert gewesen. Er habe den Eindruck, etwas stimme nicht. Er werde wühlen und graben, um mehr darüber zu erfahren …«

Mein Vater hatte immer ein Sensorium für gute Geschichten. Wenn er Witterung aufnahm, dann verbiss er sich förmlich in seine Recherchen.

Merana fällt Jennifers Bemerkung ein, als sie beide am großen Springbrunnen saßen. *Ungeklärtes, nur Angedeutetes, nicht völlig ins Licht Gerücktes war ihm ein Gräuel.*

Merana stellt sich die gespenstische Szenerie jener Nacht vor. Dichter Nebel hüllt den Mirabellgarten ein, schirmt ihn förmlich ab vom Rest der Welt. Alles, was sich hier abspielt, passiert gleichsam in einem hermetisch abgeschlossenen Kokon. Auf einer Bank kauert ein alter Mann, versucht die Schemen einer Statue auszumachen.

Die Konturen sind durch den dichten Nebelschleier dem Blick genauso auf mysteriöse Weise verborgen wie die Umstände einer tragischen Begebenheit vor vierzig Jahren. Neben dem Mann sitzt eine Frau. Sie hört seine Geschichte. Seine Schilderung reißt den Vorhang von einem Ereignis weg, das lange zurückliegt. Der Mann will Gewissheit. Die Frau muss eine drohende Gefahr abwenden.

»Und da haben Sie ihm den Stock entrissen und zugeschlagen!«

Sie sagt nichts. Ihre Augen ruhen auf Meranas Gesicht. Ihre Mimik ist erstarrt, wie die einer Sphinx.

»Und dann bin ich aufgetaucht«, setzt der Kommissar fort. »Genauso wie der alte Mann ließ auch ich mich vor der Statue nieder. Ich nehme an, Sie haben mich dabei beobachtet. Viele kennen mich in Salzburg als Polizist, vermutlich auch Sie. Und vielleicht würde auch ich beginnen, in dieser vierzig Jahre alten Geschichte zu wühlen.«

Er fixiert sie. Sie hat Courage. Das muss er ihr zugestehen. Sie ist seit dem Beginn dieser Vernehmung noch nie seinem Blick ausgewichen.

»Sie haben sich einen Spielzeuggeländewagen mit Fernsteuerung besorgt. Sie sind nachts an den Rand des Waldes geschlichen, wie früher bei der Jagd auf einen Rehbock. Sie haben versucht, mich zu erschießen.«

Sie hält immer noch seinem Blick stand. Für einen Moment löst sich in ihrem Gesicht die Starrheit. Ein spöttisches Lächeln spielt um ihre Lippen.

»Ich habe nichts gegen Sie persönlich, Herr Merana. Ich kannte Sie ja gar nicht. Aber Sie haben angefangen, bedrohlich zu werden. Für meinen Mann. Und für mich.«

»Und da haben Sie abgedrückt. Eiskalt.« Ein paar Sekunden hält sie seinem Blick noch stand. Dann lösen sich ihre Augen von ihm, richten sich in die Ferne.

»Um den Hund tut es mir leid. Ich mag Hunde. Sie sind treuer als Menschen. Ich versuchte, gut zu zielen, um ihn nicht allzu schwer zu verletzen. Ich hoffe, er hat es überlebt.« Sie nimmt die Hände vom Tisch, lehnt sich zurück. Merana fragt nicht weiter. Er will nicht wissen, warum sie aufhörte zu schießen, warum sie seine Nachbarn verschonte. Er wird sie das ein anderes Mal fragen. Nicht jetzt.

»Und warum Kreuzbirn?« Die Frage kommt von der Chefinspektorin. Wieder zuckt sie hoch, als habe man sie aus ihren Gedanken geschreckt. Sie greift nach dem gerahmten Bild. Ihre Finger tasten über das Glas, als würde sie es streicheln. Sie flüstert, spricht mehr zum Bild und zu sich selbst als zu den anderen.

»Wenn der Teufel anfängt, in deinem Leben herumzupfuschen, dann stellt er dir Fallen. Dabei bedient er sich hämisch gerne des Zufalls. Damit du dir später die Haare raufst und dich grämst, bis du verreckst. Was wäre gewesen, wenn …? Diese Frage soll dir die Seele zermartern. Das mag der Teufel. Wäre Karol in der Sekunde von Billborns Aufbruch nicht in seinem Büro gewesen, sondern woanders, hätte ich den Mann nicht dort hingeführt. Er hätte unser Haus verlassen, ohne dieses Bild jemals zu sehen. Alles wäre gutgegangen.« Sie blickt vom Bild auf, sieht auf den Kommissar. »Wir hätten uns vielleicht einmal in der Pause einer Festspielaufführung am Buffett getroffen, Herr Merana. Wir hätten Belangloses geschwätzt. Sie hätten sich vielleicht durchgerungen, mir ein Kompliment zu meinem Kleid zu machen. Ich hätte Ihnen vorgeschwärmt, wie herrlich die Tenorarie im zweiten Akt war, obwohl sie mich im Grunde langweilte. Vielleicht hätten wir uns auch zugeprostet. Und bevor in unserer Konversation eine peinliche Pause entstanden wäre, hätten wir immer noch übers Wetter reden können. Und dann wäre wieder jeder seines Weges gegangen. Alles nett und harmlos. Aber so ist es nicht gekommen. Denn der Teufel lacht und zaubert Zufälle …«

Vor ihnen sitzt die Stille Ruth. Eine Frau, die anderen gerne den Vortritt auf der großen Bühne lässt. Die im Hintergrund steht und beobachtet. Die zwei Menschen brutal ermordete.

»Ich glaube nicht an den Teufel.« Er lässt sie weiterhin nicht aus den Augen.

Sie wirft ihm einen abschätzigen Blick zu.

»Seien Sie nicht so überheblich, Herr Merana. Bilden Sie sich nicht ein, nur Sie allein würden die Fäden für Ihr Leben in der Hand halten. Auch in Ihnen wird noch oft die Frage wie Säure brennen: *Was wäre gewesen, wenn …* Nicht Gott dreht am Lotterierad des Zufalls, das ist ein anderer. Nennen Sie ihn, wie Sie wollen.«

»Was war mit Kreuzbirn?«

»Er hat mich gesehen. Ich verließ den Mirabellgarten nicht auf der Landestheaterseite, sondern über die Schwarzstraße. *Ja, was wäre gewesen, wenn …* Wenn Kreuzbirn nicht noch auf einen Absacker in irgendeiner Bar angehalten und stattdessen früher nach Hause gekommen wäre … Wenn ich die Überlegung ignoriert hätte, ob auf dem Makartplatz inzwischen wieder mehr Taxifahrer eingetroffen sind, und deshalb diesen Ausgang vermeiden wollte …«

»Es wundert mich, dass Kreuzbirn Sie auf die Entfernung erkannt hatte«, stößt Carola Salman nach. »Es war doch neblig in jener Nacht.«

»Er hat auch nicht gewusst, dass ich es bin. Diese Erkenntnis hat ihm erst zwei Tage später gedämmert. Wir sind einander zufällig in der Stadt begegnet.«

In Meranas Kopf formt sich ein Bild. Er denkt an die Kleiderablage im Haus der Blandenburgs.

»Er hat Sie an Ihrem Umhang erkannt. Der große Lodenmantel gehört Ihnen. Ich habe ihn in der Garderobe gesehen.«

Sie lacht kurz auf.

Sie kennen Batman?

»Er hat mich erpresst. Ihm war egal, was mit

Hans von Billborn passiert ist. Sein einziges Interesse galt der Paracelsus-App. Er wollte mir drei Tage Zeit geben, um meine Nichte Judith zu überzeugen, die Software-Beteiligung an ihn zu verkaufen.«

Es sieht gut aus. Ich melde mich am Abend.

Diese Nachricht kam von einem Wertkartenhandy. Zur Mittagszeit an Kreuzbirns Todestag. Merana setzt den Gedankengang fort, spricht ihn laut aus.

»Sie haben Kreuzbirn gesagt, Sie würden mit ihm zu Ihrer Schwester fahren, wo Judith vorübergehend wohnte.«

»Ich sagte ihm, ich hätte meine Nichte endlich herumbekommen. Aber die Begegnung müsste noch am Abend stattfinden, da Judith am nächsten Tag wieder nach Paris abreiste.« Ihr Gesichtsausdruck gleicht wieder dem einer Sphinx. Merana wartet, dann spricht er an ihrer Stelle weiter.

»Ich gehe nicht davon aus, dass Kreuzbirn wusste, wo das Haus Ihrer Schwester genau liegt. Sie sind vor Oberndorf in Richtung Nußdorf abgebogen, haben dann den Weg in das Waldstück eingeschlagen. Sie kennen sich in der Gegend ja bestens aus. Gleich in der Nähe ist Ihr Elternhaus, dort sind Sie und Ihre Schwester aufgewachsen.«

»Wir haben Ihre Waffe überprüft«, ergänzt die Chefinspektorin. »Die Pistole ist auf Sie zugelassen. Sie haben sie schon vor vielen Jahren gekauft.«

Sie blickt wieder auf. »Ich habe mehrere Waffen im Haus. Mein Vater hat mir schon als Kind beigebracht, stets auf meinen Schutz zu achten.«

Merana atmet tief durch, beugt sich vor.

»Was ist 1975 in der Hütte passiert?«

Sie schaut auf den Tisch. Dort liegt immer noch das Bild aus der Hotelbar. Gisela Rissenkamp lungert in aufreizender Pose auf dem Klavier, die nackten Beine übereinandergeschlagen. Der junge Barpianist an den Tasten himmelt sie an.

»Die Schlampe hat es nicht anders verdient.«

Sie gibt sich einen Ruck, beginnt zu erzählen. Merana und die Chefinspektorin hören zu. Karol Blandenburg ist in den Pinzgau gefahren, um mit Gisela Rissenkamp die Nacht in der Hütte zu verbringen. Am nächsten Vormittag sollte er wieder gehen.

Das wollte er nicht. Es habe schon in der Nacht Streit gegeben. Es war einiges an Alkohol im Spiel. Der Streit hätte sich bis in die Morgenstunden fortgesetzt. Sie versuchte, ihn fortzujagen, trieb ihn mit dem Schürhaken bis vor den Eingang. Er hat sich gewehrt. Er hat ihr den eisernen Haken entwunden und zugeschlagen.

»Leider hat ihn dabei jemand gesehen.« Ihre Augen ruhen auf Merana.

»Meine Mutter.« Er hat es geahnt. Dennoch trifft ihn die Wahrheit wie ein Hammer. Seine Hände beginnen zu schwitzen. Er bemüht sich, ruhig zu bleiben.

»Was ist dann passiert?«

Sie schweigt. Die Erschöpfung ist ihr anzusehen.

»Ich möchte jetzt zu meinem Mann!« Sie schließt die Augen, verschränkt die Arme. Sie würde nichts mehr zu den Ereignissen sagen. Die Chefinspektorin verlässt den Raum, kehrt zwei Minuten später wieder zurück.

»Ihr Mann hat die Operation gut überstanden. Er braucht jetzt Ruhe. Sie dürfen morgen früh zu ihm.«

Sie erhebt sich wortlos. Die Beamtin in Uniform nimmt

sie am Arm, führt sie zur Tür. Dort dreht sie noch einmal den Kopf zu Merana. Die lange flackernde Wut ist aus ihrem Blick gewichen. Merana glaubt, in ihren Augen einen Ausdruck des Bedauerns zu erkennen. Vielleicht täuscht er sich auch. Sie wendet sich ab, geht nach draußen. Die Digitalanzeige über der Tür zeigt 03.05 Uhr.

Sie sind alle müde, aber keiner aus dem Team will heimfahren, um sich auszuruhen. Die verblüffende Wendung dieses Falls beschäftigt sie. Erneut wäre Merana um ein Haar niedergeschossen worden. Die Einsatztruppe war mehr als überrascht, als sie im Haus der Blandenburgs ankam und der Kommissar ihnen ausgerechnet Ruth Blandenburg als Täterin präsentierte. Damit hat keiner gerechnet. Erleichterung ist im gesamten Polizeiteam zu spüren, dass die intensive Suche ein Ende hat. Zugleich wirkt die Stimmung aufgekratzt. Sie ackern im Schnelllauf die Ermittlungsschritte durch, um herauszufinden, wo sie Fehler gemacht haben. Sie überprüfen in den Unterlagen, wo sie auf Ruth Blandenburg als Heckenschützin und zweifache Mörderin hätten stoßen können. Sie finden keinen Anhaltspunkt. Sie haben diese Frau einfach übersehen. So wie Ruth Blandenburg schon in ihrem bisherigen Leben meist unbeachtet blieb. Die Frau im Hintergrund. Die unscheinbare, die Stille Ruth. Sie ist nicht einmal im Vorstand des Paracelsusforums. Sie scheint auf keiner Namensliste der Tagungsteilnehmer auf. Ihr Mann war der Dreh- und Angelpunkt der Veranstaltung, die Lichtgestalt auf der Bühne, der bejubelte Vorsitzende der Festakte. Aber nicht seine Frau. Die war allenfalls unaufdringliche Gastgeberin einer Privateinladung, die sich um Tischordnung und Menüabfolge kümmerte. Sonst trat sie nie in Erscheinung. Sie fragen sich, wie lange es gedauert hätte, dieser Frau auf die Spur zu kommen, hätten sich nicht die Ereignisse unvorhergesehen überschlagen. Vielleicht hätte der Ermittlungspfad über die Farbsplitter irgendwann einmal zu Ruth Blandenburg geführt. Lackspuren eines Ford Fiesta haben die Spezialisten der Tatortgruppe im Waldstück bei Nußdorf sichergestellt. Ruth Blandenburg fährt tatsächlich ein altes Modell dieser Automarke. Der bescheidene beigefarbene Kleinwagen ist so unauffällig wie sie selbst. Sie wissen alle, wie viele Tausende Autohalter es zu überprüfen gälte. Selbst Technikerchef Thomas Brunner zweifelt, ob sie auf diesem Weg allein tatsächlich erfolgreich gewesen wären. Sie sind immer noch bestürzt über das schwer zu fassende Innenleben dieser Frau. Zu sehen ist nur das äußere Bild. Man kennt sie als unscheinbare Gattin an der Seite ihres strahlenden Mannes. Zugleich entpuppt sie sich als eiskalte Täterin. Nach dem misslungenen Attentat auf Merana hat sie nicht einmal eine Stunde verstreichen lassen, bis sie ihr nächstes Opfer in den Wald lockte, um es auf brutale Weise zu ermorden.

Es ist 6 Uhr, als Merana den Wagen auf dem Parkplatz des Krankenhauses abstellt. Der uniformierte Polizist am Stationseingang kontrolliert seinen Dienstausweis. Primar Aulinger, der Leiter der Abteilung, erwartet ihn bereits. Merana hat sein Kommen angekündigt. »Der Patient ist munter, Herr Kommissar. Er braucht Schonung. Ich gebe Ihnen zehn Minuten.« Er begleitet ihn zum Zimmer.

»Ich nehme an, Sie möchten alleine mit Professor Blandenburg reden.« Er öffnet die Tür. Merana tritt ein. Die

Jalousien sind geschlossen. Das warme Licht der Deckenleuchten erhellt den Raum. Der Patient liegt in einem großen Bett, umgeben von medizinischen Apparaturen. Die Wangen des Mannes sind eingefallen. Er wirkt um Jahre gealtert. Das Haar klebt ihm auf der Stirn. Schulter und Oberarm auf der rechten Seite sind einbandagiert. Ein Schlauch führt von einem Flüssigkeitsbehälter zum linken Unterarm. Blandenburgs Augen sind geschlossen. Merana bleibt vor dem Fußende des Bettes stehen.

Er verdankt diesem Mann vermutlich sein Leben. Hätte er nicht versucht, seine Frau aufzuhalten, wäre Merana gewiss von der ersten Kugel getroffen worden. Bei Kreuzbirn hatte sie zweimal geschossen. Die zweite Kugel hatte sie ihm mit aufgesetzter Waffe in den Kopf gejagt, um sicherzugehen, dass er auch tatsächlich tot ist. Ein ähnliches Procedere wäre wohl auch für Merana vorgesehen gewesen. Doch Karol Blandenburg wollte nicht mehr. *Es ist genug, Ruth!*

Sein halbes Leben lang hatte sie ihm gesagt, was zu tun sei. Jetzt gab es zwei Leichen. Einen dritten Toten wollte Blandenburg nicht mehr.

»Herr Professor …« Der alte Mann schiebt mühsam die Augenlider nach oben. Sein Blick ist glasig. Offenbar erkennt er den Besucher. Das Kopfnicken fällt schwach aus. Es ist still im Raum. Nur ein kaum wahrnehmbares Fiepen aus einem der Geräte am Bett ist zu hören. Dem Mann im Bett fallen die Augen zu, gleich darauf öffnet er sie wieder, blickt auf den Kommissar.

»Sie wissen, warum ich hier bin …« Erneut ein schwaches Kopfnicken.

»Was ist damals vor der Hütte passiert?« Blandenburg

schließt die Augen. Merana wartet. Er ist versucht, die Frage zu wiederholen. Vielleicht hat ihn der Verletzte nicht richtig verstanden.

Dann ist Blandenburgs Flüstern zu vernehmen. »Sie ist weggelaufen.«

Merana legt die Hände auf das Bettgestell. Er stellt sich die Szene vor. Ein Mann und eine Frau vor einer Hütte. Sie haben eine Auseinandersetzung. Eine zweite Frau ist herangekommen. Vielleicht wollte sie eine Abkürzung nehmen. Vielleicht lag der Weg, der an der Hütte vorbeiführt, ohnehin auf ihrer Route. Vielleicht wurde sie auch durch den Streit, durch die lauten Stimmen angelockt. Sie sieht, wie der Mann den eisernen Schürhaken an sich reißt und zuschlägt. Sie hat einen Mörder vor sich. Sie gerät in Panik.

»Sind Sie ihr nachgelaufen?« Der Mann im Bett wartet ein paar Sekunden. Dann nickt er. Die Lider sind geschlossen.

»Haben Sie meine Mutter getötet?«

Blandenburg reißt die Augen auf. Er schüttelt heftig den Kopf. »Steine fielen aus der Felswand.« Seine Stimme ist eine Spur kräftiger. Er krächzt. »Sie wurde getroffen, ist abgestürzt.«

Die Frau läuft in Panik davon. Der Mann hetzt hinter ihr her. Was passierte dann? Es kann keine Untersuchung mehr stattfinden. Es gibt nur mehr einen einzigen Zeugen. Der liegt direkt vor ihm. Er ist zugleich der Beschuldigte. Seine Version ist nicht mehr widerlegbar. Meranas Finger pressen sich an die Querstange des Metallgestells.

»Was hätten Sie getan, wenn keine Steine auf meine Mutter gestürzt wären?«

Blandenburg schaut ihn mit großen, glasigen Augen an.

Der alte Mann hat Schmerzen, das ist zu erkennen. In seinem Blick liegt Angst.

»Hatten Sie den Schürhaken in der Hand, als Sie ihr nachliefen?«

Die Miene wird starr. Das Gesicht gleicht einer Totenmaske. Er schluckt. Dann bewegt sich der Kopf. Langsam. Er nickt. Er schließt die Augen, öffnet sie wieder. Merana blickt ihn lange an. Dann löst er die Hände von der Bettumrahmung. Die Finger haben feuchte Spuren auf dem Metall hinterlassen. Er dreht sich um und geht.

Die Abteilung liegt im vierten Stock. Er drückt auf den Knopf, um den Aufzug zu rufen. Mit sanftem Surren hält die Kabine. Die Lifttür schwingt auf. Vor ihm steht Ruth Blandenburg. Zwei uniformierte Polizistinnen halten sie an den Armen. Sie trägt Handschellen. Sollte er je einen Funken von Bedauern in ihrem Blick vermutet haben, dann ist der längst wieder verschwunden. Sie wirkt überrascht, als sie sich plötzlich gegenüberstehen. Aber sie sagt kein Wort. Sie reckt das Kinn nach vorn, schiebt sich an ihm vorbei. Er schaut der großgewachsenen Frau nach, bis die Gruppe um die Ecke des Flures biegt. Dann fährt er nach unten. Er sieht auf die Uhr. Es bleibt ihm noch Zeit für einen kurzen Abstecher.

Der Anblick kommt ihm befremdlich vor. Er ist gewiss Hunderte Male bei Tageslicht im Mirabellgarten gestanden. Und immer tanzte die turmhohe weiße Wassersäule vor dem Panorama der Altstadt. Jetzt fehlt sie.

Die große Fontäne legt sich schlafen, ehe sie im Frühjahr wieder erwacht. Er lässt sich auf eine der Bänke nieder. Es ist früher Morgen. Heute ist Sonntag und zugleich Feiertag. Allerheiligen. Er blickt sich um. Er ist nahezu allein in der großen Anlage.

Nur zwei Jogger sind zu sehen. Sie traben, vom Mirabellplatz kommend, in Richtung Rosengarten. Das steinerne Becken des großen Brunnens ist leer. Das Wasser wurde abgelassen. Winterpause. Er schließt die Augen, lehnt sich weit zurück.

Was wäre, wenn …? Was wäre gewesen, wenn er gestern nicht hier gesessen wäre?

Es sind nur sieben Tage vergangen, seit er nach Salzburg zurückkehrte und noch in der Nacht die Balustrade am Eingang überstieg, um an diesen Platz zu gelangen.

Eine Woche ist das erst her. Doch Merana kommt es vor, als hätte er eine unendlich lange Reise hinter sich. Mit jedem Schritt bewegte er sich durch zwei Dimensionen. Durch die Gegenwart und zugleich durch dic Ereignisse, die vierzig Jahre zurückliegen. Es gab anfangs nur drei Faktoren, die das Geschehen von damals mit jenen von heute verbanden. Ein Ort, ein Foto und ein Name. Hans von Billborn. Mit ihm begannen Meranas Nachforschungen. Billborn hatte Meranas Mutter vor über vierzig Jahren kennengelernt. Seine Person bildete die Klammer. Merana begann, sich für die Ereignisse des Sommers 1975 zu interessieren. Und zugleich liefen die Untersuchungen zum tragischen Vorfall der Gegenwart, zu Billborns Ermordung.

Getötet wurde er an diesem Platz, am großen Springbrunnen des Mirabellgartens.

Es ist dieselbe Stelle, die auch auf dem Bild zu sehen ist, aufgenommen in der Vergangenheit. Ort. Foto. Name. Sie bilden die drei Fäden, die vom Geschehen der Vergangenheit bis zum aktuellen Geschehen reichen. Nun mochte diese Verknüpfung rein zufällig sein. Vieles sprach dafür, dass Hans von Billborns Tod mit den Gegebenheiten des aktuellen Umfeldes zu tun hatte. Eine Bluttat infolge eines Raubüberfalles. Die Ermordung eines lästigen Konkurrenten. Aber in Meranas Überlegungen hatte immer ein anderer Gedanke mitgeschwungen. Billborn hatte die Vergangenheit heraufgeholt. Durch einen Mausklick an seinem Computer. Eine über vierzig Jahre alte Aufnahme wurde plötzlich wieder lebendig. Und nur wenige Stunden danach war Billborn tot. Zufall? Falls die Ursache für Billborns gewaltsamen Tod doch in der Vergangenheit lag, dann existierten gewiss noch weitere Verbindungen außer den drei Faktoren Foto, Ort, Person. Die waren bisher nicht ersichtlich. Vielleicht würden sie auch nie ans Tageslicht treten, aber es musste sie geben. Der Fotograf hätte es sein können. Die Person am Kameraauslöser, die vor vierzig Jahren die Szene am Brunnen festgehalten hatte, mochte noch leben. Der Fotograf hätte als möglicher Täter die Klammer vom Damals ins Jetzt bilden können. Der Name dieser Person bleibt weiter unbekannt. Es spielt auch keine Rolle mehr. Merana hat immer nach dem einen Detail gesucht. Nach einer möglichen Übereinstimmung irgendeines Kriteriums, das in beiden Verläufen auftauchte. Die Unruhe hat ihn angetrieben. Die Spinne nagte an ihm. Einmal vermeinte er, in den Wogen aus Bildern, Spuren, Hinweisen den Splitter erfasst zu haben, aber die nächste Welle tauchte ihn von der Oberfläche der Gedanken wieder hinunter auf den Grund. Vielleicht hätte er ihn nie gefunden. Was wäre gewesen, wenn nicht …

Er erinnert sich an gestern. Die weiße Gischtlanze in seinem Blickfeld. Dahinter glänzt das Panorama der Stadt. Und in der nächsten Sekunde zerfällt die Säule.

Die Wasserfontäne weicht. Und mit ihr stirbt das prasselnde Gedröhne. Wenn Geräusche, die alles zudecken, mit einem Mal verschwinden, dann wird uns oft ganz plötzlich unsere Umgebung bewusst. So war es auch gestern. Aus einem der Fenster der Universität Mozarteum perlte Musik. Jemand übte Klavier. Merana hörte, was er so lange gesucht hatte. Die von den Wellen verzerrte Muschelschale hatte Form angenommen. Bei seinen Nachforschungen und in den Aufzeichnungen der Mordermittlung gab es einen Begriff, der in beiden Untersuchungen vorkam: *Pianist*. Der ehemalige Portier des ›Goldenen Hirschen‹ hatte von Rissenkamps Männerverschleiß erzählt. *Vom Zahlkellner über den Barpianisten bis zum Hauschauffeur.* Und in einer der Biografien der 23 Hauptbeteiligten am Paracelsuskongress stand zu lesen: *Professor Karol Blandenburg, 12 Jahre Konzertpianist …*

Es konnte der blanke Zufall sein. Es war nicht mehr als der sprichwörtliche Schuss ins Blaue. Aber es war die einzige mögliche Spur, die er hatte. Sein Instinkt hatte ihn auf die richtige Bahn geleitet. Das Schild »Pianist« war der entscheidende Richtungsweiser. Dass sich hinter der Weggabel, der er folgte, noch ein ganz anderer Abgrund auftat, damit konnte er nicht rechnen. Das Bild von Ruth Blandenburg, die in der Tür steht und mit der Waffe auf ihn zielt, wird er lange nicht vergessen. Er öffnet die Augen. Der helle Trommelklang der fallenden Fontäne fehlt ihm. Dafür ist erfrischendes Stimmengeplätscher zu hören. Eine Gruppe Touristen kommt von der Mirabellplatzseite in den Garten. Es ist Zeit aufzubrechen.

Er betritt das Foyer des Hotels Sacher, lässt sich vom Empfangschef den Frühstücksraum zeigen. Er entdeckt sie sofort. Sie sitzt an einem der Fenstertische.

Die Ereignisse am gestrigen Abend haben ihn überfahren wie eine Gerölllawine. Sie anzurufen und das vereinbarte Treffen zum Abschiedsglas abzusagen, dafür hatte sein überfordertes Hirn keinen Gedanken übrig. Sie freut sich, als sie ihn bemerkt, schickt ihm ein Lächeln entgegen. Er setzt sich zu ihr, lässt sich von der Servicedame einen doppelten Espresso bringen. Dann beginnt er zu erzählen.

Sie hört ihm zu. Er fängt ganz von vorne an, berichtet von seinen Nachforschungen. Er deckt für sie die lange verhüllten Spuren auf, die von einer Hotelbar zu einer Hütte in den Pinzgauer Bergen führen. Als er von seiner Mutter erzählt, die auf der Flucht vor einem Mörder in den Tod stürzt, füllen sich ihre Augen mit Wasser. Er berichtet vom gestrigen Abend. Eine Frau hat versucht, ihn zu erschießen. Die Kugel landete in der Schulter ihres Mannes. Es ist dieselbe Frau, die auch Jennifers Vater tötete. Ruth Blandenburg. Die Tränen rinnen ihr übers Gesicht. Sie hat ihm zugehört, ohne ein Wort zu sagen. Sie hat nur lautlos geweint. »Danke«, flüstert sie. Noch immer strömt es aus ihren Augen. Er bietet ihr die Stoffserviette an. Sie schüttelt den Kopf, lässt einfach die Tränen weiterrinnen. Sie schwemmen alles aus ihr heraus. Die Trauer, die Verzweiflung, den Druck ob der eigenen Hilflosigkeit, die Strapazen der vergangenen Tage. Es dauert lange, bis der Strom allmählich versiegt. Dann beugt sie sich vor, legt ihre Hand auf seine.

»Ich danke Ihnen, Kommissar Merana. Sie haben nicht aufgehört, nach der Wahrheit zu graben. Sie geben den Toten die Würde zurück. Sie tun alles, um den Ermordeten zu ihrem Recht zu verhelfen. Sie haben es verdient, dass die Umstände, die zu ihrem Tod führten, nicht im Dunkeln bleiben. Sie helfen mit Ihrer Arbeit auch den Hinterbliebenen, die einen ihrer Lieben auf grausame Art verloren haben.« Sie macht eine Pause, nimmt auch seine zweite Hand. »Sie haben mir geholfen. Ich kann endlich um meinen Vater trauern. Ich muss mir keine Fragen mehr stellen. Die zermürbende Ungewissheit hat sich aufgelöst. Jetzt ist Ruhe in meinem Herzen. Jetzt kann ich Trost finden. Ich bin dankbar dafür, dass es Sie gibt, Kommissar Merana. Die Toten brauchen Sie. Und vor allem die Lebenden.«

Sie nimmt die Serviette und wischt sich den Rest der Tränen aus dem Gesicht.

Er zieht das Ticket, der orange-gestreifte Schranken geht in die Höhe. Er parkt gegenüber dem Eingang. Er hält Jennifer die Tür auf, nimmt den Trolley aus dem Kofferraum. Sie überqueren die Fahrbahn. Die Glastore zur Abflughalle öffnen sich automatisch. Sie muss nicht mehr zum Check-In-Schalter. Sie hat das First-Class-Ticket schon in der Tasche. Vor dem Bereich der Sicherheitskontrolle verabschieden sie sich. Sie geht auf das Portal zu, die Tür schwingt auf. Sie bleibt stehen. Sie stellt den Koffer zur Seite, kommt zurück. Sie legt ihm die Hände um den Nacken, zieht seinen Kopf an sich. Ihre Lippen sind warm. Der Kuss dauert lange. Dann lösen sich ihre Gesichter voneinander.

»Besuchst du mich bald einmal in Hamburg?«

Er sagt zu. Sie eilt zurück zu ihrem Koffer. Das Letzte, was er sieht, als die Tür sich schließt, sind ihre langen braunen Haare. Er wendet sich der kleinen Cafeteria zu, trinkt ein Mineralwasser im Stehen.

Dann begibt er sich über die Stiege hinauf zur Aussichtsplattform. Die Maschine steht nah an den Gatesektoren. Die Passagiere legen die kurze Entfernung zu Fuß zurück. Er sieht sie die Gangway hinaufsteigen. Sie dreht sich um und blickt nach oben. Sie winkt ihm zu. Dann verschwindet sie im Inneren des Flugzeugs. Er schaut auf die Uhr.

Er wird es schaffen, gegen halb zwei im Pinzgau zu sein. Um 14 Uhr beginnt die Allerheiligensegnung auf dem Friedhof. Er wird mit der Oma neben dem Grab seiner Mutter stehen. Die Toten brauchen keine Rituale. Aber manchmal die Lebenden. Um nicht zu vergessen.

EPILOG

Sie kommen. Er hört ihre Schreie. Er ist die halbe Nacht durchgefahren. Um 8 Uhr hat er den See erreicht. Der Polizeipräsident hat ihm das Schreiben zurückgegeben.

Merana besteht darauf, dass sein fehlerhaftes Verhalten beim Einsatz vor zwei Monaten untersucht wird. Er wird den Spruch der Kommission abwarten. Dann wird er seine eigene Entscheidung fällen, wie es weitergehen soll.

A-rooong … A-rooong!

Der Dunkle Prinz fliegt voraus. Dahinter folgen die anderen. Majestätisch gleiten sie übers Wasser, landen auf den Wellen. Er schaut ihnen zu. Ihre eleganten Bewegungen zeichnen Ornamente auf das Wasser. Sie bleiben lange. Erst nach einer halben Stunde gibt der Dunkle Prinz das Zeichen zum Aufbruch. Die Vögel erheben sich aus dem Wasser. Das Schwingen ihrer Flügel treibt sie über das Schilf hinweg. Aus den Augenwinkeln beobachtet Merana den Waldrand. Es ist nur der Wind, der durch die Blätter des großen Haselstrauches fährt. Er blickt den Wildgänsen nach, bis sie hinter dem Horizont verschwunden sind.

Sein Handy summt. Eine Nachricht von Jennifer ist eingegangen. Er öffnet sie. Das Display zeigt ein Foto. Darauf ist ein Sarg in einer Aufbahrungshalle zu erkennen, umgeben von Kränzen. Zuoberst auf dem hellen Holz des Deckels liegt ein großer Strauß roter Rosen. Er trägt eine Schleife.

›In Liebe Rosalinde‹

DANKSAGUNG

Niemand kennt den Salzburger Mirabellgarten besser als die eifrigen Mitarbeiter des Gartenamtes der Stadt Salzburg. Allein was ich bei einem einzigen Spaziergang erfuhr, hätte für drei Bücher gereicht. Derart beglückt bedanke ich mich vor allem bei Peter Ebner, dem *Gartenmeister von Mirabell*, und bei Amtsleiter Christian Stadler für die vielen Anregungen.

IT-Student Lukas Langer hat sich viel Zeit genommen, um mich behutsam durch die mir völlig unvertrauten Pfade digitaler Welten zu geleiten. Danke, Luki! Wenn es mit dem Krimischreiben einmal nicht mehr klappt, dann realisieren wir beide tatsächlich die Paracelsus App und verdienen uns dumm und dämlich dabei. Oberarzt Dr. Christian Primavesi vom Unfallkrankenhaus Salzburg hat sich wie schon beim letzten Mal dankenswerterweise um die Gesundung meines Kommissars bemüht, nachdem er auch für das Szenario der Erkrankung verantwortlich war. Merana und ich freuen uns über die Fortschritte!

MANFRED BAUMANN
Das Stille Nacht Geheimnis

978-3-8392-2339-0 (Paperback)
978-3-8392-5847-7 (pdf)
978-3-8392-5846-0 (epub)

ALLES SCHLÄFT. EINSAM WACHT. Oberndorf bei Salzburg. Geburtsstätte des weltberühmten Weihnachtsliedes »Stille Nacht«. In einem Waldstück wird der Portugiese Bernardo Pilar gefunden. Schwer verletzt, traumatisiert. Er ist einer von vielen Journalisten aus aller Welt, die zum Jubiläum »200 Jahre Stille Nacht« nach Salzburg gereist sind. Die Polizei glaubt an einen Unfall. Im Gegensatz zu Bernardos Mutter Stella. Ihr einziger Anhaltspunkt: eine rätselhafte Botschaft des Schwerverletzten. Stella versucht, die Wahrheit herauszufinden. Und begibt sich dadurch in große Gefahr.

MANFRED BAUMANN
Blutkraut, Wermut,
Teufelskralle

978-3-8392-2099-3 (Paperback)
978-3-8392-5441-7 (pdf)
978-3-8392-5440-0 (epub)

TÖDLICHE KRÄUTER Angelo Stassner plant einen neuen Coup: Blutkräuter-Gemälde. Doch jetzt liegt der Galerist in seinem eigenen Blut. Erstochen. Besteht ein Zusammenhang zwischen dem Mord und den Blutkräuter-Bildern? Die Polizei bittet den Kräuterexperten und Hobbydetektiv Pater Gwendal um Hilfe. Dieser rätselt über ein seltsames Zeichen, das der Tote hinterlassen hat. Das überlieferte Wissen um die Kraft von Pflanzen öffnet Gwendal schließlich den Weg zur verblüffenden Lösung des Falles.

MANFRED BAUMANN
Drachenjungfrau

978-3-8392-1941-6 (Paperback)
978-3-8392-5139-3 (pdf)
978-3-8392-5138-6 (epub)

MYSTISCH RUSTIKAL Am Fuß der beeindruckenden Krimmler Wasserfälle liegt ein totes Mädchen: Lena Striegler, siebzehnjährige Schönheit, Gewinnerin der Vorausscheidung zum groß inszenierten Austrian Marketenderinnen Award. Der Salzburger Kommissar Martin Merana ermittelt erstmals in der Provinz, zwischen den kuriosen Abgründen einer rustikalen Casting-Show und den mystischen Geheimnissen einer alten Sage. Während Merana den Kreis der Verdächtigen einschnürt, geschehen weitere rätselhafte Dinge im Ort …

MANFRED BAUMANN
Glühwein, Mord und Gloria

978-3-8392-1950-8 (Paperback)
978-3-8392-5157-7 (pdf)
978-3-8392-5156-0 (epub)

O TANNENBAUM, O MÖRDERTRAUM Kommissar Merana verschluckt sich fast am Glühwein, als ihn die Nachricht ereilt: Johnny Lametta ist verschwunden, der Hauptdarsteller der Weihnachtskrimi-Komödie: Lebkuchen, Leichen und Lametta.

Entführt? Ermordet? Oder doch nur Lampenfieber vor der Premiere? Lametta bleibt verschollen. Dafür taucht eine rätselhafte Botschaft auf. Und die versaut dem Salzburger Kommissar endgültig die Weihnachtsstimmung …

MANFRED BAUMANN
Salbei, Dill und Totengrün

978-3-8392-1927-0 (Paperback)
978-3-8392-5111-9 (pdf)
978-3-8392-5110-2 (epub)

GEFÄHRLICHE GEWÜRZE Ein ehemaliger Manager eines Rüstungskonzerns liegt erdrosselt im Klostergarten. Warum ausgerechnet mitten in einem blühenden Salbeistrauch?, fragt sich der Salzburger Pater Gwendal. Das Wissen über die Wirkung dieser uralten Heilpflanze bringt den Benediktinermönch und Hobbydetektiv schließlich auf die Spur des Mörders. Kräuter spielen in jeder der ungewöhnlichen Krimigeschichten eine ebenso würzig-witzige wie wahrheitstreibende Rolle.